当て馬執事は悪役令息に忠愛を捧ぐ

小中大豆

幻冬舎ルチル文庫

C O N T E N T S ✦目次✦

当て馬執事は悪役令息に忠愛を捧ぐ

✦カバーデザイン＝齊藤陽子（CoCo.Design）
✦ブックデザイン＝まるか工房

イラスト・カワイチハル✦

当て馬執事は悪役令息に忠愛を捧ぐ

序章

フィン・チェリーゲイトは七歳になる直前、母親の葬儀の最中に前世の記憶を取り戻した。

自分はかつて、この世界とは異なる場所で別の人生を歩んでいた。

日本人でサラリーマンで、独身で、小説や漫画を読むのが唯一の趣味らしい趣味……自分の名前も顔も思い出せないけれど、それ以外のことはつらつらと思い出せる。

父が母の棺《ひつぎ》に突っ伏して泣き咽《むせ》ぶのを見つめながら、フィンは次から次へ怒濤《どとう》のように押し寄せる前世の記憶を受容し、戸惑いと懐かしさとを同時に感じていた。

「フィン。フィン、さあおいで。お母様とお別れしなくては。……ああ、アマンダ。どうして私とフィンを置いて死んでしまったんだ」

フィンに手招きをした父が、また泣き始めた。

「フィンだってまだ、七歳にもなっていないのに……うう」

フィン。そう、自分はフィン・チェリーゲイトだ。

父親に寄り添いながら、フィンは自分の聞きなれた名前を他人のように感じている。

フィン・チェリーゲイト。チェリーゲイト子爵《ししゃく》の一人息子。

（……んん？）

他人のように感じる自分の名前と、たった今、思い出したばかりの前世の記憶がどこかで擦《こす》れ合った。

もう一度、前世の記憶をなぞる。チェリーゲイト子爵令息。

「あっ」

フィンは思わず叫んでいた。そんな馬鹿な、とつぶやいた声はしゃがれていた。

「どうしたんだい、フィン」

「僕は……僕は、悪役令息だった」

「悪役だって？　ああ、フィン。可哀そうに。お母様がいなくなって、取り乱しているんだね。お父様も悲しいよ。うう、アマンダ、アマ……」

「ちょ……少しだけ、黙っててもらえますか」

「急に大人っぽくなって、どうしたんだい。大丈夫だよ。お父様がいるからね。私も悲しいんだ。一緒に乗り越えなくては。乗り越えられるかな……ああ、アマンダ」

この世界は、前世で読んだＢＬ小説の世界だ。

自分は主人公……ではなく、主人公をいじめ抜いて最後は破滅する運命にある……いわゆる悪役令息だった。

一

フィンは、前世で愛読していたＢＬ小説の世界に転生していた。

しかも悪役キャラクター、悪役令息として。

「そうか。僕は腐男子だったのか。いや、それはおいといて。よくあるパターンだけど、実際に自分の身に降りかかるとダメージがデカいな」

母の葬儀を済ませた後、フィンは父の書斎机を借りてペンを持ち、前世の記憶を書き付けていた。

思い出したばかりの記憶が鮮明なうちに、記録しておこうと思ったのだ。

「うう、アマンダ。フィンがおかしくなってしまったよ。私もおかしくなりそうだ。ああ、アマンダ」

父は書斎机の向かいにあるソファで、母の写真が入った写真立てを抱き締めて泣いていた。

フィンはため息をついて、そんな父親を見る。

父はマシュー・チェリーゲイト。確かまだ、二十代の後半だったと思う。

焦げ茶色のさらりとした髪と瞳を持ち、今は涙でぐちゃぐちゃになっているけれど、なかなかの二枚目である。

母のアマンダも記憶にある限り、ブルネットの髪と黒い瞳を持つ美しい人だった。

フィンは、母の髪と瞳の色を受け継いだようだ。

さっき、葬儀から戻って自室の鏡を確認したが、黒い艶《つや》やかな髪をおかっぱにした愛くるしい顔立ちをしていた。

母に似たつり上がった目尻ときりっとした眉毛が、勝気そうで意地悪く見えなくもなかったが。

父はチェリーゲイト子爵、つまり貴族である。

チェリーゲイト家は代々、このスマルベレン地方を治めてきた領主で、フィンはその一人息子だった。

それなりに由緒ある家だし、周りの調度も立派だ。父とフィン自身の身なりを見ても、ことさら贅沢はしていないが、二人の身分に相応《ふさわ》しい衣服を身に着けている。

母の葬儀もきちんとしていた。今のところ、財政面で困っているようには見えない。

「なのに僕が成人する頃には、借金まみれになってるんだよな、確か」

「おお、アマンダ、アマンダ。フィンが、フィンがぁ……」

「おかしくなってません」

めそめそする父に、きっぱり言い返した。そしてまた、ため息をつく。ちっとも集中できない。

フィンだって、母が亡くなったのは悲しい。前世を思い出したが、今生の記憶だってちゃんとあるのだ。

気が強くてしっかり者で、愛情の深い母のことが、フィンも大好きだった。つい先日まで元気だったのに、まさか風邪《かぜ》をこじらせてあっさり死んでしまうなんて。誰が予想できただろう。

でも今は、泣き伏せっている場合ではない。

このままいくと自分と父は将来、破滅する。チェリーゲイト家は爵位を失い、父は破産して失踪、フィンに至っては死んでしまう。

(死……)

どうして、そんなことになるんだっけ。フィンは思い出した端から、前世で読んだ小説の筋書きを書き出した。

小説のタイトルは『地平線まで』。

前世でいうところの、近世から近代のヨーロッパを模した世界で、ボーイズたちがラブする恋愛小説だ。

主人公はリル・グッドウィンという、真面目《まじめ》で健気《けなげ》な青年である。ちなみに受。

リルは幼い頃、エイデン・ハワードという、将来立派な俺様攻に成長する男の子と出会う。

幼い二人は甘い初恋に落ち、再会の約束をして別れる。

リルは貴族の家の子供だったが、やがて両親が亡くなって家が没落し、いろいろとつらい目に遭いながらも健気に生きていく。

いつか、エイデンともう一度再会できることを夢見て。

(いい話だったなあ。リルがとにかくひたむきで)

頑張り屋で、苦労しているのに優しい心を失わない。応援したくなる受だった。

途中、エイデンと再会するもすれ違い、また、別のスパダリイケメンと出会って告白されるが、リルはエイデンだけを追い続ける。

雇い主として登場する悪役令息のいじめにも耐え、様々なエピソードを経てついにはエイデンと結ばれるのだ。

(で、僕がその悪役令息だった、と)

紙に人物相関図を書きながら、フィンは心の中でつぶやいた。

小説の後半、再会したリルとエイデンの前に様々な困難が立ちふさがるが、そのほとんどは悪役令息の仕業である。

リルのことがとにかく気に入らない悪役令息が、あの手この手で嫌がらせをし、リルがエイデンのことを好きだと知るや、当て馬をけしかけたり、エイデンに嘘を吹き込んだり、はたまたリルをモブおじさんに売ろうとしたり、モブに襲わせたり、とにかく執拗に追い込んでいく。

悪役令息は我がままで理不尽なので周りから嫌われているが、曲がりなりにも貴族の令息なので、なかなか断罪することができない。

しかし最後は因果応報、リルとエイデン、それにリルを慕う当て馬の尽力により、子爵家の汚職が暴かれる。

チェリーゲイト家は爵位をはく奪、フィンは父と共に領地を逃げ出そうとするが、領民たちに襲われて殺されてしまう。

子爵家の長年の汚職と重税によって領民は飢餓に喘《あえ》いでおり、領主だったチェリーゲイト家に恨みを募らせていたのだった。

悪役が成敗されて、スカッとしたところで物語は終わる。

「汚職に重税かあ……」

小説のあらすじを書き終えて、フィンはため息をついた。

ちらりと横目で見ると、ソファでめそめそ泣いていた父が、いつの間にか泣き疲れて眠っていた。母の写真を抱きしめたままだ。

「子供みたいだな」

フィンはつぶやいて椅子《いす》から下りると、ソファの背にあった父の上着を掛けてやった。父は目に涙を溜《た》めながら、むにゃむにゃと寝言をつぶやいている。

「アマンダ……」

この父が将来、汚職に手を染め、領民に重税を課すというのだ。

(確か、ギャンブルにのめり込んで借金を作ってたんだっけ)

設定を思い出した。書斎机に戻って紙に書き加える。

フィンの記憶を辿《たど》っても、今の父が賭け事に依存していた様子はない。仕事で忙しそうにしていたが、家族思いで、家族の記念日や誕生日を大切にする人だ。

でも、小説の中のチェリーゲイト子爵は違う。自堕落で酒浸り、賭場《とば》に通って女を侍《はべ》らせている描写がある。

悪役令息はそんな父を嫌って軽蔑しており、でも子爵家の権力と財産を使って好き放題していた。何がどうしてそうなったのか。

(やっぱり、母様が亡くなったせいか)

母が亡くなるまで、自分たち親子は理想的な家族だった。

美男美女の夫婦は仲睦《なかむつ》まじく、子供にも惜しみない愛情を傾けていた。

父はちょっと子供に甘すぎるかなと思うが、母は駄目なことは駄目だときちんと教える理性を持っていた。

その母が死んだ。家令をはじめとする使用人たちが手伝ってくれて、子爵家にふさわしい葬儀を行うことができたが、父は母が亡くなった瞬間からずっと嘆き悲しんでいる。

母が亡くなったのは一昨日《おととい》だが、それから食事もろくに摂っていないのではないか。

フィンの面倒は使用人が見てくれるけれど、父は幼い息子がちゃんと食事をしているか、眠れているか、気遣う素振《そぶ》りはなかった。

父にとって、それだけ母の存在は大きかったのだ。

領主の仕事を放り出して賭け事にのめり込み、酒と色に溺《おぼ》れるようになったのも、母を失った悲しみから逃れるためではなかったか。

息子だって、七歳で母を亡くし、父にも顧みられなくなったら、孤独で悲しくて、性格が歪《ゆが》んでしまうのも仕方がない。

しかし、それで領民が飢饉に苦しむとなれば、話は別だ。

悲しみに浸っていつまでも立ち直らなければ、周りをも不幸にし、やがて自分たちに跳ね返って身の破滅をもたらすのである。

「とりあえず、主人公の邪魔はしない。嫌がらせもダメ、絶対」

フィンは紙に大きく、「嫌がらせはダメ」と書いた。

主人公のリルとその相手のエイデンに優しく。ついでに当て馬にも優しくする。

でも、それだけでは不十分だ。主人公たちに優しくするだけでは、破滅を免れることはできない。

「ちゃんと領地経営する。汚職はしない、父にもさせない。父がギャンブル依存、アルコール依存になるのを止める」

決意を一つ一つ口にしながら、文字に書き起こす。

悪役令息が最初に登場するのは小説の後半、リルが大人になってからだった。

確か、十八歳の時だ。悪役令息フィンは、リルと同じ年齢だった。

そこから約一年あまり、悪役令息はリルに嫌がらせを続け、そして破滅する。

つまり、破滅の未来は現在から約十一年後という計算だ。その時まで良い領主一家でいられれば、破滅は避けられるのではないだろうか。

父を母の死の悲しみから立ち直らせ、領地の財政を安定させる。

口で言うほど簡単ではないかもしれないが、やらねばならない。自分が死ぬのも嫌だし、父だって死なせたくない。

「頑張ろう」

自分に言い聞かせる。ふと、書斎机に置かれた写真立てが目に入った。父と母、それに生まれたばかりのフィンの三人が幸せそうに写真の中に納まっている。

母を失った、幼いフィンの悲しみが押し寄せて、ぎゅっと拳《こぶし》を握った。

「母様、見守っててくださいね」

自分が死んで夫と息子が不幸になったら、天国の母だって悲しむ。

どうして前世の記憶を思い出したのかわからないし、小説の世界に転生したのかも謎だ。

でも、もしかしたら、亡くなった母がフィンと父を心配して、不思議な力を授けてくれたのかもしれない。

勝手な想像だけど、そう考えることにしよう。

「まずは、父様を何とかしないとな」

ソファで眠る父を眺めながら、フィンは大人びたため息をつくのだった。


それから、フィンの多忙な日々が始まった。

まず最初の目標は、悲しみにくれる父を立ち直らせることだった。

彼が妻の死による喪失感から逃れるためにギャンブルにハマったところから、子爵家の没落は始まる。

ギャンブルで作った借金を返すため、無茶な事業投資をしたり、税金を増やして私的に流用したりするようになるのだ。

最終的な目標は、領地が飢饉に見舞われることのないよう、財政や食糧事情を安定させることだが、さすがに前世の記憶を掘り返しても領地経営の知識はない。

早いところ父に立ち直ってもらい、父から領地経営を学ぶのが手っ取り早いと考えた。

そこで、毎日ぐずぐず泣いている父を励まし、きちんと食事を摂らせ、眠らせた。

身体《からだ》に不調があると、精神も余計に参ってしまう。まずは規則正しい生活を送らせることにした。

毎日ヒゲも剃《そ》らせたし、天気のいい日は一緒に庭を散歩したりもした。

「父様がいつまでも落ち込んでいたら、母様も天国に行けなくなりますよ。母様のためにも、元気にならなくちゃ」

事あるごとに母を引き合いに出し、父を励ました。

最初はめそめそグズグズしていた父だったが、七歳の息子が亡き母に代わって屋敷の采配《さいはい》をふるおうとするのに、思うところがあったようだ。

「そうだね。子供のお前が頑張っているのに、父親の私がいつまでもめそめそしていたら、アマンダに叱られてしまうね」

母の葬儀からひと月ほど経《た》った頃、父もようやく前を向き始めた。

「ジョナサンにも叱られたんだ。私が落ち込んだままだから、お前が無理に大人になろうとしてるって」

ジョナサンというのは、チェリーゲイト家の執事である。

父と同じ年なのに、仕事一徹といった雰囲気の寡黙で取っつきにくい人物だが、真面目で愛情深くこの家を守ってくれている。

ジョナサンの父もまた、チェリーゲイト家の執事だった。母親は乳母《うば》をしていたから、ジヨナサンと父は乳兄弟《ちきょうだい》だ。

先代の執事も乳母も、数年前に病気で相次いで亡くなったが、二人とも優しくてフィンは大好きだった。本当の祖父母のように思っていた。

ちなみに本当の祖父母は、とうに他界していない。母の両親は母が子供の時に亡くなっているし、父方もフィンが生まれる前に死んでしまった。

両親には兄弟もおらず、近しい親戚と言ったら、高齢の大叔母《おおおば》、大伯父《おおおじ》がいるくらいだ。

だから母の葬儀も、屋敷の使用人たちと、父の仕事の関係者が参列しただけだった。

肉親の縁は薄いけれど、それでも周りを見る限り、人には恵まれていると思う。ジョナサンもそうだし、使用人たちはみんな、真面目で誠実な人たちばかりだ。

チェリーゲイト家が没落したら、家に尽くしてくれた彼らも路頭に迷う。それは避けたかった。

「無理はしてませんよ。ただ、父様が落ち込んでるから、僕が頑張らなくちゃって思っただけです。二人して落ち込んでたら、母様が悲しむでしょう?」

フィンが言うと、父の目からぶわっと涙が溢《あふ》れた。

「あの甘えん坊だったフィンが、こんなにしっかりするなんて。本当に苦労をかけたね。お前だって母様を亡くして寂しかっただろうに」

フィンを抱き締め、泣き咽ぶ。またしばらく、「おお、アマンダ、アマンダ」と泣いたりしていたものの、それからは自ら規則正しい生活を送るようになった。

母が亡くなって以来、部下に丸投げしていた仕事にも戻った。フィンも仕事を覚えるため、そばにいさせてもらうことにした。

七歳児なんていても邪魔だと思うのだが、父も秘書や部下たちも、フィンを快く受け入れてくれた。

たぶんまだ、母親を失ったばかりだからというのもあるだろう。

毎日、父について職場に出かけたり、父が書斎で仕事をするのを眺めたりした。

それでだんだんと仕事の内容を把握していったのだが、子爵として小さな領地を持つ父は、日本でいうところの県知事のようなものであり、チェリーゲイト家が代々営む事業の社長でもあった。

事業は『チェリーゲイト産業共栄会』という名前が付けられているが、実態を見るに、日本でいう農業協同組合みたいな感じである。

チェリーゲイト家が領主として治めるこのスマルベレン地方は、王都から遠く離れたド田舎《いなか》で、産業は農業に畜産業、それに林業がちょこっと。特に見どころもないので、観光客はほとんど来ない。

土壌が肥沃《ひよく》で、穀物がよく育つ。気候も温暖で、畜産農家は食肉用の牛や豚、鶏、乳牛などを育てている。

領地で生産業を営む領民たちは、大抵が『チェリーゲイト産業共栄会』の組合員で、作った農作物や食肉、牛乳などを共栄会に卸している。

『チェリーゲイト産業共栄会』、略して共栄会は、これらの生産物をさらに卸業者に卸して仲介料を得る一方、生産に必要な作物の種子や肥料、家畜の飼料などを仕入れ、組合員である各生産者に安定的に供給する役割を担っていた。

その他、資金の貸し付け、農具の販売などなど、事業内容はやっぱり農協のそれだった。

全体を見ると、県知事が農協の理事長、といった構図になっていて、元現代日本人としてはパワーバランスの不均衡が気になるのだけど、いまだ成熟途中の前時代社会という世界観なので、そこは仕方がない。

そのわりにちょくちょく設定が現代的だったり、上下水道などのインフラが整っていたりするが、それはそれ、あれはあれ。

細かい世界設定はともかく、気になることは他にあった。

「共栄会の財務バランス、悪くないですか」

母の葬儀から三か月が経った頃、フィンは父の書斎で会計書類を見て言った。

「えっ、財……なん？」

七歳になったばかりの息子の言葉に、書斎机に向かっていた父は目を白黒させている。

「事業規模と比べて、現金預金なんかの流動資産が極端に少ないですよね。信金部門では預《よ》貸《たい》率がここ一、二年で著しく低下してます。何か理由があるんでしょうか」

「な、ど、どうしたの、フィン。ついこの間、文字が書けるようになったって喜んでたのに。どういうこと？」

「すみません。この状況はさすがにちょっと、口を挟まずにはいられなくて。財務諸表は前職で読んでたので、少し理解ができる、という程度なんですけど」

「前職……？」

フィンは書類を置いて、真面目な顔で父を見た。

「実は僕、母様の葬儀の時に、前世の記憶を思い出したんです」

父がますます困惑した表情になった。焦げ茶色の瞳が不安そうに揺れている。

「……何が取り憑《つ》いたって？」

「憑かれてません。前世の記憶を思い出したんです」

フィンは説明した。前世では別の世界にいたこと、この世界は自分が前世で読んだ物語の世界で、このままいくと我々は破滅する運命にあるのだと。

本当は打ち明けるつもりはなかった。こんなこと、話したところで信じてもらえるとは思えない。

ただ、共栄会の経営が思っていた以上に杜撰《ずさん》だった。

領主の仕事についてはまだ、領議会に参加していないのでわからないが、そちらもひょっとするといい加減かもしれない。

父の隣でのんびり経営など学んでいたら、取り返しのつかない事態になるかもしれない。

「僕が読んだ物語によれば、今から十年後にはスマルベレンは飢饉に陥り、領民は飢餓に喘いでるんです。父様の課した重税のせいでもあるんですが、それだけでもなさそうで」

もしかしたらこの先、領地は凶作や自然災害などに見舞われるのかもしれない。

共栄会は本来、そうした際に被害を抑えるための、相互扶助的な役割を担うはずなのだが、会計書類を見る限り、大きな被害に備えられるだけの経営体力はなさそうである。

一刻も早く経営実態を把握し、財政だけでなく運営体制を整えなければならない。

そういうフィンの説明を、父は不安そうにしながらも、最後まで黙って聞いてくれた。

最後にフィンが、

「前世を思い出したのは、亡くなった母様の思《おぼ》し召しかもしれません」

と言うと、納得した様子で涙ぐんでいた。

「そうか。アマンダが……。そうかもしれないね」

父は目尻を拭《ぬぐ》うと、立ち上がってフィンのところまで近づいた。息子を優しく抱擁する。

「打ち明けてくれてありがとう。お前が急におじさん臭くなったから、父様もジョナサンも心配していたんだよ」

おじさん臭かったのか。気をつけよう、とフィンは心の中でつぶやいた。

「母様が亡くなってから、ずっと一人で悩んできたんだね。これから何が起こるのかわからないけれど、フィンの言うとおり、経営を見直すべきなのかもしれない」

父は抱擁を解き、フィンを正面から見据えた。父は優しく慈愛に満ちた眼差《まなざ》しで息子を見ていて、フィンは少し胸が詰まった。

「神の思し召しか、アマンダの采配なのか。それはわからないけれど、お前が前世の記憶を思い出したのには何か、わけがあるんだろう。大人の知識があるのなら、これからも父様を手伝ってくれるかな」

七歳の子供の言うことを、父は真面目に聞いて信じてくれる。まともに受け止めて、手を貸してくれと言ってくれる。

悪役令息に転生したとわかった時はショックだったけど、この父親のもとに生まれてきたのは幸運だった。

「信じてくれてありがとうございます、父様。僕がどれだけ役に立てるかわからないけど、手伝わせてください。僕は自分も死にたくないし、父様も死なせたくない」

親子でもう一度、固く抱き合った。

前世の自分自身のことは、あまり思い出せない。いつ死んだのか、名前も、家族の顔も。

でも、思い出せなくてよかった。今はこの父、マシュー・チェリーゲイトが、彼だけが自分の父親だ。

父と共に生き延びよう。フィンは改めて運命を変えることを誓ったのだった。

それから二年が経った。フィンは九歳の誕生日を迎えた。

『チェリーゲイト産業共栄会』は、フィンの助言のもと、父が一念発起して大きくテコ入れしたおかげで、経営も健全となり、財務状況も安定の兆しが見え始めている。

曽祖父の時代にできたというこの共栄会、従業員は完全縁故で仕事を怠けがちだったり、共栄会会員の一部の地主が利権を貪っていたり、問題がいろいろあった。

領主といえど、好き勝手に人や物を動かすことはできない。父は根回しに奔走し、優秀な人員を領地の外から招いたり、かなり多忙だった。

フィンもできる限り手伝ったが、やはり子供は子供だ。父に助言はできても、実際に人を動かすことはできず、成り行きを見守るだけで歯がゆい思いをすることもあった。

しかし、父の苦労の甲斐《かい》あって、共栄会は本来あるべき形に近づいている。

共栄会だけでなく、領地の経営もテコ入れした。

こちらも問題だらけで、まだまだ改善の途上にある。それでも、穀物を領で長期貯蔵して食糧難に備えたり、道路などのインフラを整備して外部からの事業を誘致するなど、フィンが発案したものは父が頑張って領議会に通してくれた。

おかげで最近では父も、領主としての存在感を増しているようである。

どうも以前の父は、のんびり穏やかな気性のとおり、優しいけれどちょっと頼りないボンボン、というふうに周りから見られていたようだ。

領主としての采配も共栄会の仕事も、どちらかと言えば部下に任せて最低限のことしかしてこなかった。

それが妻を亡くし、人が変わったように仕事に邁進《まいしん》し始めたのである。

次々と改革を起こし、時には領主として厳しい顔を覗《のぞ》かせるようになった父を、領民の多くが見直したようだ。

もっとも家では相変わらず、息子に甘くおっとりした父だった。

ギャンブルにハマったりもしていないし、お酒だって夕食の時に少し飲むくらいだ。たまに妻のことを思い出してベソベソ泣いているが、崩れた様子はなかった。

ゆえに、ジョナサンの話を聞いた時、フィンはひどく心配になったものだ。

「旦那様は夜、眠りが浅いようなのです。夜中に何度も目が覚めてしまうそうで。もしや、お疲れが溜まっておられるのではないかと思いまして」

その日の午前中、フィンは朝食を終え、家庭教師を迎える準備をしているところだった。

この頃のフィンは、父から領主の仕事や事業の経営を学ぶ一方、普通の貴族の子女が学ぶような基礎教育も家庭教師から受けていた。

基礎と言っても、初等教育はとっくに終わっていて、今は前世で言うところの中高生がやるような勉強をしている。

教養はいくらあっても損はない。それに、外国語は前世の記憶があってもさっぱりわからないし、歴史は一から学ぶ必要があった。

父の仕事の手伝いの合間に勉強するので、なかなか忙しい。父も多忙だし、顔を合わせても最近はお互い、仕事の話ばかりしていた。

父が不眠気味だったなんて、ちっとも気づかなかった。

「それはいつから？　寝る前にお酒を飲んだりしてるのかな」

心配になって尋ねると、ジョナサンは無表情の中にも優しげな眼差しをフィンに向けた。

「ここ一、二か月だと仰《おっしゃ》っていました。寝酒も試したけれど、寝起きが悪くなるだけだったと。私はお医者様に診ていただいてはと言ったのですが、そのうち治るだろうと」

でもジョナサンは、不眠が些細《ささい》なことと思えず、主人の健康を心配している。それでフィンに相談しにきたのだ。

以前、フィンが前世の記憶を思い出す前は、ジョナサンもフィンを子供扱いしていた。

でも大人の自我が目覚め、父の仕事を手伝うようになってからは、小さな子供ではなく、もっと年上に対するように態度を改めた。

いぶかしく思っているだろうに、何も言わずに寄り添ってくれるジョナサンがありがたい。

そのジョナサンの言うことだから、フィンも捨ててはおけなかった。

「この春先、スマルベレン領議会で、穀物の領内備蓄制度が可決されましたでしょう。旦那様は、ずいぶんホッとされたご様子でした。この二年、ひたすらお仕事に邁進されておられましたが、気が抜けてお疲れが出たのではないかと思うのです」

なるほど、とフィンもうなずく。

穀物備蓄制度は、フィンが発案してどうしても導入したいと思っている制度だった。

凶作などの不測の事態に備えるためだが、前世の日本の備蓄制度をモデルに、全領民の二年分の穀物を領政府が買い取るという案は、地元の名士からなる領議会でずっと反対されていた。

前回、スマルベレンで飢饉が起こったのは、百年も前の話だ。もう長いこと、この地方で凶作は起こっていない。

数年おきに大小の不作はあるものの、それほど深刻な事態には至ったことはない。何かあっても、領外からの輸入でしのげる。

そんなことに税金を使うより、大きな賭博場を作って観光客を呼び込もう、観光を新たな産業にしよう、という地主勢力の声が大きくて、何度も否決された。

賭け事はフィンと父にとって鬼門である。賭博場だけは駄目だとフィンが強く反対し、父は板挟みになっていた。

二年経った今春、ようやく悲願がかなった。妻の死を乗り越えて働きづめだった父が、燃え尽きて体調を崩してもおかしくはない。

「原因がどこにあるにしろ、確かにこの二年、父様は忙しかった。ここらで休養を取るべきなのかもしれない。ちょうど議会も閉会している時期だし」

フィンも、毎日顔を合わせている父の不調に気づけなかった。それほど余裕をなくしている自覚はなかったが、一度立ち止まる頃合いなのかもしれない。

「と言っても、家だとどうしても仕事をしちゃうな。王都の別邸でも、仕事だの社交だの引き合いが出てくるし。うちって、他に別荘とかあったっけ」

尋ねると、ジョナサンからすぐさま「ございます」と、返ってきた。

「奥様のご実家から受け継いだ領外の別荘、それに領内の別荘が一つ。近場ですと領内ですね。キウィヤードという、小さな村にございます。湖畔にあるので眺めも良いですよ」

「キウィヤード……」

どこかで聞いたことがある。小説に出てきただろうか。

小説の地名や人名は、かなり詳細に覚えているつもりだ。出ていたとしても、ほんの小さなエピソードのはずだ。

「キウィストンという大地主が、村長をしている村ですね。例の、賭場の誘致の」

「ああ、領議会の議員か」

賭博場を作ろうと言っていた、議員勢力のトップだ。賭博場は治安悪化の懸念を理由に、領主である父が否決した。

キウィストンとしては、面白くないに違いない。しかし、領主が自分の別荘に行くのに問題はないはずだ。

「別荘の件、すぐ父様に提案してみるよ」

「坊ちゃまがご提案されれば、旦那様も喜んで行かれるでしょう」

ジョナサンがにっこり笑った。

彼の言うとおり、フィンが夕食の席で別荘に行きたいと誘うと、父は喜んで応じた。

「そういえば、アマンダが亡くなってから旅行もしてなかったね。以前は毎年、どこかに出かけていたというのに」

「父様も二年間、お仕事大変だったでしょう。たまにはのんびりしましょうよ。湖で釣りなんかして」

「いいねえ」

その日のうちに、キウィヤードの別荘行きが決まった。一週間でスケジュールを調整し、翌々週にはジョナサンに留守を任せて父と二人、湖畔の別荘へと出発した。

別荘に着くまでの間、馬車の中で前世の記憶を探る。

小説の中でキウィヤードが出てこなかったかと考えてみたが、やはりどうしても思い出せなかった。

キウィヤード村は、よく言えば風光明媚《ふうこうめいび》、ありていに言うと、自然以外は何もない場所だった。

フィンたちの屋敷がある領の中心も田舎ではあるが、それでも領主街は栄えているし、周辺の村々も長閑《のどか》だが文明の匂いがあった。

しかし、フィンたちが住む領主街から馬車に揺られること半日、湖畔の村は中心地でも人の姿がまばらだった。

ぽつぽつと点在する民家の中には、人の住んでいる気配がなく廃屋となっているところもあった。

ひなびているのを通り越し、さびれていると言ったほうがいい。

「以前にここに来たのは確か、フィンが三つの時だから、もう六年ほど前か。お前は覚えてないかな。あの時はもっと、活気があったんだけど」

村に入り、馬車で舗装された道を通りながら、父も戸惑った顔で村の景色を見ていた。フィンは覚えていなかった。

「ここに来る途中の田畑も、放棄されたみたいに荒れた場所がいくつかありましたね。人の手が足りてないんでしょうか」

キウィヤード村のほとんどの土地は、村長であるキウィストンの所有だ。

村と言っても土地は広大で、農業や畜産業が盛んだと聞いている。キウィストンは領議会でブイブイ言わせている議員だけあって、裕福だと思っていた。

しかし、こうして彼の所有地を見る限り、とても実入りがいいとは思えない。賭博場の誘致に躍起になるくらいだから、ひょっとして生産業に問題があるのではないだろうか。

考え込みそうになって、フィンは急いで頭から追い出した。

（ダメだ。今は父様の休養を優先しなくちゃ）

まだ若いのに眠れないなんて、いい状態ではない。フィンはこの休暇で、とにかく父の心身を休ませるつもりだった。

「あっ、湖だ」

少し進むと視界が開け、湖が現れた。対岸に深い森と、その奥になだらかな山を頂く美しい湖だった。この景色だけでも来た甲斐がありそうだ。

「綺麗《きれい》だねえ」

父も目を細め、しばし湖沿いの景色を楽しんだ。

別荘は、湖のほとりに建っていた。領主街の本邸より小さい建物だったが、ひなびた村の中にあって、ひときわ豪華に見える。

フィンたちが到着すると、別荘の管理を預かる執事夫妻をはじめ、使用人たちが勢ぞろいして出迎えてくれた。

待っていたのは、使用人だけではない。執事夫妻と一緒に、村長のキウィストンの姿もあった。

「村長が出迎えてくれるなんて。忙しいのにすまなかったね」

父も聞かされていなかったようで、驚いている。

キウィストンは年のころ五十くらいの、太った短軀《たんく》の男である。頭は側面を残して禿《は》げ上がっていて、頭部がテカテカと光っている。黒々としたヒゲだけが立派だ。

わかりやすい小物の悪役、といった風体だった。いや、外見で人を判断してはいけないが。

「いえいえ。領主様がおいでになるとなれば、お出迎えしないわけにはいきません」

キウィストンはにこにこ笑顔で、へつらうように短軀を屈《かが》めて言った。

「臨時の人手も、村長様が派遣してくださったんです」

別荘の執事が言葉を添えた。主人であるフィンの父よりも、キウィストンに気を遣っているように見える。

「そうか。それはありがたい」

「ご滞在中にご不便がありましたら、ぜひ私に仰ってください。領主様をおもてなしするのは、村長の務めですから」

父が労《ねぎら》うと、キウィストンがさらに揉《も》み手をしながら言った。

なんでもこの別荘、普段は執事夫妻と二、三人の使用人だけで維持しているそうだ。大きな屋敷ではないので、それで事足りるのだという。

ただ、主人が滞在するとなると、もっと人手がいる。そういう時は、臨時に村人を雇用するそうで、今回その手配をしてくれたのが村長のキウィストンなのだそうだ。

村長だし、この一帯の地主だから、方々に顔がきくのだろう。彼の態度を見ると、この別荘もキウィストンのもので、フィンたちは単なる宿泊客のように思えてくる。

しかし実際は、屋敷とその周辺はフィンの父の所有地だ。湖も領主のものである。

キウィストンの態度はいささか気になるが、フィンは顔に出さず、子供らしくお行儀よくしていた。

そのキウィストンは、頭部をテカらせながらひとしきり父におべっかを並べた後、その隣にちょこんとたたずむフィンに視線を移した。ニタッ、と笑う。

「おお、こちらが神童と噂《うわさ》のご子息ですか。聡明《そうめい》そうで、しかも大変お可愛らしい」

「し、神童？」

フィンは父を見た。前世を思い出してからこっち、父を介して共栄会や領議会に様々な提案をしてきたが、それは父と二人の秘密のはずだった。

大人の記憶と自我を持った子供なんて意味不明だし、様々な改革案を出したのが年端《としは》もいかない子供だと知られたら、大人たちから無用な反感を買うと考えたからだ。通る提案も通らなくなる。

父には固く口止めしたのに、もしや喋《しゃべ》ってしまったのか。父は「いやあ」と、嬉《うれ》しそうに頭を掻《か》いていた。

「亡くなった妻に似たのかもしれないねえ。この年でもう、十七、八の学生が学ぶような分野を勉強してるんだよ。語学も堪能《たんのう》でね」

どうやら違ったようだ。単に親バカを晒《さら》していただけだったらしい。キウィストンは大袈《おおげ》裟《さ》に「それはすごい！」と、驚いて見せた。

「小公子様は、よくお勉強なさっておいでなのですね。でもここまでは家庭教師もついてこないでしょう。ご滞在中は、乗馬などされてはいかがでしょう。実は小公子様のために、とっておきの小馬《ポニー》をご用意したんです。おい、連れてこい」

キウィストンは突然、そんなことを言ったかと思うと、そばにいた自分の側付《そばづ》きの男に命じた。

側付きの中年男は、急いでどこかへ飛んで行った。間もなく背丈の低い馬が、みすぼらしい恰好《かっこう》の使用人に引かれてやってきた。

「ほら、さっさとしろ。何をぐずぐずしてるんだっ。このノロマめ」

中年男は、馬係の使用人を叱責している。どうやら馬が嫌がって、なかなか進もうとしないようだ。

「いい子だ。大丈夫だからおいで」

馬係は、自分より体高の低い馬を必死になだめている。

その声は若く、フィンはその馬係がまだ少年であることに気がついた。

大人くらいの背丈があるのと、ぼさぼさの髪が顔にかかっていたし、白髪《はくはつ》で足取りが弱々しいので、老人だと思っていた。

白髪は加齢によるものではなく、いわゆるプラチナブロンドなのだろう。

「馬の世話くらい、ちゃんとしろっ。まったく、役に立たない奴だな！」

中年男が怒鳴り、少年の脛《すね》を蹴《け》飛《と》ばした。少年は中年男と同じくらいの背丈だったが、よろりと足がもつれて馬にもたれかかった。

「てめえ、大事な馬に」

「やめなさい。子供に暴力をふるうな」

中年男が拳を振り上げたのを、父が珍しく鋭い声を上げて制した。

（父様、グッジョブ）

フィンが心の中で親指を立て、中年男と、黙ってそれを見ていたキウィストンも我に返る。

「そうだ。やめないか。お客様の前だぞ」

いや、あなたのお客様じゃないし。フィンはツッコみたいのをがまんした。

馬係の少年はよろめきながらどうにか体勢を整え、父とフィンの前に馬を連れてきた。

「どうです、毛並みの良い馬でしょう。希少な品種なのですよ。国外の商人から仕入れましてね。これから村で繁殖させようと思っているのです」

キウィストンが得意げに言う。確かに馬は毛並みが艶やかで、よく手入れされていた。しかしそのぶん、隣に立つ少年のみすぼらしさが際立つ。

よく見れば、少年の腕や脛にはたくさんの切り傷や打撲の痕《あと》があった。それに、ひどく痩《や》せている。衣服は身体のわりに小さく、しかもボロボロだった。

父も気づいたのか、少年を見て軽く眉をひそめ、キウィストンを睨《にら》んでいた。

「ああ、これはとんだお目汚しを。おい、馬を置いてさっさと行け。いつまでその汚らしい面《つら》を領主様に見せる気だ」

キウィストンは、父の視線を勘違いしたようだ。少年を叱責した。側付きの男が少年を小突く。父がたまりかねたように声を上げた。

「やめなさい。暴力をふるうなと言っただろう。君たちは自分の使用人を、いつもそんなふうに扱っているのかね」

父の言葉は、フィンにとっては頼もしく、道理にかなっているように聞こえたが、キウィストンと側付きの男にとっては、ひどく意外に感じたようだ。

二人とも驚いて目を見開き、叱責されているのが自分たちだとわかるや一転、屈辱に顔を歪ませた。父に対し、「この若造が」とでも思っているのかもしれない。

しかし、何と言っても父は領主である。キウィストンはすぐ、こびへつらう笑顔に戻った。

「いえ、申し訳ございません。このガキ……いえ、この者は村外れの偏屈な老人に育てられたせいか、まるで世の中の道理がわかっていないのです。老人が亡くなって浮浪児同然だったのを、私が見かねて拾ってやったものでして。まあ、こういう慈善行為も村長としての務めですからな」

キウィストンがいささか得意げに話すのを、一歩下がった場所にいた少年が睨んでいた。

その力強い眼差しと、青い瞳の鮮やかさに驚き、フィンは少年をまじまじと見つめる。少年はフィンの視線に気づき、すぐに顔を伏せた。

「あ……」

我知らず、フィンは声を上げていた。忘却の海に沈んでいた記憶が、不意によみがえった。

「その子の……馬係の少年の名前は、なんというんですか」

ある事実を思い出した時、フィンは声を上げていた。ここに至るまで、ほとんど喋らなかった子供が唐突に口を開いたので、その場の全員がフィンを振り返った。

少年も、驚いたようにフィンを見る。

プラチナブロンドと、鮮やかな青い瞳。髪は伸び放題だし、肌は全体が垢《あか》じみていたが、よくよく見れば端正な顔立ちをしていた。

彼がフィンの思う人物だとしたら、それも当然かもしれない。彼は、小説『地平線まで』の、主人公カップルに次ぐ重要な人物なのだから。

「名前、ですか。……何だったかな」

キウィストンは思い出せないようで、側付きの男を見る。側付きの男がヘラヘラと笑いながら答えた。

「ロバートです」

「違う。俺の名前はユエンです」

すぐさま、少年が訂正した。中年男はカッとなって拳を上げかけ、父のほうを見て急いで下げた。

「そ、そうでした。ユエンだ。姓はありません。ただのユエン。こいつは孤児なんです。村外れのじいさんに拾われて」

それを聞いたフィンは、やはり、とうなずいた。

ユエン。後にわかる本名は、ユエン・ボールドウィン。それをこの場で口にしたら、頭がおかしいと思われるだろう。

ボールドウィンは、由緒ある侯爵《こうしゃく》家と同じ姓だからだ。

「年齢は……今年、十四歳になる？」

フィンが尋ねると、ユエンは弾《はじ》かれたように顔を上げ、驚いた顔でうなずいた。

間違いない。キウィヤード村のユエン。

地名を聞いた時、どこかで耳にしたことがあると思った。ユエンの出身地だったのだ。

彼が小説に登場するのは、今から九年後。

主人公のリルと出会い、リルに惹《ひ》かれる。けれどリルは、ひたむきにエイデンを愛していて……。

つまりユエンは、物語の当て馬なのだった。

二

ユエンこと、ユエン・ボールドウィンは、キウィヤード村で過酷な少年時代を過ごした。その後、たまたま村を通りがかった騎士に生来の体格の良さと剣の才能を見出《みいだ》され、騎士見習いとなる。

リルと出会った時はすでに、騎士の叙任を受けていた。

リルの相手役であるエイデンが、さっぱりと明るく、快活な美男子なのに対し、ユエンは寡黙《かもく》でどこか陰がある美丈夫だ。

感情をあまり表に出さず、でも、胸の内には熱い想いを秘めている。リルを助け、自分の恋情を脇に置いて、リルとエイデンが結ばれるのを手助けする。

そうしてリルとエイデンが結ばれた後は、三人で悪役令息ことフィン・チェリーゲイトの悪事を暴き、チェリーゲイト家に正義の裁きが下るよう尽力するのである。

フィンは前世では、どちらかというとユエンを応援していた。

エイデンは苦労知らずないいとこのボンボンで、いい人だし明るいけど、たまに無神経な言動があったりして、イラッとしたものだ。

リルとユエンがくっつけばいいのに、と何度思ったことか。

ファンの間でユエンの人気も高かったはずだ。なのに彼は誰とも結ばれず、ただひたすら善良な当て馬として、物語の最後までリルを助け続けて終わる。

そんな、当て馬の少年時代に遭遇してしまった。

「これ……なん、ですか」

そして今はフィンの目の前で、ひたすら困惑した顔をしている。

「もちろん、君の食事だよ。お風呂には入れたみたいだね。よかった。ゆっくり食べて、今日はとりあえず、仕事はなしにしよう。ずいぶん疲れてるみたいだから」

ユエンが不安そうな顔になるので、フィンはさらに付け加えた。

「馬の世話は、うちの使用人に頼んでおくよ。気難しい馬みたいだから、世話のことで君に相談するかもしれないけどね。とにかく、うちに来たからには元気になってもらわないと」

ユエンは少し安心したような、それでも訝《いぶか》しむ目をフィンに向けた。

自己紹介をしたので、領主の息子だということは、彼も理解しているはずだ。それなのに、わかりやすく胡乱《うろん》な目を向けてくる。

キウィストンの下《した》でひどい扱いを受けていたようだけど、彼のこうした態度を生意気だと取られて、余計にいじめられていたのかもしれない。

この少年が後のユエン・ボールドウィンだと気づいたフィンは、慌てて「彼をうちで引き取りたい」と、申し出た。

熟考したわけではない。咄嗟《とっさ》の思いつきに等しい。

ただ、ここで小説の重要なキャラクターを見つけた以上、そして彼の子供時代が想像以上に悲惨なものだと認識した今、放っておくことはできなかった。

父は驚いていたが、何か察したようだ。すぐにキウィストンに話をつけてくれた。

「この小馬は貸してくれるということかな。えっ、贈り物？　それはどうもありがとう。ついでと言ってはなんだが、その馬係の少年ももらい受けることはできないだろうか。息子と比較的、年も近いし、小馬に乗るのに慣れた馬係がいてくれたほうがいい」

そう言われたキウィストンは、最初はユエンを手放すのを渋っていた。金がかからず使い倒せる便利な下働きを手放すのは、惜しいと思ったのかもしれない。

「そういえばキウィストン。あなたは以前から、我が家が所有する絵画を欲しがっていたよね？　ほら、『花と乙女』とかいう題名の。小馬と馬係のお礼に、あれを贈ろう。希少な馬も優秀な馬係も、タダでもらういわれはないからね。これで貸し借りなしだ。どうかな」

父が畳みかけ、キウィストンはコロリと態度を変えた。

『花と乙女』という絵画は、寡作で有名な画家の作品だ。画家が亡くなって、値段が付けられないくらい、価値が跳ね上がっていると聞いた。

いくら小馬が希少種でも、絵画の価値には及ぶまい。それを父はあっさり手放した。豪気だな、とますます尊敬する。

「ほ、本当によろしいので？　もちろん私としましては、こんなありがたい話はございませんが」

　よほど絵が欲しかったらしい。キウィストンは途端に目をギラつかせ、脂っぽい顔でニタニタ笑いながら食いついた。

　父は、すぐ王都にある別邸に手紙をやって絵画を送らせると約束し、ユエンは無事にチェリーゲイト家の使用人となった。

　フィンの思いつきで、大変な散財をさせてしまった。

　しかしこれはある意味、損して得を取る賢明な判断だったかもしれない。がめつそうな村長が、希少な小馬を献上したのだ。何か魂胆があったはずだ。

　賄賂《わいろ》として差し出し、代わりに何か融通しろと言うつもりだったのか、あるいは繁殖を考えていると言っていたから、チェリーゲイト家に出資させようと考えていたのか。

　いずれにせよ、父は小馬よりもうんと高価な絵画を返礼として与えた。もうキウィストンは、あの小馬をだしにして父に願い事を言うことはできない。

「父様、グッジョブ」

　キウィストンたちを帰した後、フィンは父にビシッと親指を突き出した。父はどういう意味か理解できなかったようだが、にこっと笑った。

「あとで、わけを聞かせてくれるね」

必ず説明すると約束して礼を言い、フィンはすぐさまユエンの傷の手当てと、食事の用意を使用人たちに頼んだ。

ついでに、本宅に連れて帰るかもしれないので、身なりを整えさせるようにとも伝える。

「あの子を連れて帰るんですか？　いえ、問題というか……教養も何もありませんし、偏屈だと評判の老人に育てられた、得体の知れない子供なので」

執事の妻が、問題児を家に入れたかのように軽く眉をひそめていた。どうやらユエンは、村人たちから厄介者扱いされているようだ。

彼は村外れの老人に拾われ、育てられた。その辺りの経緯を、フィンは小説を読んで詳しく知っているが、村人たちは知らない。

村外れの老人はいわゆる、村八分にされている被差別者だった。その老人に育てられたユエンもまた、村八分となる。

四年前に老人が亡くなって以来、ユエンは村の人たちがやりたがらない、きつくて汚い下働きの仕事ばかりを請け負い、どうにか糊口《ここう》を凌《しの》いでいたようだ。

やがて馬の世話が得意だというので、村長の屋敷で雇われたらしい。

しかし、実際は使用人というより奴隷《どれい》のような扱いで、食べ物もろくに与えられず、重労働をさせられていたという。

そうしたユエンの生い立ちを、声をひそめてフィンに打ち明けてくれたのは、臨時雇いの中年女性だった。

「私ら下々の者たちには、働き者だって評判なんですよ。悪い子じゃないんです。でもほら、執事さんご夫婦は村長様の親戚ですから」

この村では村長が絶対的な権力を握っており、逆らうことは死活問題につながる。だからユエンの境遇を気の毒に思ったとしても、誰も声を上げられないのだ。

フィンはその女性にユエンの傷の手当てを頼むことにした。厨房に頼んで、消化のいいスープとパンを出してもらい、ユエンの部屋を用意させる。

手当てを終えたユエンを部屋に入れ、食べ物を差し出すと、困惑していた。

「とにかく食べて。お腹、空《す》いてるんじゃない？」

怪訝《けげん》そうにこちらを見る年上の少年に、フィンは重ねて勧めた。

小説の中で、彼の幼少時代の思い出が語られる場面があった。育ての親の老人が亡くなってから、いつも飢えていたこと、村を出ることを切望していたこと。

それに今も、フィンを警戒しながら、テーブルの上に置かれた食事をちらちら見ている。野良猫みたいだ、と思った。毛を逆立てて、我が身を守ろうと必死に周囲を警戒している。

もっともユエンの外見は、猫というより大型犬を彷彿《ほうふつ》とさせたが。

「僕がいると食べにくいか。少ししたら皿を下げにくるよ。その時に、ちょっとだけ話をさせて」

じゃあまた、と言い置いて、フィンはそそくさと部屋を出た。

扉を閉めた途端、カチャカチャと食器が触れ合う忙《せわ》しない音がする。今は猛烈な勢いで食事をしているところだろう。

ひとまず安心したが、ユエンの棒きれみたいな細い手足を思い出し、悲しくなる。

栄養不足のわりに上背《うわぜい》は伸びたようだが、とにかく細すぎる。

傷の手当てをした中年女性が、手足だけでなく背中や腹にも暴力の痕があったと報告してくれた。それも、古いものから新しいものまで様々だったと。

養父の老人が亡くなった時、ユエンは十歳だった。それからずっと、村人たちに暴力を振るわれながら生きてきたのだろうか。

もう、そんなことはさせない。ユエンが重要人物だからというより、子供がそんな目に遭っているのが耐えられなかった。

ユエンの部屋を離れ、父に会いに行った。

父は二階の居室で、お茶を飲んでいるところだった。

「あの子の世話は、終わったのかい」

おっとりした父の顔を見て、ひどく安心した。この人が父親でよかった。

「恒常的に暴力を受けていたようです。養父の老人もそうですが、彼はこの村で差別を受けてきたようで。食べ物もろくに与えられていなかったので、痩せていました」

なるべく感情を抑え、フィンは現状を報告した。

間もなく、フィンのお茶が運ばれてきて、父としばらくお茶を飲む。

「で、彼は何者なのかな」

使用人が下がったのを見計らって、父が切り出した。フィンは、何から話したものかとしばし考える。

「未来で僕と父様を断罪する、小説の重要な登場人物の一人です。彼と主人公たちに追い詰められて、僕たちは領地を追われます。そして、逃亡途中で領民に殺される」

「それは嫌だなあ」

父は未来の光景を想像したのか、遠くを見て顔をしかめた。

「今のところ、父様は賭博に依存するどころか、手も出していませんし、僕も悪いことはしないつもりなので、未来は回避されるはずです。それはともかく、彼はただの孤児ではありません。後に発覚するのですが、かのボールドウィン侯爵の落とし胤《だね》なんです」

「ええっ。それは本当に？」

お茶が咽たらしく、父は軽く咳《せ》き込みながら目を瞠《みは》った。

「本当です。後で確認しますが、ユエンは指輪を持っているはずです。これは彼が赤ん坊の頃、彼の母親が身に着けていたものです」

彼を拾った老人は、指輪のいわれはわからないまでも、その凝った造りからして、訳ありだと察したようだ。

ユエンが幼い頃から繰り返し、この指輪はひょっとすると、ユエンの身の証《あかし》を立てるものかもしれない。そうではないかもしれないが、お前の母親が大事に持っていたものだから、今は誰にも知られてはならないと言い含めていた。

売ればかなりのお金になっただろうに、ユエンから奪うこともなく、肌身離さず身に着けさせていたのだから、老人は思慮深く愛情深い人物だったのだろう。

「ご落胤《らくいん》て、今のボールドウィン侯爵の？　それとも息子のほうかな。息子さんも、場合によってはユエンくらいの子がいてもおかしくない年齢だ」

「今のボールドウィン侯爵の子供です。これも後からわかるんですが、ユエンの母親は、侯爵の妻の異母妹なんです。妻の妹に手を出しちゃったわけですね」

ゲスいことこの上ない。

「つまり、今の侯爵家嫡男とは、異母兄弟でもあり、従兄弟《いとこ》でもあるってことか」

そのとおりです、とフィンがうなずくと、父は複雑そうな顔をした。

汚れた大人の事情とか情事とかを、九歳の息子の口から聞かされるのは微妙な気持ちなのだろう。

「異母妹と言っても、書類上は庶子ですけどね。侯爵夫人の父親がたわむれに使用人に手を出して生まれた子供なんです。しかし、ユエンの母は巷《ちまた》で評判の美人に育った。侯爵夫人がそんな異母妹に複雑な感情を抱くのは、当然のことでしょう。はっきり言って、夫人は妹を憎んでいました」

そんな異母妹と夫が浮気をしたのである。

果たして、ユエンの母親から誘惑したのか、侯爵が迫ったのか、小説には書かれていなかったので不明だが、一夜限りの関係ではなく昵懇《じっこん》の仲だったようだ。

侯爵夫人はその事実を知ると激怒し、すぐさまユエンの母を実家から追い出した。侯爵はというと、妻の実家から資金援助を受けていたので、強く出られない。

誰もあてにできず、ユエンの母は一人で生きていかねばならなかった。

さらに困難なことに、追い出された後になって、侯爵の子を身ごもっていることに気づく。戻って侯爵に事実を告げても、彼は何もしてくれないだろう。それどころか、子供がいることが知られたら、異母姉にどんな仕打ちをされるかわからない。しかも、生まれた子が男の子だったら。

身の危険を感じたユエンの母は、一人で子供を産み育てることを決めた。けれど身重の女一人、生きていくのは生半可なことではない。

ユエンを無事に出産したものの、産後の肥立ちも悪く身体を壊した母は、遠縁を頼ってキウィヤード村へ辿り着く手前で力尽き、息絶える。

村外れの老人が発見した時、赤ん坊は母親の遺骸のそばで泣いていた。

「ううっ、可哀そうに。ユエンだって母親だって、何も悪いことなんかしてないのに」

話の途中から、父がベソベソもらい泣きをはじめた。

「まあ、浮気はしたわけですが」

「それだって、男に無理やり言い寄られたのかもしれないじゃないか。なんて不条理なんだ。残酷だよ」

そうですね、とフィンは同意する。

父の倫理観や情緒には賛同するものの、お人よしの彼がいずれ、誰かに騙《だま》されたり利用されたりしないか心配である。自分が見守らなくては。

「ともかく、ユエンはキウィヤード村の老人に拾われるわけです。老人はユエンの母を埋葬しますが、その時に母がはめていた指輪を抜いてユエンに持たせました」

「それが、ボールドウィン侯爵家の印か」

「はい。侯爵がユエンの母に贈ったもので、ボールドウィン家の女性に代々受け継がれる装飾品の一つだったとか。これが決め手になって、ユエンがボールドウィン侯爵の息子だと証明されるんです」

他にも、若い頃の侯爵の面影があったり、ボールドウィン家の白髪と碧眼《へきがん》を受け継いでいたりするのだが、指輪が決め手となる。

「なるほど。それなら今から、ボールドウィン侯爵に連絡しようか」

父が腰を浮かせかけるのを、フィンは「待ってください」と制した。

「今、ボールドウィン家にユエンの存在を知らせるのは、得策ではありません。万が一、侯爵夫人に知られたらユエンの身が危ういです」

「あっ、そうだった。危ない危ない。でもフィンの言う物語では、いずれ出自が発覚するんだろ？」

「話の終盤なので、今から十年くらい後ですね」

「ずいぶん先だな」

「今のボールドウィン侯爵が、そろそろ一人息子に家督を譲って隠居しようかな、なんて考えていた矢先、その放蕩《ほうとう》息子が花柳病《かりゅうびょう》を患った末に死んでしまうんです」

花柳病、つまり性病である。彼の死を阻止するには女遊びをやめさせるしかないが、他人が忠告しても余計なお世話と睨まれるのがオチだ。

「息子には妻がいましたが、最後まで子供はできませんでした。花柳病が原因かもしれませんけど。跡継ぎがいなくなって泡を食ってる侯爵に、騎士団長が部下である騎士ユエンの存在を教えて、そこで初めて妻の異母妹がかつて身ごもっていた事実を知るんです」

騎士団長はたまたま、ユエンが肌身離さず身に着けている指輪の存在を知っていて、もしかしてと考えていた。

しかし、下手に嘴《くちばし》をはさんでお家騒動に巻き込まれるのも面倒だからと、黙っていたようである。

「なるほど、わかったよ。つまり当分、ユエンは我が家で預かっていたほうがいいってことだね」

父の理解が早くて助かる。こんな胡散臭い息子に、全幅の信頼を置いてくれるのもありがたかった。人がよすぎて心配ではあるが。

「うちに連れて帰って、当面はフィン、お前の従僕にしよう。教育を受けさせるのと、剣の稽古をつけさせる」

「教育と剣の稽古は、僕もお願いしようと思ってたところです。父様すごい」

父に思わず飛びつくと、「ふふふ、まあね」と、嬉しそうに相好《そうごう》を崩した。

「父様、大好きです。僕、父様の息子に生まれてよかった」

リップサービスもあるが、ほぼ本心でもある。

「父様も、フィンを愛してるよ。フィンが息子でよかったよ〜」

にっこり笑い合い、二人でほのぼのしていた。

父と話を終え、フィンはユエンの部屋に引き返した。

そろそろ、食事を終えている頃だろう。指輪の存在を確認しようと思っていたのだが、部屋の扉を叩いても応《いら》えがない。

中を覗くと、ユエンの姿はなかった。食事の皿も下げられている。

どこに行ったのだろう。厨房に聞きに行くと、そこにユエンがいた。しかしなぜか、大柄な中年女性に怒鳴られていた。

「よく考えて物を言いな。お前に厨房の手伝いなんか、させられるわけないだろ。こっちは領主様に召し上がっていただく食事を作ってるんだよ。お前が触った食べ物なんかお出しできるか。どんな病気を持ってるかわかったもんじゃない」

フィンは女性の暴言に唖然《あぜん》とする。さらに愕然《がくぜん》とすることに、その脇で椅子に座って煙草《たばこ》を吸っていた高齢の男性が、ペッとフィンの足に唾《つば》を吐いた。

「ちょっとお情けをかけていただいたからって、いい気になるんじゃねえぞ。ここにはお前の仕事なんざねえんだ。さっさボロ小屋に帰れ」

ユエンは両手を前で組み、黙ってうつむいていたが、それを聞いてくるりと踵《きびす》を返した。

フィンがいる厨房の入り口とは別の、勝手口に向かって歩き出す。

彼らの会話から察するに、ユエンは食事をした後、休まずに仕事はないかと聞きに行ったのだろう。何もせずに休んでいるのは落ち着かなかったのか。しかし、使用人たちはけんもほろろだった。

「ちょっと待って」

ユエンが出て行こうとするので、フィンは慌てて扉の陰から飛び出した。

二人の使用人がギョッとこちらを振り返る。ユエンも足を止めて振り返ったが、そこには諦めた大人のような表情があった。

フィンは厨房の中へ進んだ。大柄な女性と、癇性《かんしょう》らしい老人を前にすると、自分がどれだけ小柄かわかる。怯《ひる》みかけたが、ここは大事なところだと腹に力を入れた。

「彼は我が家の使用人だ。なぜ使用人の処遇を使用人のお前たちが勝手に決めるんだ？　それも、お前たちは臨時雇いだろう」

あえて横柄に、大人二人と対峙《たいじ》した。

女性のほうは、子供が何を言ってるんだとばかりに眉をひそめ、老人はカッとなったように一瞬、顔を歪ませてこちらを睨む。

フィンが村の普通の子供だったら、どちらかに殴られるか蹴られていたに違いない。

「あらまあ。小公子様。ここは子供の来るところじゃありませんよ。危ないですから、出て行ってくださいませ」

子供だから丸め込めると思ったのだろう。中年女性が怒り顔を歪めたような笑顔を作り、猫撫《ねこな》で声で言った。

フィンは頭の中で計算する。ここには父の休養のために来た。到着したばかりでユエンというイレギュラーを迎え、ただでさえ面倒をかけている。

ここで使用人の態度を巡《めぐ》って騒ぎを起こすのは、さらに父を疲れさせるのではないか。

しかし、滞在中ずっと、信用のおけない使用人を放置しておくのも苦痛だ。そのうち別の問題に繋《つな》がる可能性もある。

そこまで考えて、フィンはこの場の対応を決めた。

大きく息を吸って深呼吸し、大人二人を睨み上げる。それからゆっくり口を開いた。

「キウィストン氏が手配した使用人だと聞いていたが、氏はずいぶんと低能な人間を連れてきたものだな。それともこの村の人々は、領主を侮っているのか」

女性と老人が、呆《あき》れたように顔を見合わせる。フィンは構わず続けた。

「無知蒙昧《むちもうまい》なお前たちが、自発的に領主を見くびるとは考えにくい。村長の差し金だな。チエリーゲイト子爵家など、恐れ畏《かしこ》まるに値しない。この村の真の為政者は自分であると、村長が村人たちを煽動《せんどう》しているというわけだ。――不敬罪、ならびに反乱罪である。領法に則《のっと》れば、キウィストンには死罪が適用される。反乱に与《くみ》したお前たちも実行犯として同罪だ」

老人が怒りを笑いで誤魔化《ごまか》し、ぼそりとつぶやいた。

「な……何を言ってるんだか。まったく最近のガキは」

「その子供の言うことすら理解できないのだから、まったく最近の老人は理解力が低下しているな。まだわからないのか？　お前たちの言動の責任を、村長に取らせると言っているんだよ。領主家の使用人を勝手に解雇するなど、越権行為もはなはだしい。厨房係のくせに最低限の衛生観念もない。厨房で唾を吐くな。煙草も吸うな」

ついでに言ってやった。さっきのあれは許せなかった。気持ち悪い。煙草もやめてほしい。

「食事の用意は必要ない。お前たちにこのまま料理をさせたら、何を盛られるかわかったもんじゃないからな。ユエン、君は出て行く必要はない。こっちに来なさい」

ユエンは勝手口の前で、ぼさぼさに伸びた前髪の奥から、大きく瞠った青《あお》い瞳を覗かせていた。呆気《あっけ》に取られていたのかもしれない。

フィンが命じると、ハッとしたように瞬《まばた》きし、フィンのそばまで来た。

「行こう」

そう言ってユエンの手を取ったのは、さっさと厨房を離れたかったからだ。

しかし、フィンが手を掴《つか》んだ途端、ユエンは弾かれたように手を振り払う。フィンは驚いて、自分よりうんと背の高い少年を見上げた。

相手も戸惑った顔をしている。よくわからないが、勝手に手を握られるのが嫌だったのかもしれない。

迷ったが、啖呵《たんか》を切った手前、早くこの場を立ち去らないと気まずい。

フィンは手の代わりに、ユエンのシャツの裾を握り、軽く引っ張った。今度は振り払われず、ユエンは黙ってついてきた。

厨房から離れるとすぐ、ユエンを連れて父のところへ戻り、簡単に事情を説明した。

父はその場で執事夫妻を呼び出し、フィンが報告した内容をいくぶん柔らかい表現で彼らに伝えた。

「このユエンという子は、息子の従僕にする。屋敷に連れて帰るからそのつもりで。それから、厨房係は解雇してくれ。信用できない者を家に置きたくないのでね。代わりの厨房係を手配してくれ。村長のことは気にしなくていい。解雇は今すぐだ。今日の食事がパン一つでも、我々は文句を言わないよ」

ね、と父がフィンを見るので、フィンも大きくうなずいた。

「何でしたら、今夜の夕食は僕が作ります」

自炊していた前世の記憶がある。わりと得意だったはずだ。本気だったのだが、この場の全員に冗談だと思われたようだ。父にさえ、クスッと笑われてしまった。

その夜は、別の使用人ができる範囲で料理を作ることになった。執事夫妻はユエンを見て複雑そうな顔をしていたが、父が命じるとそそくさと部屋を出て行った。

「父様、ありがとうございます。あと到着早々、忙しくさせてすみません。夕食の時間まで席を外しますけど、仕事とかしないでゆっくりしてくださいね。ユエン、行こう」

父にそう言い置いて、フィンもユエンを連れてその場を離れた。

廊下を歩きながら、その時のフィンは少し、ユエンに対して苛立《いらだ》っていた。

せっかく休養に来たのに、これでは父が休めない。ユエンが自分の部屋で大人しくしてくれていたら良かったのに、と思ったからだ。

「どうして、僕が言ったとおりに休んでいなかったの？　今日のうちに、君の立場を使用人たちに周知させようと思ってたのに」

ユエンと彼の部屋まで戻り、中に入るなり、フィンは小言を言った。

扉を閉めてから、ユエンを振り返る。彼はシャツの裾を握りしめ、うつむいていた。

「聞こえたかい。勝手な行動をされたら困る」

申し訳ございません、とたどたどしい声が返ってきた。消え入りそうな声に、ちょっと言い過ぎたかな、とフィンは反省する。

しかし、そう思ったのも束《つか》の間《ま》だった。ユエンはぼさぼさの前髪の奥から、恨めしそうな眼差しをこちらに向けた。

「俺みたいなのが、こんな立派な部屋で食っちゃ寝してたら、後で何をされるかわからない、です。だから」

だからすぐさま、自分にできる仕事を見つけようと部屋を出た。

それを聞いて、フィンは返す言葉を失った。

立派な部屋と言うけれど、フィンから見たら粗末で狭苦しい部屋だ。怪我《けが》をして、お腹を空かせていて、疲れきってもいる。

さっきだって足元がふらついていたのに。それでもユエンが生きてきた環境は、ゆっくり彼を休ませてはくれない。

「それは、こちらの説明不足だった。……悪かった。さっき父様が言ったように、君は僕の従僕になったんだ。そのことは個々の使用人たちにも周知徹底するし、休暇が終わったら本邸に連れて帰る。もうここの大人たちに怯える必要はないんだよ」

ここまで言えば、彼も安心するだろう。村を出て領主街に連れて行き、しかも領主の息子の従僕にするというのだ。大出世だし、喜んでくれると思っていた。

しかし、返ってきたのはやはり無言の、恨めしげな眼差しだった。

フィンを一睨みしてから、ぎゅっと唇を噛《か》んでうつむく。理不尽に耐えるように、彼はそれきりじっとしていた。

フィンはちょっとの間、呆然としていた。喜ぶどころか、彼はフィンの提案を明らかに迷惑がっている。

「ひょっとして、この村から出たくないの？」

雪のような真っ白な頭が、小さく揺れた。うなずいたらしい。

「僕についてくれれば、もう理不尽に殴られたり、罵《ののし》られることもない。お腹いっぱい食べられるし、この部屋よりもっと立派な一人部屋で生活できる。それでもこの村から離れたくないの？」

ユエンはその言葉に、迷うように視線をさまよわせたが、また小さくうなずいた。

フィンには理解できなかった。意味不明だ。人間らしい生活より、奴隷みたいなこの村での暮らしを選ぶなんて。

言葉を失っていると、ユエンはうつむきながら瞳を揺らし、ためらいがちに口を開いた。

「じいさんを、置いていけない」

「じいさん。それは、君を拾ってくれた老人のこと？　でも、彼は確か……」

何年も前に亡くなったのではなかったか。こちらが言い淀《よど》むと、ユエンは悲しそうに顔をしかめた。

「墓が、ある。俺が作ったやつで、粗末だけど。俺がいなくなったら、じいさんの墓守《も》りをする奴がいなくなる。それに、もしかしたら……村の奴らが墓を壊すかもしれない」

訥々《とつとつ》と、ユエンは言葉を紡《つむ》いだ。

十四歳のはずだが、話すと年齢よりも幼い感じがする。小説で読んだユエン・ボールドウィンと、今の彼とが結びつかなかった。別人ではないかという気さえする。

小説に出てくる彼は、寡黙だが理知的で、穏やかな人物だった。騎士団の中でも一、二を争う剣の腕を持ちながら、知力にも秀でている。文武両道のスパダリである。

だがすぐに、フィンは思い直した。彼はまだ、十四歳だ。

彼は、生まれ育ったこの小さな村しか知らない。養父から受けた愛情とわずかな教育、差別と暴力が支配する理不尽な世界が、彼のすべてだった。

十年後、文武に秀でた美丈夫に成長するのは、騎士に見出されて彼が努力をするからだ。

今の彼はまだ、何も知らない。限られた知識の中、懸命に一人で生きている。

フィンは、急にそのことに気がついた。いや、今までも知識としては知っていたはずだ。

でも、意識のどこかで小説の中の出来事だと考えていた。ユエンも、主人公のリルもエイデンも、フィンの中では他人より遠い架空の人物だった。

自分が悪役令息だということさえ、理屈ではわかっていても実感してはいなかった。

これは現実だ。ユエンという重要人物の人生を間近に見て、今ようやく、理解できた気がする。

目の前の少年は、フィンと同じ生身の人間で、五つ年上なだけの子供だ。

フィンと違って、裕福でも領主の父が守ってくれるわけでもない。たった一人で、自分の力だけで生きている。

それらの現実を実感して、フィンは己の傲慢《ごうまん》さが恥ずかしくなった。

前世の記憶を取り戻してから、どこかでいい気になっていた。自分は大人で、この世界の人にはない知識がある。特別な人間だと驕《おご》ってはいなかったか。

実際は、領主の父親がいなければ何もできない、九歳のひ弱な子供なのに。

「ユエン。そこのベッドに座って。ちょっと話をさせて」

フィンは彼のすぐ後ろにあるベッドを示し、静かな声で言った。

ユエンは戸惑った様子でベッドとフィンの顔を交互に見やり、おずおずとベッドに腰を下ろす。フィンも彼のすぐ隣に座った。

ユエンは一瞬、びくっと身をすくめ、主人となった年下の子供を見る。ちょっとだけ尻をずらしてフィンから遠ざかった。

何を言われるのだろう、と怯えるようにチラチラとこちらを窺《うかが》う。フィンはなるべく穏やかな表情を心掛け、優しく声をかけた。

「君のおじいさん。名前はなんていうの」

ビクッと肩が揺れ、モジモジした後、「……ナサール」と、小さくつぶやかれた。

「ナサール。異国風の名前だね」

小説には「老人」としか出てこなかったし、老人の風体も描写がなかった。白い頭がこくっと揺れる。

「うんと遠くから来たって。いろんなこと知ってた。この村の奴らも知らないようなこと」

ユエンの表情がわずかに明るくなる。その声音は誇らしげだった。

異国から来た老人。ユエンの口調からして、かなりの知識人だったのかもしれない。

「興味深いな。詳しく聞いてみたいけど、それはまた別の機会にしよう。ユエンは、おじいさんのお墓があるから、村から離れたくないんだね。おじいさんのことがなかったら、村から出てもいいと思う？」

質問にまた、こくっとうなずく。フィンも相手を見てうなずいた。

「僕は、このまま君をこの村に置いておきたくない。単純に、君が虐待を受けているのを見ていられないっていうのもあるけど。こちらにも事情があって、君を手元に置いておきたいんだ」

これには無言のまま、落胆したような、悲しそうな視線を向けられた。

フィンは膝の上で拳を握った。ユエンの身の上に同情しているし、なるべく彼の気持ちを尊重したい。

でも自分にとって何が一番大切かと言ったら、それは父のマシューだ。父と自分が辿るであろう、悲惨な未来を変える。それが最優先事項である。

だから、ユエンがたとえ嫌だと言っても、彼を領主街に連れて行く。彼は将来、フィンたちの敵となる人物だ。手元に置いて育て、味方につけておきたい。

「ユエン。君は指輪を持ってるね。赤ん坊の頃から、肌身離さず身に着けていたものだ」

切り出した途端、ユエンの目がこれまでにないくらい、大きく見開かれた。信じられないものでも見るように、フィンを見つめる。

「どう、して」

唇が震え、彼が腰を浮かせかけるのを見て、咄嗟に手首を摑んだ。

「あ、あっ」

青い瞳の中で、恐怖が広がるのが見て取れた。

「落ち着いて。確認するだけだ。大声を出すな」

できる限り優しく、怯えさせないように。そう思っていたけれど、ユエンに力ずくで抵抗されたら、フィンはかなわない。手首を強く摑み、厳しい声で叱責した。

「質問に答えて。指輪は今も持ってるね。首にさげてるはずだ。見せて」

「や、やだ。これは、大事なもので……」

ユエンは自分のシャツの胸元を、ぎゅっと片手で摑んだ。奪われると思っているのだろうか。相手の怯えように、フィンはため息をついた。

「じゃあ、無理に見せなくていいよ。でも、質問には答えて。君は指輪を持ってるね。ナサール翁《おう》が君を拾った時、君の母親が身に着けていたものだ。ナサール翁がそれを外し、ユエンに持たせた。肌身離さず着けているようにと言って。合ってる？」

「ど、どうして」

「質問に答えて」

「……そ、そう。合って、ます」

「指輪は鷲《わし》の印が入った金の指輪だ。鷲が、青い小さな石を持ってる」

ユエンの表情が固まる。もうこれ以上、驚くことはできないというくらいに。

しかしやがて、ゆっくりと片方の手を動かす。フィンが握った手を離すと、両手を使ってゴソゴソと首にかけていた紐《ひも》を手繰《たぐ》り、シャツの下から粗末な布の小袋を取り出した。

その小袋を、黙ってフィンに差し出す。

「中を見てもいい？」

こくりと首肯されたので、フィンは袋を受け取って中身を取り出した。それは女性物らしい、華奢《きゃしゃ》な金の指輪だった。

鷲は右足で青い宝石、恐らくサファイアを摑んでいる。小説の描写のとおりだった。

「それが何か、あんたは知ってるの」

一種の感動と共に指輪を見つめていたら、横でおずおずとユエンが口を開いた。怯えの色は去り、思い詰めた表情が浮かんでいる。

恐ろしさや不安より、知りたいという気持ちが勝ったのだろう。

現時点で、ユエンはこの指輪の由来を何も知らない。

母親が身に着けていたというだけで、それが本当に出自を示すものなのか、老人の推測だけで、何一つ明らかになっていなかった。

「うん、知ってる」

指輪を袋に戻し、強く入り口を縛ってから、ユエンにそれを返した。

小袋も首の紐もボロボロで、どうにも頼りない。領主街に戻ったら、もっと丈夫な入れ物を用意しなければ。

「知ってるけど、今は言えない」

フィンが答えると、相手の顔に落胆と不満が浮かんだ。大人になった彼は、寡黙な上に表情が変わらず、何を考えているのかわかりにくい。でも今は、年相応だ。

「ここでぜんぶ打ち明けるには、君は無知すぎる。世の中のことを何も知らない。真相を話すのは不安だ」

無知すぎる、という言葉に、少年はあからさまにムッとした。

「偉そうに言うけど、あんたは俺より年下だろ。お坊ちゃんのくせに。俺のほうが、世間をよく知ってる」

フィンは軽く肩をすくめて見せた。

「村社会のことは、確かに君のほうがよく知ってるだろう。でもこの国全体のことは、僕のほうが詳しい。理由は君が言う、お坊ちゃんだからさ。学がある、というやつだ。うんと小さい頃から家庭教師がついていて、勉強をしているから」

ユエンが不満そうに口をへの字に曲げたので、おかしくなった。怯えの色がなくなると、表情がコロコロ変わって可愛らしい。

「領主街の本邸に戻ったら、君にも相応の教育を受けてもらう。そうしたら馬の世話だけじゃなくて、いろんな仕事ができるようになるよ。今は気づかないことにも気づくようになる。そうしたら、この指輪のことを教えてあげる」

「だから、あんたと一緒に来いって？」

まだ少し不満だ、というように、ユエンはフィンを睨んだ。フィンは軽く笑ってうなずきながら、袋を首にかけるように促した。

「これからも指輪のことは誰にも言わないこと。誰にも知られないようにするんだ。ナサール翁の言うとおり、これは君の出自を示す大切なものだから」

相手の目を見つめて言うと、ユエンは怯んだように息を呑《の》み、それからうなずいた。

「じいさんは、ぜんぶ知ってたんだ」

「いや。彼も真相は知らなかったよ。ただ、この指輪の造りが、普通に高価なだけの装飾品じゃないと見たんだろう。君の出自に繋がる大切なものではないかと考えたんだ。その推測は正しかった。ナサール翁は、相当に見識がある人だったんだろうね。出身国ではそれなりの身分だったのかも。これは僕の推測だけど」

「そういうあんたは、どうしてそういうことを知ってるんだ？」

すかさず鋭い質問を投げられて、フィンはうっ、と言葉に詰まった。調子に乗ってしゃべりすぎた。

「今は言えない。たぶん、言っても意味がわからないと思うから。でも僕についてくるなら、いつか君の出自も含めて教えてあげる」

ユエンは渋々、というようにうなずいた。本当は離れたくないという不満と、この領主の息子がどこまで信用できるのか、まだ猜疑《さいぎ》がくすぶっているのだろう。

信頼は、すぐには得られない。気長に付き合っていくしかない。でも、生まれた時から理不尽にさらされ、健気に生きてきた彼のために、少しは報いてやりたい。

「それから本邸に戻る前に、ナサール翁のお墓にちゃんとした墓碑《ぼひ》を建てよう」

ユエンが勢いよく顔を上げた。フィンは優しく言葉を重ねる。

「父の名前で建ててもらう。周りもちゃんと整地して、荒らされないようにして。君は休暇になったらこの村に帰ってきて、墓参りをする。……どうかな。これなら君もナサール翁も、寂しくないんじゃないかな」

不意に青い瞳が潤《うる》んだので、フィンはギョッとした。ユエンの青い瞳の片方から、涙がぽつりと落ちた。

「本当？　う、嘘じゃないな？　俺のこと、騙してない？」

縋《すが》るような口調だった。お願いだから嘘をつかないで、と縋られているようで、フィンも胸を突かれる。きっと何度も、周りの人間に嘘をつかれ欺《あざむ》かれてきたに違いない。

「嘘じゃないよ。騙してもいない。君がこの村にいる間に、墓を建てさせる。急ごしらえだから、そこまで豪華とはいかないだろうけど。もっと豪勢な墓を建てたかったら、仕事を頑張って給料を貯《た》めて、いつか建て直してあげたらいい」

「お金、もらえるの？」

心底驚いたように言うから、「当たり前だよ」と、怒った声になってしまった。怒りを覚えたのはユエンに対してではなく、村の大人たちにだ。

「本当は、今までの扱いが不当だったんだ。君は子供で、保護者もいないから仕方のないことだった。でもこれからは違う。僕が君の主人だ。僕も子供だけど、領主の嫡男だから、平民の大人よりは力がある。これからはナサール翁のかわりに、僕が君を守るよ」

フィンが諭すのを、ユエンはどこか呆然とした表情で聞いていた。その間に、ぽつりぽつりと瞳から涙がこぼれる。

しかしやがて、その瞳に力が戻ると、ユエンはぐい、と袖で涙を拭いた。

「俺、あんたの従僕になる。あんたの言うことを何でも聞く。だから、じいさんに墓標を建ててやってください。村の奴らに荒らされないように。じいさんの生まれた国では、自分の墓がないのはすごく悲しいことらしいんだ。魂があの世に行けなくてさまようんだって。じいさん、死ぬ前にそれだけは気にしてたから」

だから頑《かたく》なに、村を離れたがらなかったのだ。子供ながらに一人で養父の埋葬をし、墓を建てた。その後も、村人に荒らされたら養父の魂が救われないと、墓守りをしていた。

いじらしさに、フィンも少し泣きそうになった。

そっとユエンの手を取る。ユエンは一瞬びくりと身を震わせ、手を引っ込めそうになったけれど、それきりじっとしていた。

「ちゃんとした墓標を建てる。約束する。そのかわり、ユエンも僕の従僕として、僕の言いつけを守ること。いい？」

ユエンは力強くうなずいた。フィンはホッとする。

「ありがとう。これからよろしくね」

重ねていた手を握手に変えて、微笑《ほほえ》みかけた。友好の印にめいっぱい、愛想のいい笑顔を作ったのだが、ユエンは鼻白んだように顎を引いた。

「あんたって、変な奴だな。子供なのにジジ臭い」

言って、ふいっと顔をそむけた。ジジ臭いとはなんだ。せめておじさん臭いと言ってほしい。いや、どっちも嫌か。

フィンはがっくりきたけれど、やがてユエンの顔がほんのり赤いことに気がついた。照れているのだと気づいて、胸がほっこりした。

彼は、他人に触れられたり優しくされることに慣れていないのだ。手を握られるのも、抵抗があっただろう。

優しくしたい、と、唐突にフィンは思った。この子にもっと優しくしたい。野良猫みたいに人の手を怖がらなくなるまで。

「髪、触ってもいい？」

とりあえず、断ってから触るようにしよう。そう思って尋ねたのだが、唐突すぎたのか戸惑った顔をされた。

「え、髪？　別に……いいけど」

ほら、と頭を傾ける。ユエンが大柄で座高が高いので、触りやすいように、ということだろう。フィンはふふっと笑って手を伸ばす。

頭を優しく撫でる。ボサボサの髪は硬く見えたが、触ってみると柔らかかった。

「ありがとう。意外と柔らかいな。ふわふわだね」

「犬猫じゃねえんだから」

ぶっきらぼうにユエンが言う。耳たぶが真っ赤だ。

可愛いね、という言葉は、彼のプライドを傷つけそうなので黙っておいた。

キウィヤード村に滞在する間に、フィンは約束どおりナサールの墓を建て直した。

この国の墓標は、だいたいが石である。石細工にはそこそこ時間がかかるので、思い立ってすぐ、領主街の石細工職人に手紙を送り、墓石を注文した。

滞在期間が終わる三週間ほどで、街から墓石が届いた。最低限の装飾と故人の名前が彫ってあるだけだが、それでも超特急だ。

ナサールが埋葬されていたのは、ナサールとユエンの自宅の庭だった。自宅と言ってもボロボロの小屋で、庭も荒れ地があるだけである。

石を積んだだけの、ユエンの手作りの墓標を取り払い、新しい墓石を置く。父とフィンとユエン、それにユエンに同情的だった使用人数名が参列し、簡単なお祈りをした。

村の祭司を呼ぼうか、と提案したのだけど、ユエンには「いらない」と言われた。

ナサールが信仰していた宗教とは違うし、祭司は村長と懇意らしく、ユエンはあまり頼りたくないようだ。

墓石が届く少し前に、父から村長に正式な書状を送ってもらった。

「領主の名で墓を建てるので、よろしく」みたいな内容だ。意訳するなら、「手出しをしたら、ただじゃおかないぞ。ついでに村人が悪さしないか、お前が見張っとけ」だろうか。

「せっかく休養に来たのに、あれこれ頼んでごめんなさい」

たびたび父の手を煩《わずら》わせるので、フィンは謝った。

墓石にかかる費用はいちおう、フィンの小遣いというか、母から相続した財産から出したが、村での根回しは父に頼ってしまった。

ユエンという、物語の重要人物に出会えたのは僥倖《ぎょうこう》だったが、父の健康が心配だった。

「村長の機嫌を損ねるようなことも、いっぱいしてしまいましたし」

滞在初日、キウィストンが手配した臨時雇いを二人も解雇した。

村八分だった子供を従僕にすると宣言し、同じく被差別の老人の墓を建て直すし、村長は面白くなかっただろう。

キウィストンは領議会の議員でもあるし、あまり波風を立てるべきではなかった。

「水臭いなあ。フィンが謝ることじゃないよ。村長は議員でもあるけど、私の領民だ。主人が家来の顔色を窺うのもおかしな話だろう？　それに、彼の反感を買ったおかげで、晩餐会《ばんさんかい》だの狩りだのに誘われなくて、かえって助かったよ」

前回、滞在した時には、父も母もなんだかんだと村長夫妻に誘われ、そのたびに自慢話を聞かされたりして、ゆっくりできなかったそうだ。

確かに、キウィストンと父で話が合うとは思えない。フィンも誘われなくてよかった。

ユエンは初日にした約束どおり、フィンの言うことをなんでもよく聞くようになった。

数日は黙って自分の部屋で休息を取った。散歩くらいしてもよかったのだが、修行僧みたいにじっとしていた。

そして、持って生まれた身体が頑健なのか、よく食べてよく休んでいた数日のうちにみるみる元気になり、顔色も良くなった。

その後は、最初に手当てをしてくれた中年女性がついて仕事を教え、フィンの身の回りの世話を少しずつ覚えていった。

本格的な教育は、領主街に戻ってからだが、ユエンは何でも飲み込みが早い。

馬の世話係としても優秀で、フィンは彼から簡単な乗馬を習った。休暇の後半は父と三人、馬で湖をぐるりと回ったりもした。

景色の綺麗な場所で、キウィストンからの横やりもなく、のびのび過ごし、父も久しぶりに心身を休めることができたようだ。

よく眠れるようになったと言い、顔色も目に見えてよくなった。

ナサールの墓を建て直し、それから数日後、フィンたちはキウィヤード村を後にした。

例によって村長のキウィストンが見送りに来て、父やフィンにおべっかを並べ立てたけれど、ユエンが特別に取り立てられたことを面白く思っていないようだった。

「このような半端者を従僕などにして、小公子様の品位が損なわれないとよいのですが」

その物言いがわりとかなり上からで失礼だぞ、と思ったけど口にはせず、フィンは「大丈夫ですよ」と、にっこり笑うにとどめる。

ユエンはフィンより人間ができていた。

「長い間、お世話になりました」

村長や見送りに出た人たちに向かい、深くお辞儀をして見せたのである。

お仕着せに身を包み、ボサボサだった髪を短く整えてもらったユエンは、村八分にされて育ったとは思えないくらい、堂々として見えた。

キウィストンの百倍くらい、気品と知性を感じる。

キウィストンにおもねっていた使用人や村人たちは、そんなユエンに怯み、気まずそうに目をそらした。キウィストンだけは、忌々《いまいま》しそうにユエンを睨んだ。

「領主様のところで、問題を起こすんじゃないぞ」

ユエンはそうした村長の眼差しも正面から受け止め、動じたふうもなくうなずく。なかなか豪胆だ。

ユエンに親切にしてくれた人たちには、もう前の日に別れを済ませたとかで、彼はそれきり村の人たちを振り返ることはなかった。

父とフィンが乗る馬車に、ユエンも同乗した。

やがて馬車が出発すると、ユエンは食い入るように窓の外を見つめた。

村の景色が流れていく。彼の生い立ちを考えれば、つらいことのほうが多かっただろうに、ユエンは目に焼きつけるかのように窓の外の景色を見ていた。

「また、いつでも帰ってこられるよ」

フィンはそんなユエンに、そっと話しかける。

ユエンは我に返ったようにフィンを振り返り、軽くかぶりを振った。

「帰りません」

「お墓参りするんじゃないの？」

「じいさんには、会いに行きます。でも、村には帰らない」

ユエンの声は決然としていた。ここは帰る場所ではない。

ただ時おり、養父の墓参りに行くだけの場所だ。ユエンは、自分と養父に冷たかった故郷を捨て、新しい人生を始めようとしているのだった。

「そっか。うん、それがいいね」

フィンが微笑むと、こちらをじっと見ていたユエンは、ふいっと顔をそらした。

まだ完全には心を許してくれていないようだ。でも、再び窓を向いたユエンの耳たぶが赤くて、フィンは声を殺して小さく笑った。


領主街の本邸に帰ると、また忙しい毎日が戻ってきた。

それでもキウィヤード村での休暇は、父にとってもフィンにとっても一つの転機になった。

身体を壊しては、元も子もない。父と相談し、領地改革や共栄会の経営改革もほどほどにすることにした。

大きな懸案は片付いたので、領民から虐殺される未来は遠ざかったはずだ、たぶん。

まだ、未来はわからない。

でも何となく、以前のような「未来を変えなくちゃ」という追い立てられるような気持ちが減ったのは、ユエンと出会ったからだろう。

物語の重要な人物が、自分の手の内に入った。

気を抜くことはできないが、未来で敵になるであろうユエンが、今のところ味方にいて、その動向がわかっているというのは、安心できる。

できることならこのまま、フィンたちの味方でいてほしいものだ。

そのユエンも、本邸に来てからは勉強に仕事にと忙しかった。

従僕としての仕事を教わり、フィンに仕える傍ら、自分の勉強もしなくてはならないのだ。

さらには剣の稽古もあったりと、なかなか目まぐるしい。

かなり大変だと思うが、ユエンは愚痴《ぐち》一つこぼさず、真面目にそれらをこなしていた。

「先生方はみんな、呑み込みが早いと褒めていましたよ。素直で真面目なのもあって、教えたことをどんどん吸収していくと。読み書きはもともとできましたしね」

ユエンが本邸に来てからしばらくして、ジョナサンがそんな報告をしてくれた。

識字率の低い田舎の村で育ったのに、ユエンは最初から文字の読み書きと、簡単な計算を習得していた。ナサールが教えたものだという。

真面目で努力家で、加えて小説にあったとおり、地頭もよくて身体を動かすことにも長《た》けている。

仕事も、言われたことは一度ですぐ覚えるそうで、力仕事から手先を使う細かい仕事まで、なんでも器用にこなす。

当て馬とはいえ、主人公を支えるスパダリなだけはある。

「ただ、もう少し愛想よく、人付き合いもできるようになるといいのですが」

ジョナサンが苦笑いしていた。

本邸ではジョナサンが広く目を配っているおかげで、ユエンに理不尽な態度を取る使用人はいない。むしろユエンの境遇には同情的で、みんな何とか打ち解けようと話しかけるのだが、ユエンのほうが壁を作っているようだ。

「ってことだから、ユエン。もうちょっと周りと打ち解けられるように頑張ってよ。少しずつでいいからさ。将来何をするにしても、人間関係は重要だぞ」

フィンはある日、フィンの自室にお茶を運んできたユエンに言った。

自分もそこまでコミュ力があるわけではないので、えらそうなことは言えないが、やっぱり人間関係は大切だと思う。

「フィン様のご命令ならば、努力します」

黒い三つ揃《ぞろ》えの背広を着て、背筋をピンと伸ばしたユエンが答える。

三つ揃えは、この屋敷のお仕着せだ。白いシャツに黒いタイを結んで、その姿は執事のジョナサンくらい様になっている。

しかし、真っすぐに正面を見据え、表情を少しも変えずに言葉を発する様は、従僕というより軍人のように見える。つい、「サー、イエッサー」と言わせてみたくなる雰囲気だ。

ユエンが本邸に来て、三か月が経った。

ボサボサ頭でガリガリに痩せていた可哀そうな子供は、もうどこにもいない。運動と食事のせいか、肉づきは見違えるほどしっかりしてきた。

顔つきはまだ少年だが、心なしか精悍《せいかん》になった気がする。将来なるであろう騎士を彷彿とさせる風貌《ふうぼう》だ。

しかし、その美貌《びぼう》からは少年らしい表情がまったく見られなくなっていた。

出会った当初はムスッとしたり、照れて顔を赤くしたりしていたのに、三か月経った今、内面を表に出すことはほとんどなくなっている。

なんでそうなっちゃったの、とフィンは心配したが、ジョナサンいわく、本人の努力によるものらしい。

従僕たるもの、影に徹すること。

職務中に感情的になったり、ましてそれを表に出すのは三流である。問題が起きても慌てず騒がず、冷静に対処すべし。

ジョナサンが従僕としての心得を説いたところ、本人はそれに大いに感銘を受けたようで、従僕の心得を実践しているようだ。

それは素晴らしいのだけど、表情がどんどん冷徹な職業軍人みたいになっていくので、もう少し愛想をよくしたほうがいいと思うのだ。

ユエンにはそのうち、王都の騎士学校へ入学するよう勧めるつもりでいる。

騎士学校なら、平民でも入れる。物語のように、騎士見習いとして下積みを重ねながら騎士になる進路もあるが、学費も生活費もかからないだけあって、やっぱりきつい。

雇い主の騎士によるパワハラ、セクハラも当たり前だという。

騎士学校なら、卒業するだけで騎士団の入試資格が得られるし、入試は完全な実力主義だそうだから、ユエンなら騎士になれるだろう。

学費と生活費はチェリーゲイト家が出資するので、立派な騎士になって、いざとなったら我が家の味方をしてほしい。

そんな下心はともかく、学校でも騎士団でも人間関係は重要になる。ボールドウィン家の跡継ぎになったなら、なおさらだ。

「ご命令ってわけじゃないけど。まあ少しずつ、さ。その辺りの人付き合いの機微も、身につけていけるといいかな」

「人付き合いの、機微」

彫像みたいに無表情だったユエンが、軽く顔をしかめた。何でも器用にこなす彼だが、人付き合いだけはまだ難しいようだ。

もっともフィンとて、今世ではろくな人付き合いはしていない。

家庭教師がいるから学校も行っていないし、同年代の子供も周りにはいなかった。いても仲良くなれたかどうかはわからない。

「僕も今は友達がいないからなあ。まあお互い、ぼちぼち頑張ろうね、ってことで」

人にえらそうなことは言えない。話を切り上げようと思ったのだが、ユエンは軽く眉根を寄せたまま考え込んでいた。

「女からの誘いを断るのは、よくないことなのでしょうか」

やがて、真面目くさった顔で聞いてくるので、フィンは驚いて目をむいた。

「え、誘われたのっ？　いつ、どこで、誰から」

畳みかけると、フィンが困惑したように顎を引いた。

「先月初旬に使用人のベティ・ブレインから、交際を申し込まれました」

「ベティ……ああ、あの子か。年は十六歳だっけ。まあ、二歳差なら範疇《はんちゅう》か」

「今は修業中の身なので、無理だと断りました」

「修行僧じゃないんだから。まあでも、仕方ないか。忙しいし」

「それから」

「まだいるの？」

一人じゃなかったのか。

「先月中旬に出入り業者の従業員、ローラという女性から遊びの誘いを受けました。下旬に使用人のマドリーン・タナー、今月初めにやはり出入り業者のノーラと名乗る女性から交際を申し込まれ、昨夜はやはり使用人のイライザ・サックウェルが……」

「待て待て、何人いるんだ。あとマドリーンは人妻だったよな？　イライザも確か三十を超えていたはずだけど」

「ローラとノーラも既婚だそうです。年齢も……私の親くらいの年ですね」

「ダメ、淫行！　既婚もダメ！　女性たちは何を考えてるんだ。君はまだ十四歳なのに」

ベティ十六歳、くらいは微笑ましく聞いていられたが、それ以降はゾッとしない。

「申し訳ありません」

ユエンが思わぬ失敗をした、というように頭を下げるので、フィンも我に返った。

「いや、ユエンは一つも悪くないよ。謝る必要はない。それ、ぜんぶ断ったの？」

「はい」

うなずいたユエンが少し、心配そうにフィンを窺う。フィンは大丈夫、というようにうなずき返した。

「それが賢明かもしれないね。女性からモテるのも悪くないし、君がそうしたいと思ったら、付き合うのも構わないけど。色恋は何かと問題になりやすいから、もう少し、環境が落ち着いてからでも遅くないんじゃないかな。特に性交渉なんかは、慎重にしないと」

「性……」

ユエンはそこで、少し赤くなった。こういうところはまだまだ中坊なんだよな、とフィンは内心で微笑ましく思う。

「そう、性交渉。既婚者を相手にしたら、旦那が怒鳴り込んでくるかもしれないし、子供ができても育てられないだろう。君自身がまだ子供なんだ。そういうことに興味が出てくる年齢かもしれないけど、行動を起こす前に、結果を想像して慎重になってほしい。もちろん、意にそわない行為を迫られたりしたら、応じることはない。僕か、あるいはジョナサンに相談すること」

ユエンがモテモテなのはわかった。十四歳のわりに大人びて見えるし、きちんとした恰好をすると美貌が際立って、女性たちが放っておかないのも仕方がない。

しかし何と言っても、彼はまだ少年なのだ。いくらここが、前時代的な価値観を持つ異世界とはいえ、発達途上の子供が自分の意思もはっきりしないまま、周りの大人の欲望に振り回されるのは阻止しなければならない。

あとでジョナサンにも言っておこう。そういえば、相手は女性ばかりだが、男性のほうは大丈夫だろうか。

「ユエン。男の人に言い寄られたりしてない？　これは相手が男性か女性かに限らないけど、もし力任せだったり、立場を笠に着て関係を迫るようなことがあったら、我慢して受け入れる必要はない。絶対に報告してね。それはよくないことだから」

ユエンはこくりとうなずいてから、少し考えるような仕草をした。

「この屋敷に来てからは、男性から言い寄られたことは一度もありません。村にいた頃、俺がもう少し小柄だった時は何度か、力ずくで手籠《てご》めにされそうになったことがあります。金玉を蹴り上げて逃げましたが」

「キウィヤード村の村人はクソだなあ。でもユエン、グッジョブ」

「ぐっ、じょ……？」

親指を突き出すと、戸惑った顔をされた。ともかく、ユエンの貞操が無事でよかった。

「フィン様は、九歳なのですよね」

よかったよかった、とうなずいていたら、唐突に聞かれてこちらも戸惑った。

「え、そうだけど」

「なんというか……じいさんみたいなことを言うので。あ、うちのじいさんのことです」

そういえば出会った時も、ジジ臭いと言われたのだっけ。

「村の大人たちより大人みたいだし、俺……私のことも子供扱いしますし」

「子供扱いって、子供でしょ」

「それは、そうですが」

納得がいかない、というように、口をへの字にする。いつも仮面みたいな顔が年相応になって、フィンはホッとした。

「僕も子供だけどね。君よりちょっと、知識が先行してるかな。ほんのちょっとだけ、ね」

前世の自我と知識は大したアドバンテージではないと、ユエンと出会って思うようになった。

以前は大人ぶって、何でも知っているような気になっていたが、フィンが知っているのはこの先に起こるいくつかの出来事と、前世の常識だけだ。

閉鎖的な村社会を一人で生き抜いてきたユエンのほうが、ずっと大人だし、世間というものを肌身で理解していると思う。

それに、チャンスを逃さず努力もする。この屋敷に来て、ユエンはぐんぐん知識を吸収している。

フィンはただ、頭でっかちなだけだ。前世の記憶にばかり頼らず、ユエンを見習ってもっと努力しなければと思う。

それほどに、ここ三か月のユエンの成長ぶりは顕著で、フィンとしては置いていかれたようで、少しばかり焦っているのだった。

「僕も君も子供だ。でもそんな子供なのに、君はこの三か月、よく頑張ったと思う。これからも頑張ってほしい。僕も負けずに努力するからさ。周りともちょっとずつ、無理のない範囲で馴染《なじ》んでいこ」

一緒に頑張ろうねと言いたかったのだが、こういう説教臭い言い回しが、ジジ臭いのかもしれない。

気をつけなくちゃ、と自戒しているフィンの前で、ユエンは困ったような悩んでいるような、難しい顔をした後、最後にクスッと笑った。

ユエンの笑ったところを、初めて見たかもしれない。嬉しくてニコニコしていたら、すぐに無表情に戻ってしまった。

「鋭意努力します」

軍人みたいにビシッと背筋を伸ばし、ユエンは答えた。

こうしてユエンを従僕に迎えたフィンの生活は、平和に過ぎていった。

フィンは父の仕事を手伝いつつ、勉強に励んだ。年に一度か二度、王都の別邸に父と出向き、他の貴族やその子弟たちと交流を持ったりもした。

フィンはパーティーでもお茶会でも無難にこなすので、父の知り合いの貴族たちの中では、大人びて将来有望な子供と見られたようだ。

うちの娘をぜひ嫁に、という話も何度か出てくるようになったが、すべて断った。

まだ、不幸な未来を回避できたかどうかわからない。

子爵家の嫡男である以上、いずれは妻を取らなければならないが、まずは無事に小説の結末を生き延びられるかどうかだ。

小説では婚約者の話は出てこなかったし、下手にどこかの家と結びついて、目算を誤っても困る。それに万が一、フィンと父が領地を追われた場合、婚約者もとばっちりを食う恐れがあるのだ。相手を巻き込むわけにはいかない。

この先、好きな女の子ができたりして、どうしてもその子と添い遂げたい、というのでなければ、結婚は二十歳《はたち》を過ぎてから考えてもいいだろう。

そうした理由を説明し、父には縁談をすべて断ってもらっていた。

幸い、領地や共栄会の改革も落ち着いている。領地は豊作続きで飢饉の気配もない。

そのため領議会では、穀物備蓄は要らぬ制度だったと笑う議員もいる。キウィストンもその一人だ。しかし、災いは忘れた頃にやってくるものだし、父もそう言って廃案が上がってくるのを撥《は》ねのけていた。

ユエンは本邸に来て一年も経つと、従僕の仕事を完璧《かんぺき》に覚え、ジョナサンが自分の跡継ぎにしたいと言い出すほど、優秀な従僕になった。

まだやっぱり人付き合いは下手だけど、それなりに他の使用人たちとも打ち解け、何より
フィンにとってなくてはならない存在になっている。

勉強は当初の予定の範囲をとっくに終え、剣技は剣術の先生が太鼓判を押すほど上達していた。

一年経って、ユエンは十五歳だ。騎士学校は十三歳から十八歳まで入学資格がある。

体裁も整ったし、そろそろ学校にやる頃だろうと、父ともそういう話になった。

そこで、一年を過ぎたある日、父がユエンを書斎に呼び出し、騎士学校に入らないかと話を持ちかけた。フィンもその場に立ち会った。

てっきり喜んで受けると思っていたのに、ユエンからは思わぬ難色が返ってきた。

「旦那様のご命令とあれば、従います。しかし私は、できるなら行きたくありません」

相変わらず、軍人みたいな直立不動の無表情で、ユエンは言った。

「騎士になるの、嫌なの？　剣術の稽古、楽しいって言ってたのに」

フィンは思わず、父の隣から声を上げてしまった。

剣の稽古を始めた時から、ユエンは楽しそうだった。実際、彼の口から何度も楽しいという言葉を聞いた。身体を動かすのは性に合っている、とも言っていた。

剣術の先生ともすっかり仲良くなり、目を掛けてもらっている。

フィンなんか、運動がからっきしだめで、剣術はちっとも上達せず、今では型を習うだけ

になっているのに。

それに、騎士になれば準貴族だ。一代限りの称号だが、身内が騎士だというだけでじゅうぶん自慢できる。

「剣術は楽しいですし、これからも続けていきたいです。でも、騎士になりたいわけではありません。……もちろん、旦那様とフィン様には多大なご恩がございます。お二人が仰るのであれば喜んで参ります」

喜んで、という口調ではないし、前半の言葉がユエンの本音だろう。父とフィンは顔を見合わせる。そんな二人を見て、ユエンは「申し訳ありません」と、恥じ入るように顔をうつむけた。

「立場も顧みず、勝手なことを申し上げました。この身がチェリーゲイト家のお役に立てるなら、必ず騎士になってみせます」

「待って待って、はやまらないで」

結論を急ぐユエンに、フィンは慌てて声をかけた。

別に、騎士にさせたくて引き取ったわけではない。当て馬を悪役令息の味方につけよう、とはもくろんでいたけれど。

「僕も父も、何が何でも騎士にしたいわけじゃないんだ。ただユエンは、剣術も馬術もすごく優秀だろ。剣術なんて、そこらの騎士より強いって、先生が太鼓判を押してたし。頭も良くて勉強もできる。一介の従僕にしておくには惜しいと思ったんだ」

フィンが言い、隣の父がうなずいて言葉を引き取った。

「ユエンはどうしたいんだい？　フィンが言ったとおり、お前は優秀な子だ。どんな分野でも、能力を発揮できるだろう。私たちは決まった道を押し付けるんじゃなくて、お前の力になりたいと思ってる。将来をどうしたいのか、今すぐ答えを出さなくてもいいから、これを機会に考えてみてほしい」

ユエンは再び顔を上げ、父とフィンの顔を見た。少し口元を緩めるのが、笑ったように見えた。たぶん、笑ったんだろう。

「ありがとうございます。お二人に拾っていただいてこの一年、従僕の仕事を与えてくださったばかりか、孤児の身には過分な教育を受けさせていただき、感謝しております。もし自分で道を選べるのなら、将来なりたいものは決まっております」

「それが何か、聞かせてくれるかな」

父の問いにユエンはうなずき、フィンをちらりと見た。

「このまま従僕としてフィン様に仕え、フィン様が家督を継がれたあかつきには、公私を支える立場にいたいのです」

「ジョナサンの後を継ぎたいってことかな」

父は冷静に尋ねたが、フィンは驚いていた。執事の仕事も素晴らしいけれど、ユエンがその気になれば立身出世も可能なのだ。

なのにずっと平民として、誰かに仕えることを選ぶとは。しかもフィン、悪役令息に仕えたいと言う。奇特な少年だ。

「そうですね。執事という仕事が、もっとも私の希望に近いと思います。フィン様の身の回りのお世話をして、フィン様が家で安心して休めるよう家を整えるのですから。でもそれだけでなく、フィン様に常に帯同して、お仕事もお手伝いできたら、この上ない幸せです」

「それって、大変なんじゃゃない？」

思わず言ってしまった。執事の仕事だけでも大変だというのに、さらに秘書としての仕事もしたいなんて。

大変だし、ユエンが何をしたいのかわからない。そんなにチェリーゲイト家が気に入っているのか。

フィンが驚き戸惑っていると、ユエンは目元を赤らめてうつむいた。

「いやあ、予想以上に重い愛だね」

父が面白がるように、ニコニコして言った。

「愛……」

「忠義です」

フィンのつぶやきに、ユエンの声がかぶさる。

そうか、忠義か。納得した。それほどまでに恩を感じてくれていたとは。義理人情に厚い奴め、とフィンは感動した。

「ありがとう、ユエン。そこまで言ってくれるなんて、僕は嬉しいよ。でも、本当にいいの？　君なら騎士になれるだろうし、騎士なら準貴族なのに」

「騎士の身分に興味はありません。今の暮らしでもじゅうぶんに贅沢ですし。剣の腕は、フィン様の護衛をするのに役立てると思います」

きっぱりと言い切るユエンに、頼もしさを覚えた。

「じゃあユエンは、フィンの近習、側仕えだね。うちは貴族と言ってもそこまで大きな家じゃないから、側仕えなんて置かなかったけど。ユエンが支えてくれるなら安心だな。フィンも、それでいい？」

父がフィンを振り返る。ユエンも、不安そうにこちらを見た。フィンは力強く何度もうなずいた。

「もちろん。これなら飢饉が来ても、百姓一揆《いっき》が起こっても安心です。ユエン、これからもよろしくね。僕も君の主《あるじ》にふさわしい大人になれるよう、頑張るよ」

飢饉に百姓一揆と、物騒な言葉にギョッとしたユエンだったが、フィンの言葉に表情を戻し、うやうやしくお辞儀をした。

「私の希望を聞き入れてくださり、ありがとうございます。これからも誠心誠意、チェリー

ゲイト家にお仕えし、一生フィン様をお支えしていきます」

やっぱり言葉がいちいち重い。でもありがたい。

フィンと父が差し出した手をしっかり握り、精いっぱい答えようとしてくれているのだから。

感動したけれど、そんな中でユエンの言葉がちくりと胸に刺さった。

一生。ユエンは生涯、この家に仕える覚悟をしてくれている。それが彼の希望でもある。

でも、一生というその望みは、叶《かな》わないのだ。

この先、ずっと一緒にはいられない。

いずれユエンは、主人公のリルと出会い、彼のために行動するようになる。そして、ボールドウィン侯爵家の跡継ぎとなるのだ。

いつか、この穏やかな日々が乱され、嵐が来るかもしれない。その時、父と自分は、そしてユエンはどうしているだろう。

今は頬を紅潮させ、誇らしげにこちらを見るユエンに微笑みを返しながら、フィンは言い知れぬ不安を覚えるのだった。

三

チェリーゲイト子爵令息、フィン・チェリーゲイトの朝は、一杯の白湯《さゆ》からはじまる。

「うーん、今日も白湯が美味《うま》いね」

フィンは起き抜けに差し出された白湯をゆっくり飲みながら、窓の外へ目をやった。今日も天気がいい。

スマルベレン地方の早春、外はまだ少し寒いけれど、部屋の暖炉には薪《まき》がくべられていて、布団から出るのも苦ではなかった。

白湯を飲み終えると、着替えの前に軽くストレッチ運動をする。仕事で座っていることが多いので、健康のためだ。

早いもので、フィンもじきに十八歳の誕生日を迎える。

去年まで背が伸びていたけれど、今年はぴたっと止まった。一ミリも伸びていない。成長期は終わったということだろう。

大人の身体になって、あとは衰えていくばかりだ。今のうちに健康に気を配っておくべきだと、前世の記憶が言っている。

「ユエンも一緒にやろうよ。少しは身体を動かさないと、年取ってから大変だよ」

身体が温まってきたので、着替えをする。

着替えを手伝ってくれる側仕えに言うと、「遠慮致します」と冷ややかにも聞こえる声が返ってきた。

「運動なら、早朝に身体の鍛錬と剣の稽古をしておりますので。そちらでじゅうぶんかと」

「あ、そう。君はそうだよね」

フィンは改めて、自分の側近を見る。体形に合ったお仕着せを着ているので目立ちにくいが、この側仕えの体格は相当に逞《たくま》しい。

「ユエンは見るたびにデカくなるなあ。昨日からまた、背が伸びたんじゃない？」

ユエンは二十三歳だ。さすがにもう伸びないだろうが、毎日見ていても呆れるくらい大きい。百九十センチ以上あるのではないだろうか。

フィンは百六十センチちょっとしか伸びず、身体もひょろっとしたままなので、大変妬《ねた》ましい。

「……朝食ができておりますので、お早くお支度をお願い致します」

フィンの軽口は、冷ややかな一瞥《いちべつ》と共に無視された。フィンはブツブツ言いながら身支度をすませた。

ユエンと出会って、九年になる。

父は変わらず、領地と共栄会の経営に注力している。最近ではそればかりでもなさそうだが、今も良き領主、良き父親だ。ギャンブルにのめり込む兆しなど微塵《みじん》もない。

フィンもそんな父の手伝いを続けていた。

一昨年《おととし》、王都の大学に論文を提出して学位を授与され、学歴が大卒になった。

と言っても、論文さえ書けばわりと誰でももらえる学歴なので、大したものではない。一種の箔《はく》付けだ。

十八歳の誕生日を迎えれば、この国で成人と認められる。子爵家の跡継ぎとして、着実に歩を進めていた。

ここ数年、貯水池を整備したり、農業技術者を雇って作物の改良研究をさせたり、さらなる改革を進めている。

なかなか多忙な日々を送っているが、そんなフィンを陰に日向《ひなた》にサポートしてくれているのがユエンだった。

ユエンは小説のとおり、立派な美丈夫に成長した。

少年時代からモテまくっていたが、今は街を歩けば誰もが振り返るほどだ。領主街で彼を知らぬ者はいない。

女性ばかりか、男性からも憧れの眼差しを送られている。

頻々《ひんぴん》と届くラブレターの送り主の中に、たまに男性の名前が混じっているのを、フィンはジョナサンから聞いて知っていた。

王都にユエンと一緒に行った時は、もっとすごかった。フィンのパーティーに一度ついていっただけで、あれは誰だ、どこの者だと騒ぎになり、チェリーゲイト子爵令息の近習だとわかるや、我が家に引き抜きたいと言う貴族が一人二人ではなく現れた。

ユエン本人に接触し、かなりの金額を積んで「ぜひ我が家に」と誘う者までいた。

これはユエンの美しい容姿だけでなく、彼の気品ある佇《たたず》まいや所作、フィンや父を補佐する隙のない仕事ぶりを買われてのことだろう。

ついでに、ユエンとフィンの剣術の先生が、知り合いの貴族にユエンの剣の才能を吹聴して回ったため、騎士団から勧誘まで来た。

騎士学校には行っていないが、チェリーゲイト家で働いていた経歴を、護衛の実務ということにして、騎士になる推薦を受けられるようにするというのだ。

これは異例の勧誘だったが、ユエンはきっぱり断った。

「生涯、チェリーゲイト家にお仕えすることが、私の望みです。我が主はフィン・チェリーゲイト様であり、それ以外の主君にお仕えすることは考えておりません」

見上げた忠義心だ、今時珍しい忠節な青年だと、ますます評判になった。

ついでに、才気溢れる若者が忠義を尽くす主人ということで、父やフィンの名声も上がった。

父は特に、領地で大きな農業改革を行い成功させた名領主として、王都でもそこそこ名前が売れているらしい。

フィンが調べる限り、領民の評判も上々のようで、ひとまず安堵《あんど》している。

「でも、好事魔多し。今日も気を引き締めてお仕事するぞ」

「フィン様。独り言はいいので、お早くお願い致します」

一日の始まりに、己を鼓舞するために声を上げたのだが、即座に横から冷たい声が返ってきた。

「わかってるよ。忠義者って評判なのに、君はいつも塩対応だよなあ」

「もう三十分、早く起きてくださいましたら、笑顔くらいはつけて差し上げますよ」

洗濯物を取りに来た使用人が、後ろでクスクス笑っている。

フィンがボケてユエンがツッコむ主従漫才は、いつの間にかチェリーゲイト家の日常として定着していた。

いや、フィンとて漫才をしているつもりは毛頭ない。ユエンがとにかく冷たいのだ。冷たいを通り越して凍っている。

もともとこの家に来てから、職業軍人みたいに感情を消していったユエンだったが、ジョナサンの教育の甲斐あって、徐々に優雅さと物腰の柔らかさを身につけていった。

しかし、内面を表情に出さないこと、フィンの側仕えとしての仕事の徹底ぶりは、年を追うごとに顕著になっていく。

今のユエンは軍人ぽさはなくなったけれど、ロボットみたいだ。照れて顔を赤らめることもない。

側仕えとしてはものすごく優秀なのだけど、この年で浮いた噂一つ聞かないし、それで人生を楽しめているのかと、たまに心配になる。

「早く起きるために、もう少し早く就寝なさってはいかがでしょうか。フィン様はいささか、予定を詰め込みすぎかと存じます」

身支度を終え、食堂へ向かう間に、ユエンがくどくど小言を言う。

「わかってるって。もうすぐ僕、十八歳の誕生日だろ。いよいよ成人だもの。はりきっちゃってさ。それを過ぎたら、もう少しゆっくりするよ」

フィンの十八歳の誕生日の頃、小説の主人公リルが、このスマルベレン地方に現れる。そしてユエンと出会うのだ。

リルはチェリーゲイト家で使用人の職を得て、王都へ行くお金を貯めることになっている。王都へ向かう目的はもちろん、愛するエイデンに会うためだ。

もっとも、リルがお金を貯めて王都へ向かう前に、エイデンのほうが都合よく、スマルベレンにやってくる。

小説の後半は主に、スマルベレンが舞台となるのだ。

ユエンは小説では騎士になっており、故郷であるスマルベレンに赴任となり、ここ領主街に暮らしていた。

小説と違うのは、ユエンが騎士ではなく悪役令息の側仕えになっている点だが、主人公のリルと出会うことには変わりない。むしろ同じ屋敷で働くから、小説より距離が縮まりやすいのではないか。

ユエンは恐らく、リルに出会って恋をするだろう。リルを一途《いちず》に思い、リルの苦難を助け、我が身よりリルを大切にして尽くす。そして恋破れる。

昔はそのことについて、何も思わなかった。可哀そうだとは思うけれど、当て馬だから仕方がない。

それに、自分と父の悲惨な未来を回避することが最優先課題なので、人様の恋愛部分は正直な話、どうでもよかった。

まあ、フィンたちの命が確約されて、リルがエイデンとくっついて王都へ向かった後は、ユエンに新しい出会いがあるといいな、とぼんやり幸せを願っていた程度だ。

でも今は、そんなふうに他人事《ひとごと》として考えられない。

ユエンはこの九年で、フィンにとってなくてはならない存在になっていた。

優秀な側仕え、ユエンがいなければ仕事に支障をきたす、というだけではない。もっともっと大切な、言ってみれば家族なのだ。

父やジョナサンと同じ。時にはそれ以上の。

「フィン様、こちらをチラチラ見ないで、言いたいことがあるなら仰ってください。ないなら真っすぐ歩いてください」

いずれこのイケメンが主人公に振られるのか……と、半歩下がって歩くユエンを振り返りながら悲しい気持ちになっていたら、当人に注意された。

「はいはい。真っすぐ歩きますよ」

前を向くと、斜め後ろからため息が聞こえた。呆れているらしい。

フィンはユエンを大事に思っているけれど、ユエンはどうだろうか。父やフィンに恩義を感じているのはわかるが、そろそろうんざりしているかもしれない。

そう考えたら、朝から寂しい気持ちになって、フィンも小さくため息をついた。


食堂へ行くと、すでに父が席に着いて待っていた。

「遅くなってすみません」

忙しい父を待たせてしまった。急いで席に着くと、父は「大丈夫だよ」と、おっとり笑う。

この九年で、父もアラサーからアラフォーへ進化した。ちょっと老けたけれど、相変わらずハンサムだ。それに近頃は、ちらほら浮いた噂も耳にしている。

「再来月《さ》のフィンの成人式のパーティーだけど。準備は進んでるかい」

「ぼちぼち、ですね。まだ人手を集める必要があって、求人をかけているところです。でも大まかな計画は立ってるので、じゅうぶん間に合うと思います」

この国では男子が十八歳、女子が十六歳で成人となる。貴族の子女は顔を広げるお披露目の意味もあって、成人パーティーを開く慣習があった。

規模は人によってまちまちだ。下級貴族や嫡男以外の子供の場合、身内だけ呼んですませるところもある。

フィンは領主の跡継ぎなので、ある程度の規模のパーティーを開く必要があった。小説の中でも、無駄に豪勢なパーティーを催している。

個人的には身内の誕生日会程度でじゅうぶんなのだが、フィンはあえて小説に倣《なら》い、大規模なパーティーを開くことにした。

何しろこの成人パーティーが、リルがチェリーゲイト家で働くきっかけになるのだ。

リルはパーティーの臨時雇いとして仕事にありつくが、準備の際のトラブルに即応し、その臨機応変な働きぶりが執事ジョナサンの目に留まって、正式にうちで働かないかとスカウトされるのである。

フィンが臨時の求人を出さないことには、リルが現れない。ユエンとも出会わないし、そうなると話がどこへいくかわからず、悪役令息の行く末も不明瞭《ふめいりょう》になる。

ここはきっちりリルと出会い、彼に意地悪せず味方となって、その恋の行方《ゆくえ》を見守るべきだろう。

「予算はジョナサンにも伝えてありますが、大半は僕のほうの予算から出すので、問題ないかと思います」

チェリーゲイト家の毎年の歳費の中に、フィンの予算もある程度の金額が組まれている。

フィンの生活費はもちろん、礼服を作ったり、ユエンのように専任の秘書や側仕えの人件費に充《あ》てられる。

経営改革のおかげで、チェリーゲイト家は借金どころか、毎年資産が増える一方なので、フィンもそこそこ潤沢な予算をつけてもらっていた。

無駄遣いはしていないから、貯金でパーティー費用は全額賄《まかな》える。

「いつも水臭いなあ。一人息子の成人パーティーなんだから、父様だって備えはあるよ。ちょっとは頼ってくれてもいいのに」

「成人パーティーだからですよ。もう一人でパーティーの準備ができます、ってところを見せなくちゃ。でも、父様からの誕生日プレゼントは欲しいです。豪華じゃなくてもいいから、父様が選んでくれたやつ」

「もちろんだよ。実はもう用意してあるんだ。中身は内緒だけど」

嬉しそうに言う父は、相変わらず子煩悩《こぼんのう》だ。でももうそろそろ、自分のことを考えてもいい頃だろう。

ニコニコしたままの父を、フィンはちらっと見た。

「それでそろそろ、招待状を送ろうかと思ってるんです。プラムリー家のシンシア様には、父様から直接渡されますか」

「えっ」

シンシア、という女性の名前が出た途端、父はびっくりして、持っていたパンを取り落とした。

「えっ、シン……プラムリーのお嬢さんに？　私からって、な、なんで？」

たちまち挙動不審になるので、フィンはちょっと呆れてしまった。

「最近、仲良くしてるんでしょ。この間だって、一緒に芝居に行くって言ってたじゃないですか」

「そ、そうだけど。お互い独り身だから、気が合うっていうか。別に芝居を観ただけだし。芝居が終わったら、お茶もしないですぐ帰ったし」

こちらは咎《とが》めているわけでもないのに、言い訳を始めた。

「そこはお茶に誘いましょうよ。一緒に芝居を観に行くくらい親しくしてるなら、息子の成人パーティーに呼んでもおかしくないでしょう。シンシア様は難しい立場ですから、ちゃんと直接会って、パーティーに来る意思があるかどうか、確認してくださいね。無理強《じ》いはしないで、もし来てくださるとなったら、当日は父様がちゃんとエスコートしてあげてください」

　フィンの言うことに、こくこくと素直にうなずいていた父だが、やがて顔色を窺うように息子を見た。

「シンシアとのこと……許してくれるのかい」

「僕が許すも許さないもないですけど。シンシア様はいい方ですし、父様が好きになったのなら、応援しますよ。そのかわり、パーティーの時にきちんと僕に紹介してください。今、お付き合いしてる人だって」

　フィンが言うと、父の顔がぱあっと明るくなった。

「もちろん、紹介する。ありがとう、フィン。今日早速、シンシアに聞いてみる」

　どっちが子供かわからないな、とフィンは苦笑する。

　父に恋人ができた。まだ手も繋いでいないみたいだし、恋人と言えるかどうかわからないが、二人ともかなり意識しているようだ。

　生活に張り合いもできたみたいで、この頃の父は、ちょっとおしゃれを気にするようになっている。

　いい傾向だと思う。父は今でも母のことを愛していて、たまに書斎の写真立てに話しかけたりしている。

　そんな父がフィンも大好きだけど、現実に寄り添える相手に出会えたのなら、幸せになってほしい。

幸いにして、相手のシンシアという女性も、調べる限り良い人のようだった。

フィンも何度か会ったことがあるが、物静かで控えめながら、芯はしっかりして見えた。のほほんとした父には、ぴったりの相手だろう。

小説の結末を無事に生き延びることができたら、憂いなくチェリーゲイト家に迎えることができる。

フィンは、今からその日を待ちわびていた。


「よろしいのですか」

朝食を済ませて父と別れ、それぞれの仕事へ向かう。

その馬車の中で、ユエンがどこか気がかりそうな目をして、フィンに尋ねてきた。

「何のこと？」

書類に目を通していたフィンは、顔を上げて向かいの側近を見る。

いつ見ても、ユエンはカッコいい。

ここ最近では少し伸びてきた前髪を、さらりと横に流していて、聡明そうな額が見えるようになっている。眺めているだけで視力が上がりそうだ。

揺れる馬車で細かい文字を読むのに疲れてきて、フィンは書類を脇に置いた。ユエンが取り上げ、革鞄《かわかばん》にしまう。

今日は領主街の近くにある農村へ出向いていていた。

この農村では、領の外から技術者を招き、品種改良や技術改良などの研究をさせており、フィンは定期的に視察に訪れている。

「旦那様のことです。あのご様子では、そのうちお相手の女性を後添《のちぞ》えにと仰るかもしれません」

なんだそのことか、とフィンは息を吐いた。深刻な顔で言うから、何事かと思った。

「父様がそうしたいなら、僕は反対しない。相手のシンシア様も、人柄はいいみたいだし。交友関係も問題なさそうだ。それは君も知ってるだろ」

父に好きな人ができたと気づいた時から、フィンは父に内緒で相手の女性の素行を調査していた。

実際はユエンに丸投げして、ユエンがどこぞの私立探偵を雇うかして、調べ上げた。だから、父のお相手の人となりは、ユエンもフィンと同じだけ知っている。

シンシア・プラムリーは、プラムリー男爵《だんしゃく》という、領地を持たない貧乏貴族の娘で、バツイチの三十歳である。二十五歳の時に地元の裕福な商家へ嫁いだが、三年経っても子供ができないことを理由に離縁された。

貴族の娘は二十歳になる前に結婚することも多い。シンシアの婚期が遅れたのは、病弱な母の介護をしていたせいだ。

母が亡くなってようやく自分の人生を歩めると思ったら、今度は子宝に恵まれない責任を一方的に負わされ、離縁された。実家の男爵家には跡継ぎの兄一家が暮らしていて、家でも肩身の狭い思いをしているらしい。

しかし、当の本人はそうした苦労を感じさせない、朗らかな人だった。裏表もなさそうだし、フィンも実際に会って好感を抱いている。

フィンの母が亡くなってから、もう十一年だ。後添えをもらったところで、文句を言う人もいないだろう。もしいたら、フィンが文句を言い返してやろうと思っている。

「シンシア様は、私の目から見ても良いお人柄だと思います。ですが継母《ままはは》となれば、またお気持ちは別でしょう」

そこでようやく、ユエンが何を心配しているのか理解した。シンシアの素行ではなく、父の再婚で揺れるだろうフィンの気持ちを案じているのだ。

「そう言われれば、ちょっとは寂しいけど。でも、父様が幸せになってくれるなら嬉しいよ」

自分がかなりのファザコンだと自覚しているし、父と二人三脚でやってきた。

でも、だからこそ父には自分の幸せを摑んでほしいと思う。いや、父と二人きりだったら、もっと複雑な気持ちだったかもしれない。

「それに、今は一人じゃないしね」

フィンは言って、向かいに座る側近を見た。ユエンは片眉だけを軽く引き上げて、訝しむような仕草をする。

「僕には、仕事だけじゃなくて、こうやって心の中も気遣ってくれる側近がいるだろ。だから大丈夫」

本当に頼りにしてるんだぜ、と強調したくて、フィンは片目をつぶってみせた。ユエンが眉を引き上げたまま固まる。

何か言ってくれるのかと思いきや、彼はそのまま数秒、固まったまま微動だにしなかった。

「ちょっと。なんとか言ってくれないと、こっちも恥ずかしいんだけど」

フィンの言葉に、ユエンの頬がぴくっと痙攣《けいれん》し、我に返ったように瞬きをした。やがて小さく息を吐く。

「失礼しました。不意打ちを食らったもので」

「君のこと、本当に頼りにしてるんだよ」

「ありがとうございます」

大して嬉しくなさそうに、ユエンは会釈する。とても冷たい。

やっぱりそろそろ、フィンの側仕えとしての仕事にうんざりしてきているのかもしれない。

（いっぱい無茶ぶりしてきたしなあ）

ユエンが優秀なので、つい仕事をあれこれ頼んでしまう。秘書としての仕事の他に、フィンの身の回りの世話もあるから、彼は朝から夜遅くまで働き詰めだ。

秘書の比重が増えるにつれ、身の回りの世話は別の従僕に頼もうかと持ちかけたのだが、結構です、私の仕事ですので、とにべもなく断られた。それも一度や二度ではない。

一番最初に、ぜんぶ俺がやる、みたいな誓いを立ててしまったから、今さら引けないのかもしれない。何しろユエンは、根が真面目で頑固なのである。

「そういえば、ユエンは今年、休暇をいつ取るの？」

「話がまた急に飛びましたね」

ユエンには言われたが、それほど話題が飛んだつもりはない。ユエンの労働環境を気にしているのだ。

「今年はまだ、予定を考えていません。フィン様の成人の行事で多忙ですから」

「う、ごめんね」

そうだった。今年は特に忙しくて、休みいつにする？　どころではないのだった。

フィンが謝ると、ユエンはなぜ謝るのか、というようにまた片眉を引き上げた。

「あなたは領主様の跡取りなんですから、成人の行事は何にも増して重要なことです。側仕えの休暇など問題になりません。そもそも、うちだけですよ。使用人や従業員に、これほど休みばかり取らせるのは」

チェリーゲイト家の使用人、および『チェリーゲイト産業共栄会』の従業員は週に一度、休日が設けられている。

フィンは週休二日制にしたかったのだが、使用人の休暇は夏と冬の数日だけ、というこの国にはなじまず、父にもジョナサンにも反対されてしまった。

しかし、従来の休暇と週休一日に加え、本人の裁量で取れる有給休暇を数日導入したおかげで、チェリーゲイト家の使用人の仕事は大人気だ。

給料の額は他とさほど変わらないが、一度入った使用人はなかなか辞めないし、できる限り長く働きたいから、仕事を頑張る。いいことずくめだと思う。

もっとも、くそ真面目なユエンに言わせれば、仕事を頑張るのは当たり前なのだそうだが。

「でも、ナサール翁のお墓参りも、何年も行ってないだろ。ちょっと忙しくさせすぎたかなって思ってて」

以前のユエンは毎年、休暇のたびにキウィヤード村に墓参りに行っていた。でももう何年も、彼は村に戻っていない。休暇もこの家で過ごしている。

しかも休暇だというのに、細々と仕事をこなしたりしているのだ。

「最後に行ったのは、私が二十歳の時ですね」

「三年も前じゃない。やっぱり働かせすぎたよ」

大切な養父の墓参りにも行けないなんて。フィンは眉根を寄せたが、ユエンは「問題ありません」と無表情に告げた。

「前回行った時、フィン様にお仕えすることを優先すると、ナサールに報告しました。彼が生きていたら、もちろんそうしなさいと言ったでしょう。墓参りにはまた、何かの節目に行こうと思います。あの村に戻っても、不愉快な思いをするだけですし」

ユエンはそこで何かを思い出したのか、わずかに顔をしかめた。彼がそんな顔をするなんて珍しい。

「何か……」

キウィヤードで何かあったのか。そう尋ねようとしたのだが、その前に馬車が停《と》まった。

「着いたようですね」

ユエンが言い、先に馬車を降りる。もう仕事モードに切り替わっていて、過去の話を続ける雰囲気ではなくなっていた。


その村に設けた農業研究施設は、『チェリーゲイト農業研究所』という看板を掲げていた。

フィンが立ち上げた施設で、予算はチェリーゲイト家とフィンの私財から出ている。

村の施設に着くと、村長がフィンたちを出迎えてくれた。八十を過ぎているという小柄な老人だが、身体は若い頃から畑仕事で鍛えたと言い、足腰は今もしっかりしていた。

「お待ちしておりました、所長」

村長は、フィンが来るといつも喜んで迎えてくれる。

長らく農業に従事してきた者として、領主とその息子が農業研究に着手しているというのが、嬉しくてならないらしい。

名ばかりの長であるフィンを「所長」と呼んで立ててくれるし、自らも副所長として毎日研究所に顔を出し、農業技術者と作業員との折衝など、様々な実務をこなしてくれている。

いつもの視察では、最初に施設内の田畑を回り、それから副所長と技術者たちと共に、現状の報告と今後の指針について会議をすることになっている。

しかし今日に限って、村長は話し合いを最初にしたいと言ってきた。

「実は、ご報告したいことがございまして。もう技術者たちも集まっているのです」

何かあったらしい。村長の口調からして、あまりいいことではなさそうだ。フィンとユエンは思わず顔を見合わせた。

「参りましょう」

ユエンに促され、フィンは村長と共に研究所の屋舎に入った。

いつも会議で使う部屋には、研究所の主だった所員が集まっていた。皆、一様に深刻な顔をしていて、いったい何事が起こったのかとフィンも緊張する。

「こちらを見ていただきたいのです」

技術者の一人が、そう言ってフィンとユエンの前に、ジャガイモがのった皿を差し出した。ジャガイモは同じ品種らしきものが三個、一つが半分にカットされ、断面が見える状態になっている。おかげですぐに異常に気づけた。

「病気、ですか。ジャガイモの」

ジャガイモの断面は、すべて茶色く変色している。外皮もしわしわだ。フィンの言葉に、技術者たちは大きくうなずいた。

「これは今朝、掘ったばかりのもので、『北方子爵《ほっぽうししゃく》』という、領内でも一番作付けの多い品種です。病気に気づいて他の畝《うね》も掘り返してみたのですが、この品種を植えた区画は、全滅でした」

今、スマルベレンの農家では、ジャガイモの栽培が人気だ。特にここ五年ほどで、作付け量が爆発的に増えた。

理由は、数年にわたる麦の不作である。

小説のような凶作や飢饉に発展していないのは、こうした事態を見越して、フィンと父が九年前から少しずつ対策をしてきたからだった。

共栄会から補助金を出して作付けを増やしたり、領の政策として貯水池を整備したりと、他にも対策を練って不作の影響を最小限に抑えていた。

それでも農家は大変なのだが、物事が表面化しないせいか、領議会ではこの不作が軽く見られている節がある。

穀物備蓄制度なんて不要だ、という議員の声があるのも、そのせいだろう。

それはともかく、ジャガイモの栽培もまた、不作に備えた対策の一環だった。

フィンが前世を思い出した当時、ジャガイモはまだこの国では馴染みのない作物だったが、ポテトチップやジャガイモ料理を作って大々的に宣伝を打ち、領内での栽培を広めた。

寒冷地でもよく育ち、春と秋の年に二回、植え付けの時期がある。作付面積もこれまで主流だった麦より小さくて済む。

栄養もあり、腹持ちもいいし美味《おい》しい。領内であっという間に栽培が広がり、他領でもスマルベレンを真似て、ジャガイモの栽培を始めるところが増えてきた。

研究所でも、さらに美味しくて病気に強い品種を作ろうと、ジャガイモ栽培の研究に力を入れている。

なのにその畑が全滅したのだから、がっかりするのはわかる。

ただ、研究の中ではある程度、病気や栽培の失敗も想定しているはずだ。所員たちがここまで、深刻な顔をしているのが不可解だった。

「病気が見つかった以外にも、何か問題が？　他の畑にも飛び火しているとか」

いいえ、と所員たちは首を横に振った。

幸い、他の畑は無事だったそうだ。ジャガイモの他の品種も栽培しているが、そちらも今のところ異常はないという。

「気づいたのが今朝なので、まだ追加の調査をしなければなりませんが。しかし十中八九、原因は土壌ではなく種芋《たねいも》にあると思います」

「種芋は、『チェリーゲイト産業共栄会』の種子販売所から購入したものです。病気にかかっていたのが、我々が購入した芋だけとは考えにくい」

所員たちの話を聞いて、ようやくフィンにも事の次第の深刻さが理解できた。

「販売所で供給している他の種芋も、病気にかかっているかもしれない、ということですね」

「その可能性は非常に高いと思います。扱いによっては、他の品種や作物にも感染しているかもしれません」

村長が難しい顔で、フィンの言葉を肯定した。これは非常にまずい事態だ。

共栄会で供給している種芋が感染しているとなれば、販売先の農家で病気が広がる。共栄会も打撃を受ける。

村長たちは研究所の畑ではなく、領内の農村と共栄会に影響が広がることを懸念しているのだった。

「報告ありがとうございます。これはすぐに対応したほうがよさそうだ。今日の視察は取りやめて、すぐに共栄会と連絡を取ります。後日、ジャガイモの病気について調査報告を送ってもらえますか」

フィンは村長たちに追加報告の依頼をすると、ユエンと共に慌ただしく屋舎を後にした。

「旦那様は本日、領議会議員の会合に参加されています。まずは我々だけで共栄会へ参りましょうか」

馬車へ乗り込みながら、ユエンが行き先を確認する。次に何をすればいいか、こちらが言う前から理解して、動いてくれるのでありがたい。

「そうしよう。種子販売の責任者と話さなくちゃ」

「それと、販売記録を出させましょう」

「うん。できれば共栄会の職員を派遣して、販売先の農家を一軒ずつ回ればいいんだけど」

「病気の芋が、どれくらい出回っているかによりますね」

季節はちょうど春先、ジャガイモの作付けが盛んに行われる時期だ。一番人気の品種の種芋は、どれほど販売先を広めているやら。

「頭の痛い問題が出てきたなあ」

馬車で来たばかりの道を引き返しながら、フィンはぼやいた。

その日は、種芋の対応で一日が終わった。

共栄会にあるジャガイモの種芋在庫をすべて確認したが、やはり病気にかかっている種芋がたくさん見つかった。

病気が見つかった品種以外も、種芋の販売はすべて中止、販売記録を辿って販売先の農家へ種芋の使用を中止するよう通知することになった。

病気の種芋の補償をするかどうかで、共栄会の中でも意見が割れた。

フィンは共栄会の信用とスマルベレンの農家全体のことを考えて、補償すべきだと思う。

しかし、共栄会の番頭格であるベテランの職員たちは、そんなことをしていてはキリがないと言うのだ。

「作物の病気の管理は、それぞれの農家の責任でしょう。いちいち金を出してはキリがない。そうでなくてもすでに共栄会では、十分すぎるほど会員を優遇しています。農民をつけ上がらせるだけですぞ」

そう言う番頭格の職員は騎士の流れを汲《く》む家だとかで、特権階級寄りの都市住民だ。

他の職員も似たり寄ったりで、中には共栄会の不利になる今回の件は、秘匿しておいたほうがいいという者までいた。

ジャガイモの種芋は、今や共栄会の種子販売部門で一番の人気商品だ。

仕入れる端から売れていく金脈である。多少の瑕疵《かし》を馬鹿正直に公開して、収入を減らすべきではないというのである。

隠蔽《いんぺい》でやり過ごせるのはその場限り、人気商品だからこそ、隠しておいては後から無駄に事が大きくなると説き伏せ、情報公開だけはさせたが、改めてフィンと職員たちの常識の差を痛感した。

屋敷に戻り、その時すでに帰宅していた父に報告したけれど、父も補償に関しては反対だった。

「フィンの意見も理解できるよ。我々の生活の土台には、農民の存在があるのだからね。農作物ができなかったら、都市部の我々も食べるのに困る。ただ、補償までするのは、今の体制にはそぐわないと思う。……上手く言えないけど、当世風ではないというのかな。我々の社会がもっと成熟しないと、フィンの考えは多くの人たちの賛同を得られないと思うよ」

父の説明は、一番フィンの心にしっくりきた。そう、父の言うとおりだ。

自分の常識は前世の、ここよりもっと成熟した社会のものだった。残念ながらここはまだ、文化も人の意識もそこまで発達していない。

父の言葉に納得して、種芋の病気の件は購入者への通知で済ませることにした。けれど、研究所の村長たちの深刻そうな顔を思い出すと、まだ対応は十分ではないような気がする。

「これからの展開によっては、僕の成人パーティーどころじゃなくなるかもな」

夜、自室に戻ると、軽く酒を飲んだ。普段はほとんど酒を飲まないが、仕事が立て込んだ日は飲みたくなる。

自室の長椅子に座って、ユエンが用意したワインを飲んだ。ユエンも長椅子の端に座らせて付き合わせる。一人で飲むのは味気ないし、酒量がわからなくなるからだ。

ユエンはフィンに言われるまま、酒に付き合っていたが、主人のぼやきを聞くなり、珍しく目をつり上げた。

「なぜそんな話になるんです。フィン様の成人パーティーは、次期領主として欠かせないものですよ。もう準備も進んでいるんですから」

「わかってるよ。パーティーを軽んじてるわけじゃないんだ。ごめん。ユエンもパーティーの準備を頑張ってくれてるのに」

もうパーティーに向けて動き出している。直前になってパーティーをやめるなんてことになったら、周りにも迷惑をかけてしまう。

フィンは謝ったが、ユエンはまだ目をつり上げたままだった。

「そういう話ではありません。我々の頑張りなどどうでもいい。私は、あなたがあなた自身を蔑《ないがし》ろにするのが、我慢ならないのです」

「蔑ろって、そんな」

そんなことをした覚えはない。というかむしろ、六つの歳《とし》からこっち、自分の延命のことしか考えてこなかった。

驚いてぱちぱち瞬きをすると、ユエンはわずかにじれったそうな様子を見せた。

ワインのグラスをテーブルに置くと、居住まいを正し、「フィン様」と、改まった口調で呼びかける。夜でもまぶしいイケメンに正面から見据えられ、ドキドキした。

「は、はい」

「フィン様はいつも我々、使用人や共栄会の従業員、領民たちのことを気にかけてくださって、素晴らしいと思います。慈悲深く聡明な領主様が二代も続くのだから、スマルベレンは安泰だと皆、申しております」

「えっ、ほんと？　そ、それはどうも」

小説の中で、父は悪徳領主で、フィンも悪役令息だった。そんな評判が広まっているのだとしたら、こちらも安心する。

胸をなで下ろしたのも束の間、ユエンは「しかし」と、厳めしい顔をした。

「あなたは下々のことばかり考えて、いつもご自分のことを後回しになさいます。成人のお披露目パーティーは、貴族社会にご自分の存在を知らしめるためのもの。チェリーゲイト家くらいの家格でしたら、王都で大々的にパーティーを開くのが慣例でしょう」

父の成人の時は、王都でパーティーをしたのだそうだ。

小説の中のフィンは、王都で開くほどの資金がなかった。王都はとにかく金がかかる。自領でやるほうが何かと融通がきく。

今は資金の心配はない。しかし、フィンは自領で済ませることにした。

「それついては、説明しただろ。僕は、中央政治にも社交界にも興味がない。スマルベレンが発展すればそれでいい。それなら、領内で経済を回したほうがいい」

それに臨時の求人を出さないと、主人公のリルとユエンが出会わない。エイデンもスマルベレンに現れない。

フィンのコントロールがきかない場所で、ストーリーが進行するのは困る。

「もちろん、理解しております。旦那様とフィン様がお決めになったことですから、私が口を挟むことではありません。ですが、だからこそパーティーは盛大に行わなくてはなりません。チェリーゲイト家は王都どころか、自領で嫡男の成人パーティーも開けないほど財政難なのかと、あらぬ評判が立ちます」

「それは困るな」

チェリーゲイト家の評判が下がるのは困る。他国や他領との貿易にも関わるからだ。

「何が何でも、パーティーは成功させなきゃ」

フィンは思い直して言ったのだが、そこでユエンは深いため息をついた。

「そういうところです、フィン様。自領や家の評判のためならば、そうしてすぐに思い直してくださるのに、ご自分だけのためとなったら、二の次、三の次にしてしまうんですから」

そういうところが、ユエンいわく、自分を蔑ろにしているらしい。

「ぜんぜん蔑ろにしてないよ。家や領地の発展は、僕のためにもなるんだから。だから僕はいつも、自分のことしか考えてないつもり」

「広い視野ではそうかもしれません。もう少し狭い視野でも、物事を考えるようにしてください」

ユエンの小言は終わらない。しかも、難しいことを言い出した。

「狭い……って、例えば？」

「旦那様の体調を気遣う前に、ご自分の体調を気遣ってください。私にちゃんと食事を摂ったか尋ねるくせに、あなた自身は昼食を食べていなかったりするでしょう。たくさんお金を儲《もう》けて、それをご家族や屋敷の使用人のためにばかり使うのではなく、あなた自身にも使ってください。もっと贅沢してもいいし、ほしい物を買ってもいいはずです。フィン様は、使う時は景気よくお金を使うので、気前のいい方だと思われていますが、あなたの生活だけを見たら、まるで荒行に入った僧侶のようですよ」

「あ、この国のお坊さんも、荒行するんだ」

「フィン様」

声を大きくするわけではないが、ユエンの低く厳しい声が腹にビシッと響く。

「……はい」

「私はあなたに拾われ、多大な恩義を受けました。それだけでなく、あなたの聡明さ、公平さに感銘を受け、生涯お仕えする覚悟を決めました」

真剣な眼差しに、フィンはたじろぐ。いつものユエンは、しれっとして反応も冷たい。嫌味や小言は言うけれど、これほど真剣に自分の気持ちを訴えたことはなかった。

「ユエン……」

「ですが私は、あなたの行く末が心配でなりません。そのお年で婚約者もお決めにならない、それはまだしも、異性に惹かれることも、かといって同性に興味を覚えることもなく、色事とは無縁で、交友関係も最低限。家族である旦那様のことを気遣うだけで、あとはただひたすらに仕事に邁進しておられる。私が出会った、九歳の頃からずっとです」

「そう言われると、なんか異常な気がしてきたな」

「異常なんですよ」

ユエンに断言されてしまった。そうか、自分は異常だったのか。

「子供の頃は、神童と褒められても得意になることもなく、大人びているあなたが眩《まぶ》しかった。でも今は心配で、不安です。あなたの意識はいつだって、どこか遠いところにある気がする。恐らくは旦那様も、ジョナサン様も、同じ不安を抱いておられると思います。実際、ジョナサン様が、『坊ちゃまは我々には見えない、どこか遠くを見ておられるようだ』と、仰っていました。私もそう感じることがあります。あなたがどこを見ているのか、我々にはわからない。あなたが浮世にいながら、浮世を生きていないような、そんな気さえするのです」

フィンは何も言えず、ユエンを見つめた。

信頼する側近が、秘匿していたフィンの内面を言い当てたからだ。さらに、フィン自身でも気づいていなかった意識を指摘した。

「……申し訳ありません。言いすぎました」

フィンの沈黙に、ユエンがたまりかねたように目を伏せた。気まずそうに謝る。

そんな彼にかける言葉が、何も見つからなかった。

「もう休もうか。今日はいろいろあったから」

それだけ言うのが精いっぱいだった。


浮世にいながら、浮世を生きていない。

ユエンのその言葉が胸に深く突き刺さって、ベッドに入った後も、疲れているのになかなか眠れなかった。

自分では、そんなつもりはなかった。これは小説ではなく現実だと理解しているし、実感もしている。

自分が死にたくないし、父を死なせたくもないから、この十一年間、必死に行動してきた。

ただひたすら、未来のために。

フィンの頭の中には、常に小説のストーリーがあった。先に起こることもある程度わかっていて、利用してきたつもりだ。

でも、ユエンに言われて気がついた。

自分はこの十一年間、ただの一度も、「今」を生きてこなかったことに。

友人を作ることも、自分がしたいことをするのも、ぜんぶ後回しだった。

だって、そうやってやりたいことだけやって、未来で死ぬ運命になったら目も当てられない。二十歳を過ぎても生きたいし、父も死んでほしくない。

さらに、ユエンやジョナサン、周りにいる人たちには幸せになってほしい。

領民だって、飢餓で苦しんでほしくない。ムカつく人や仲良くしたくない人もいるけど、彼らだって死んでほしいわけではなかった。

ただひたすら、平和であってほしい。無事に小説が完結した時間軸で、心安らかに生きていきたい。フィンの望みはただ、それだけだった。

でもそのせいで、仲のいい友達を作ることもなかった。恋なんてしてる場合じゃないと思っていた。

本当は、大切な存在を増やすのが怖かったのかもしれない。

未来の悪役令息回避に失敗し、断罪された時、大切な人たちも巻き込んでしまうから。

それから、誰かに気持ちを寄せたりしなければ、その人を失った時の傷が浅くてすむから。

ユエンに指摘された翌日も、フィンはその言葉を引きずっていた。

フィンのそうした様子を見て、ユエンも主人を傷つけたと思ったようで、気持ちが沈んでいるように見える。

「ユエンと、喧嘩《けんか》でもしたの？」

ギクシャクしたまま一日を終え、夕食の後、父にそっと耳打ちされた。

こちらを覗き込む、父の飄々《ひょうひょう》とした顔を見る。いつもと変わらないその表情にホッとして、目が潤んだ。

「父様」

思わず父に抱きついた。子供の頃は大きく感じたけど、父も背はあまり高くない。フィンと同じくらいだ。

それでも、いつもフィンを抱き留めてくれる。今日は「たまには親子で酒でも飲もうか」と、言ってくれた。

父とフィンは食堂から居間に移り、使用人に酒を持ってこさせた。

フィンはそこで、ユエンを下がらせる。表情は変わらなかったが、少し下がった肩がしょんぼりして見えて、胸が痛んだ。

「珍しいね。二人が喧嘩するなんて」

父は、立ち去るユエンの背中を目を細めて見つめた後、どこか楽しげにそう言った。

「喧嘩したわけじゃないです。ただ、ユエンの言葉を聞いて、その通りだなって思って」

父は変わらない。父だけはフィンの秘密を知っている。だからフィンも、素直に自分の気持ちを吐露することができた。

「ユエンに言われて気づいたんです。僕は『今』を、現実を生きてなかったなって。未来回避にばかり注力して、自分の人生を疎《おろそ》かにしていた気がする。今まで、何をしてきたんだろうって思っちゃったんです」

父やジョナサン、ユエンも心配させていた。

「無事に未来を回避して、でも自分に何が残るんだろう。それに、これでもし未来回避に失敗したら……。それこそ何のために生きてきたのかわからない」

自分のやってきたことは正しかったのだろうか。不安になった。

「未来とはそういうものだよ、フィン。誰にも、お前にさえわからないものだ。だからみんな、未来に夢を抱いたり、逆に不安を覚えたりする」

父はフィンの、愚痴とも泣き言ともつかない話にじっと耳を傾けた後、やがて穏やかにそう言った。

「確かにお前は、子供の頃から大人びていたし、そのくせどこか浮世離れしていた。ジョナサンが心配したこともある。私も、子供らしいことをさせるべきか悩んだけど、お前を信じて、チェリーゲイト家と領地を安定させることを優先した」

父が子育てに悩んでいたなんて、気づかなかった。でも、父は思慮深い人だ。フィンの意見を尊重しながら、その過程で様々なことを考え、葛藤もあっただろう。

「おかげで私は賭け事にのめり込むこともなかったし、スマルベレンは諸々《もろもろ》の問題を乗り越えて、いちおうは安定している。近隣の他領が我々を真似してジャガイモの栽培を取り入れ始めたのも、そうした過程を見ているからだ」

お前も知っているだろう？　と、父は言う。

確かに、不作が続いているのはスマルベレンだけではなかった。国の北側にある地域の多くが、毎年の冷害と雨不足に悩まされていると聞く。

「お前のやってきたことは、間違っていないと思うよ。でもそれで、お前が言う未来が回避できるかはわからない。誰にもわからない。でもどうなっても、私は後悔しない。いや、死ぬとなったら、ちょっとは後悔するかもしれないけど。それでもこの十一年間、私たちはできることはやってきたと自負している」

父の言葉は、昨晩、胸に突き立てられたユエンの言葉と同じくらい、強くフィンに響いた。やれることはやってきた。その言葉が、不安に揺れる心を静めてくれる。

「おかげでシンシアとも出会えたし。だから最近では、お前にもいい相手が見つかればいいなと思ってるけどね。結婚相手じゃなくてもいいんだ。この人と生きていこうと思える、父である私以外に心を預けられる人がいれば」

フィンは持っていた酒のグラスを置いて、長椅子の隣に座る父に抱きついた。

「まだ、そんな人はいないです」

「そうか。でも焦らなくてもいい。きっと見つかるよ。お前が一番に想って、向こうも一番にお前を想ってくれる相手が。なぜって、お前は私の子だからね。これでも私はモテるんだ」

「知ってます。あと父様が、何気に自信家なところも」

自信家というより、楽天家と言うべきだろうか。いつも変わらず明るくのんきで、だから周りはみんな安心する。

それに、互いに想い合う相手に二度も出会えた。母と、それにシンシアと。自分にもいつか、そういう人が現れるだろうか。

そう考えた途端、ユエンの顔が浮かんで、フィンはすぐにそれを打ち消した。

彼は、違う。

彼のことを、そんなふうに考えてはいけない。

ユエンは主人公に出会って恋をして、いずれフィンの元を去っていくのだから。

父と別れて自室へ戻ると、部屋の前の廊下にユエンが立っていた。

暗い廊下にぬうっと白っぽい長身が浮かび上がったので、びっくりする。

「わ、びびった」

ユエンは「申し訳ありません」と、長く白いまつ毛を伏せた。まだ肩を落として、しょんぼりしている。

「厚かましいとは思いましたが、一言、フィン様に謝罪を致したく、控えておりました」

「控えて、って……」

ずっと待っていたのだろうか。春になったとはいえ、まだ夜は冷える。廊下は火の気がなくて寒いのに。

フィンはユエンに近づき、彼の手を取った。

「やっぱり。冷え切ってるじゃないか。ほら、早く中に入って」

フィンはそのまま手を引いたが、ユエンは主人の唐突な行動にびっくりして固まっていた。

部屋に入ると、思っていたとおり中は暖炉の火で温められていた。フィンが寒くないように、ユエンが整えていてくれたのだ。

「暖炉の側に寄って。いくら若くて体力があっても、油断してると風邪ひくよ」

「いえ……あの、すぐに下がりますので」

暖炉の前までユエンを引っ張ったが、彼は困惑したままだ。フィンは両手でユエンの両手を擦って温めた。

「謝罪って、昨日の夜のこと?」

「はい」

「ユエンは何も悪くないだろ。図星だったから、僕が動揺しただけ」

フィンの手の中で、ユエンは拳を握った。そうされると、もう手を擦ることができない。

「少しは怒ってください。一介の側仕えが、不愉快なことを主人に言ったんです」

手を引いて、ユエンは言った。彼の口調はまるで、怒ってほしいと言っているようだ。

そんなに落ち込むことはないのに。ユエンがそこまで負い目を感じるとは、意外だった。

いつももっと、言いにくいことだってビシバシ言うのだ。

「別に不愉快じゃないって。それに、主人の機嫌を損ねてでも苦言を呈するのが、本当の忠臣ってもんだろ。君が僕のためを思って言ったのはわかってる」

「でも、主人の心を傷つけるのは間違っています」

「傷ついてないよ」

ユエンの手元を見ていたフィンは、顔を上げて彼の瞳を見た。

いつも冷ややかな青い瞳が、不安そうに揺れている。珍しいことだ。

彼は決して自信家ではないが、気弱になったり不安な顔を人に見せることはない。足の小指を角にぶつけても、「問題ありません」と平然と言い切るような男だ。いや、これは物のたとえで、実際にユエンが足の小指をぶつけるのを見たことはないが。

とにかく、そういう強がりの鉄仮面男がいつになくシュンとしているので、フィンも内心で戸惑っていた。

「本当に、傷ついてない。君の言葉が刺さったのは事実だけどね。ユエンの言うとおりだと思ったんだ。僕は現実を生きていない。未来ばかり見て、今を見ていなかった」

ユエンは自分こそが傷ついたように、くしゃりと顔を歪ませた。「すみません」と、消え入りそうな声で言うから、フィンは「何も謝ることはないだろ」と笑った。

「先のことが不安で、間違えないようにって、そればっかり考えてたんだ。でもこれからは、ちゃんと現実も見るよ。将来も大切だけど、今現在を楽しく生きることも重要だ。って言っても、これまで仕事一辺倒だったから、何を楽しんでいいかわからないんだけどね。何か趣味を持つとか。けどなあ、趣味とかやってる暇があったら、仕事をしたいって思っちゃうんだよな。そういう意味では仕事が趣味なのかな。……うーん、それなら、趣味を楽しんでるってことで、すでに今現在も充実してる気がするな」

今を大切にするというのが、どういうことかわからなくなってきた。だいたい、身の回りにのめり込めるような娯楽がないのだ。小説だって数が少ないし、恋愛小説はさらに少なくて、ＢＬなんて皆無に等しい。

「なければ自分で書けばいい、とか？」

同人作家、という言葉が頭に浮かんだ。しかしその時、ユエンの美貌が不意に近づいてきたので、呑気《のんき》な妄想はどこかへ飛んでいってしまった。

ユエンは長身を窮屈そうに折って、フィンの肩に顔を伏せた。

「すみません」

「また謝る。何を謝るのさ」

距離の近さにドキッとしたが、珍しく甘えられているのだと思い、フィンはユエンの背中をポンポンとなだめるように叩いた。

「昨日の言葉は、主人のための苦言ではありません。自分のためです」

顔を肩口に伏せたまま、ユエンは言った。両手の拳は強く握り込まれ、何かをこらえているようだった。

「自分のため？」

優しく聞き返した。ユエンは何でも我慢して溜め込むところがある。吐き出せる時に、吐き出させてやりたかった。

「焦《じ》れったかったんです。あなたはいつも、自分のことは後回しだから。我慢していても、我慢していることにも気づかない。私にだけは、少しくらい弱音を吐いてくれてもいいのに

と思っていました。今も思っています」

そんなことを考えていたのか。驚くと同時に、本音を吐露してくれるのが嬉しかった。それから、彼の言葉を反芻《はんすう》して思わず笑った。

「その言葉、そっくり君に返すよ。僕も、ユエンがもうちょっとくらい、僕に弱音を吐いてくれてもいいのに、って思ってる。僕だけには、ってさ」

肩にある温もりが、ふと遠ざかった。ユエンが顔を上げてフィンを見る。こちらの表情を窺い、けれどすぐ、逃げるようにまた肩口へ顔を伏せた。

「あなたが、私のことを思ってくださるのはわかっています。身内みたいに親身になってくださる」

「みたいに、じゃなくて身内だと思ってるよ」

最初は、小説の重要人物だから引き取った。味方に引き入れるために。でももう、とっくに情が移っている。

主人公のリルが俺様攻とくっつかないで、当て馬のユエンとくっついて幸せになればいいのに、と願うくらいには、ユエンにほだされていた。

リルが現れたら、二人を応援しようと思っている。

「私は、不安なんです」

今夜のユエンは、いつになく素直だった。出会ってこの方、彼の口から、不安だなどと弱音を聞いたことはなかったのに。

「何が不安なの」

フィンは背中を撫でる。ユエンはそこで、両手の拳を握り直したようだった。

そこで耐えずに、抱きつきたいなら抱きついてほしいのだが。今さら無礼だなんて、咎めたりしないのに。

でもフィンのほうでも、抱きついていいよ、なんて言うのも照れ臭いしおこがましい気がして、口にすることができない。

「あなたはいつか、私を置いてどこかへ行ってしまう気がする」

「どこに行くっていうの。僕はこの家の跡取りだっていうのに」

「あなたが行くんでなければ、私がどこかへ行かされるんでしょう。いつか、どこか遠くへ」

思わず身じろぎしてしまった。わずかな動きだったが、肩口に触れているユエンには気づかれただろう。

彼は素早く顔を上げ、フィンを見つめた。

「お願いです。私をどこにもやらないでください。私は生涯ずっと、あなたにお仕えしたいのです」

縋るような目だった。フィンはどう答えたものか、迷っていた。フィンだって、ユエンをどこにもやりたくない。でも無理なのだ。

そうした主人の迷いを悟ったのか、ユエンは悲痛な表情になった。

「私の出自が我々を引き離すのなら、この指輪を捨てます」

ユエンは言って、胸元を手で握りしめた。そこには、母の形見の指輪があるはずだ。

フィンが銀の鎖を買い与え、ユエンはそれに指輪を通して、いつも服の下に身につけていた。

「それは駄目だよ」

フィンは言った。

「それは駄目だ」

繰り返す。それ以上の言葉が見つからない。ユエンは絶望の表情になった。

「——やはり、あなたは私を捨てるおつもりなのですね」


指輪の秘密、ユエンの出自、そのいずれも、まだ当人には告げていなかった。

——ユエンにいつ打ち明けるかは、お前に任せるよ。

父からはそう言われた。

いつ話そうか。ユエンが成人したら。そう思ったけど、結局言えなかった。

フィンの成人パーティーの後に、と考えているが、きっとまた打ち明けられないままだろう。次は、ボールドウィンの嫡男が亡くなったら、その死の報せが届いた時に。その時はもう、逃げることはできない。でもそれまでは、ユエンはフィンの側近だ。

結局、フィンも怖かったのだ。

いつかユエンが自分の元を去る、その日が現実になるのが。

ユエンもまた、ただの一度もフィンに尋ねなかった。あの指輪の秘密を教えてほしい、自分はいったいどういう出自なのか、と。

気にならないはずはない。でも口にしなかったのは、それが明らかになった時、フィンに捨てられると思っていたからかもしれない。

「その指輪は、簡単に捨てていいものじゃない。君の母上が死に際も大事に身に着けていたものだ。そしてナサール翁の推察どおり、君の出自を証明するものでもある」

「ならばもう、必要ありません。私はあなたの側仕えです。チェリーゲイト家の従僕、フィン・チェリーゲイト様の秘書、ただのユエンです」

ユエンは言い、銀鎖を首から外そうとした。

「駄目だ」

フィンは鋭い声でそれを制した。

「それを捨てることは許さない。これは命令だ」

ユエンの表情が、また絶望に歪んだ。

「でも、これを持っていたら、あなたは私を捨てるでしょう」

「捨てないよ」

「嘘だ」

即座に反論され、フィンは鼻白んだ。どうにか、「本当だよ」と声を絞り出す。

「僕は捨てない。君が僕から離れるんだ」

「そんなことはあり得ない」

きっぱりと、ユエンは言い切った。

「私はあなたから離れません。絶対に。側仕えはもういらないと言われても、お側にいます。側近じゃなくてもいい。従僕でも下働きでも、馬係になって馬舎で寝起きするのでもいい。あなたのお側にいます」

ユエンの唐突な激情を叩きつけられ、慄《おのの》く。彼がこれほど熱い感情を秘めていたとは、フィンも気づかなかった。

「馬係、って」

茶化そうとして、失敗した。気を静めようと、大きく息をつく。その間に、何かいい言葉が見つかると思ったけれど、何も思い浮かばなかった。

「僕だって、離れたくないよ」

諦めて、フィンは本音を白状した。ユエンの顔に喜色が浮かぶから、腹が立った。どん、と両手でユエンの胸を押してやる。

力を込めて突き飛ばしたはずだったが、ユエンの分厚い胸板はびくともしなかった。

「言わせるなよ。言いたくなかったのに」

「なぜです」

ユエンは無表情を決め込んで聞き返したが、声音が弾んでいた。さっきまで絶望して、みじめっぽく泣きそうな顔をしていたくせに。

「一度言ったら、もう抑えられなくなるじゃん。絶対行くな、行かせないからなって、我がままを言いたくなる」

「言ってください。命じてくだされればいいんです」

「それでも君は行っちゃうよ」

リルを助けるために。リルを好きになるから。

そう考えたら涙が出てきて、フィンは慌ててそれを拭った。

「ああもう、見ろよ。ちょっと想像しただけでこれだ」

わざとふざけてみたけど、ユエンは優しい眼差しでこちらを見つめるだけだった。

「抱きしめてもいいですか」

質問したくせに、答えを待たなかった。こちらが何か言う前に、ユエンはフィンを抱きしめていた。

彼の腕の中に、自分の身体がすっぽり入っている。なんだか不思議な気分だった。

出会った時はガリガリだったのに、今はフィンが押してもびくともしないくらい、逞しくなっている。

大人の男だ。そう考えたら、急に身の置き所がわからなくなって、フィンは意識を懸命にユエンの身体から意識を逸《そ》らした。

「私はあなたから離れません。絶対に」

「うん……」

「あなたが結婚して、子供ができて、あなたとの距離が今より遠いものになっても、私はあなたをお支えするつもりです。あなたの大切なものごと。結婚するつもりもありません。でも、あなたが望むなら、すぐにでも結婚します」

人生のすべてを捧げると言うのか。ずいぶん懐いてくれたものだ。フィンは苦笑する。

でもそう言いながら、ユエンはリルと恋に落ちるだろう。そして、恋をした相手が誰より大切になる。

恋とはそういうものだ。あるいは愛とは。

不思議なくらい、その人しか見えなくなる。今まで自分と父親だけが大切だったのに、優先順位を違《たが》えても相手の幸せを願ってしまうくらい、人の想いとは厄介なものなのだ。

「僕は誰にも、結婚を強制したりしないよ。お前には、本当に好きになった人と幸せになってほしい」

「好きな人は……」

言い淀み、フィンを抱き締めていた腕の力がわずかに緩んだ。けれどすぐにまた、腕に力がこもる。

「好きな人などいません。この先も、私にあるのはあなたへの忠誠だけです」

フィンは答える代わりに、ポン、となだめるようにユエンの背中を叩いた。

「今は、信じてくださらなくてもいいですよ」

焦れったそうな声に、フィンは喉の奥で笑った。

「成人パーティーが滞りなく終わったら、君に指輪の秘密を打ち明ける。その時、君の将来のことをもう一度話し合おう」

わずかな沈黙の後、「わかりました」という静かな声がして、長い抱擁は終わった。

ユエンはフィンから身体を離し、こちらを見下ろす。

「その時になったら伺います。でも、断言します。たとえ出自を聞いたとしても、私はあなたから離れない」

フィンは、青く澄んだ瞳を見つめ返した。

「うん……」

ユエンが離れるのは、出自のせいではない。

もうすぐ運命の人に出会うからだとは、口にしなかった。


翌日、フィンはユエンと共に再び『チェリーゲイト農業研究所』に赴いた。

ジャガイモの病気について、さらなる対策をするためである。

共栄会では種芋の販売先に通知をするだけで、現地調査などは行わないことになった。調査をしようにも専門家がいない、というのが職員たちの意見だ。

本音は、無駄と思えることに人員を割きたくないのだろう。調査をしたって、共栄会の儲けにはならない。むしろ損をしてしまう。

ここでフィンが、職員たちに調査を強制することもできた。

フィンは成人に先駆けて、共栄会の副会主、つまり副社長みたいな地位にある。

加えてこの地域、この時代の組織は、上意下達が基本だ。職員たちは副会主のフィンの命令には逆らえない。

ただ、表向きは服従しても、腹の底では別のことを考えていたりするのが、人間の常というものである。

番頭格の職員たちは、副会主のフィンを立ててくれるけれど、内心では「世間のことを何も知らない頭でっかちのボンボンが」くらいに思っているかもしれない。

社会でそれなりの地位にいるおじさんたちが、意外と大人気《おとなげ》ないのもこの世の常で、言うことを聞いているふりをして聞いてなかったり、「そんなの聞いてませんけど？」「うっかりしてました、すみません次回気をつけます（次もまたやるで）」みたいな反応もよくある。

種芋の販売中止を強引に断行した今、これ以上の強制は難しかった。

それでも病気のことが気にかかる。そんなフィンに、ユエンが提案した。

「共栄会が無理なら、研究所の職員に協力を仰いでみては？」

さすがユエン、いい案だ。それでさっそく、研究所に向かった二人なのだった。

「研究所から、農業研究の調査、という名目で職員を派遣していただきたいのです。もちろん、それにかかる費用はこちらで追加の予算を立てますし、人員不足になるので、臨時の職員を雇う用意もあります。事前に調査内容を決めておけば、農業の専門家でなくても調査できるのではないかと思うのですが」

屋舎に村長をはじめ、研究所の関係者を集め、フィンは一気にまくし立てた。伝染病は時間との戦いになる。なるべく早く手を打つ方がいい。

ユエンがすでに、調査内容のひな型をまとめておいてくれていて、それを研究所の人たちに伝えた。

病気が発覚したその日に、「念のため」考えておいたのだという。めちゃくちゃ有能で助かる。

研究所の人たちは共栄会とは違い、病気の脅威を理解していて協力的だった。フィンとユエンの積極的な姿勢に、感謝さえしているようだ。

「種芋の販売が即日中止されたことは、我々も存じていました。損害も出るでしょうに、よく決断してくださったと思います。ただ、それ以上の対策は常識的に望めないだろうと諦めていたのです。ここまで考えてくださって、領民として、また農民として、驚きと感謝の念に堪《た》えません」

「いえ、当たり前のことですから」

村長が感激して言うのに、大袈裟なと謙遜したものの、フィンの行動はやはり、この社会の領主や経営者とは常識が違うのだろう。

「それから、販売先農家を回るのと並行して、種芋の供給元も調査をお願いしたいのです。こちらは恐らく、専門家と一緒に交渉ごとに長けた方が同行したほうがいいと思います」

フィンはユエンに、種芋の供給元の一覧を渡すよう言った。

供給元とは、共栄会と契約し、毎年一定の種芋を卸してくれる農家だ。

今のところ、安定して数を卸してくれる農家は五軒しかない。いずれも広大な農地を持つ大地主ばかりである。

ジャガイモ人気の昨今、パワーバランスも変化して、供給元の地位は上がっている。共栄会にとって、ジャガイモの種芋は貴重な収入源、そのさらに源《みなもと》だからだ。

共栄会の職員は、供給元の農家の機嫌を損ねたくない。だから販売先の調査以上に、供給元の調査に忌避感を示した。

しかし、病気はこの供給元からもたらされたのだ。研究所のその後の調査でも、原因が種芋であることの反証は上がっていない。

大元を調査し、病原を絶たなくては、ジャガイモの種芋の販売を再開することはできない。

フィンが説明せずとも、村長たちもわかっている。

供給元一覧が書かれた紙を村長が受け取ると、その両側にいた農業技術者たちが一緒に紙を覗き込んだ。

「ああ……やはり。キウィストンの名がありましたか」

一覧を確認してすぐ、農業技術者の一人がつぶやいた。

そう、供給元五軒のうちの一軒は、キウィストンだった。

領内の農家に種子をわけられるほど、広大な農地を持つ地主はそれほど多くはない。

キウィストンは領内でも有数の地主だから、一覧に名を連ねていてもおかしくないのだが、あの男に思うところがあるフィンは、「またお前か」と言いたくなる。

「やはり、とは？　何か、前々から懸念されることが？」

そう尋ねたのは、ユエンである。こういう場では滅多に発言しないので、珍しい。彼も、自分を奴隷のように扱っていた元雇い主のことは、気になるようだ。

最初につぶやいた年配の農業技術者は、発言を迷う素振りでフィンを見た。フィンがうなずくと、ためらいがちに口を開いた。

「いえ、私はキウィヤードの隣の村の出身ですが、大地主のキウィストンさんは代々、やり方が強引で、その、がめついと言いますか……あの辺では昔から有名だったんです。今の代になって、さらに強引さが増して、ちょっと考えなしになったと言いますか」

やはりキウィストンの悪徳地主ぶりは、近隣でも有名だったのだ。フィンはユエンをちらりと見たが、彼は素知らぬ顔をしていた。

「以前は麦をこしらえていましたが、よその村は何でもないのに、あの村だけ不作が続きましてね。忌み地にも種を植えるような、そういうやり方をしていたそうです。土地を余らせるな、と。本人はずっと領主街にいて、農業のことなんかちっとも知らないものだから」

忌み地というのは、幽霊が出るとかのたぐいではなく、連作障害や病害などを起こして耕作できなくなった土地のことである。

普通、そうした土地は休ませて、土を健康に戻すための処置をするのだが、キウィストンは構わず種を蒔《ま》けと命じるのだという。それは不作になるはずだ。

「フィン様がジャガイモを広めてすぐ、飛びついたそうで、おかげで村も持ち直したと聞いていました。でもやっぱり昔と同じ、めちゃくちゃなやり方を続けているのではないかと、懸念していたのです」

ジャガイモは、ただでさえ連作障害が出やすい作物だ。共栄会では、計画的な栽培の推奨を告知しているはずだが、ちゃんと聞いてくれる農家ばかりではない。

「キウィストンもそうですが、供給元はみんな大地主だ。向こうを立てないと調査は難しいでしょう。病気の調査と言わないほうがいいですね。何か相手をおだてるような……農業成功者の秘訣を学びたいとか、そういう口実を使ったほうが、協力を得やすいのではないでしょうか」

ユエンの言葉に、フィンを含むその場の全員がうなずいた。

「すぐに調査員を確保します。供給元の調査には……あの子が適任じゃないかねえ。ほら、あの働き者の」

村長が周りの技術者たちに呼びかける。適任者の心当たりがあるらしい。

「ああ、彼ですか。確かに適任でしたが、もう領主街に行ってしまいましたよ。前々から希望していた働き口に、空きが出たとかで」

「ああ、そうだった、そうだった。いえね、つい先日まで、若い働き者が臨時雇いで入っていてくれたんですよ。小柄で力仕事はあまり得意でないが、そのぶんよく気働きができて、素直で気持ちのいい子でしてね。頭もいいし、ああいう子ならと思ったんですが」

春先だけの臨時雇いだったのと、領主街で働きたい場所があるとかで、すでにこの村を去っていたらしい。

有能な人材はどこでも貴重だ。フィンも残念に思った。

「もし、研究所の周りだけで人員が足りないようでしたら、言ってください。領主街でも募ってみます」

フィンが言い、研究所による調査隊が動き出した。


「研究所の人たちも皆、病気を恐れているようでしたが。それほど、ジャガイモの病気は脅威なのですか」

研究所を後にして、街に戻る馬車の中、ユエンが尋ねてきた。

「もちろん、農作物の病害は恐ろしいものですが。私も共栄会の職員と同様、農業には疎《うと》いので。他の農作物の病気とどう違うのか、よくわからないのです」

真面目に尋ねるユエンだが、たぶんフィンに聞く前に、自分でも本などを当たって調べてみたはずだ。多忙な仕事の合間にも、わからないことをわからないままにしない。

やっぱり僕のユエンは優秀だなあと、たびたび感心するフィンである。

「僕も専門家じゃないから、講釈はできないけど。農作物の病気はどれも深刻だよ。ジャガイモだけが特別なわけじゃない。ただ、ジャガイモは病気にかかりやすくて、連作障害が顕著だ。そして何より今現在、スマルベレン地方の人々の多くが、ジャガイモに依存するようになっている。ジャガイモが出回って、貧しい人たちの食糧不足は回避されたけど、一つの食物に依存するというのは、それだけ危険もはらんでいる」

「一度、病気が広まってジャガイモが収穫できなくなると、食糧不足が深刻化するということですね」

「実際に、大飢饉になった地域もある……って、物の本で読んだことがある」

ジャガイモの病気、と聞いて、真っ先に思い浮かんだのは、前世の歴史で習ったアイルランドのジャガイモ飢饉だ。

かつてのアイルランドもジャガイモに依存し、飢饉が起こった頃は深刻な連作障害を起こしていたとも聞く。

凶作に加えて当時の政治的な要因も加わり、歴史に刻まれるほど深刻な飢饉に陥った。

そして「飢饉」の二文字は、フィンにとって最も忌避すべき呪いの言葉だった。

「飢饉を避けたくて、ジャガイモの栽培を広めたんだけどなあ。これが新たな飢饉の可能性をはらむとは」

世の中、ままならないものだ。フィンは窓の外を見ながらため息をつく。向かいのユエンが、「大丈夫ですよ」と、真面目な顔で返した。

「ジャガイモの栽培と共に、小麦をはじめ穀物の栽培も強化させたでしょう。あれは、こういうことを見越してのことだったのですね。一つの作物に依存してはいけないという」

飢饉になっても、スマルベレンの全領民を飢えさせないだけの穀物が、領内の穀物庫に蓄えられている。

ジャガイモ人気の高まりを懸念し、穀物の種子を安価で販売したり、穀物の耕作地を広げる場合、助成金を出す仕組みも考えたりした。

「うん。まあ、そうなんだけど。ジャガイモが僕の想像以上に、爆発的人気になっちゃったからさ」

自分の予想から結果が大きく離れると、たとえそれが成功だったとしても、不安になる。

「悪い想像をしちゃう。飢饉になって暴動が起こったらとか。それで自分の領民に殺されちゃうとか」

突飛な想像に思えるだろう。呆れられるかと思ったが、ユエンはじっとフィンの瞳を覗きこむように見つめた後、短く言った。

「大丈夫です」

フィンが無言で見つめ返すと、「大丈夫ですよ」と繰り返した。

「領内におけるチェリーゲイト家の評判は良好です。領主街も、昔に比べてずいぶん発展したと聞きます。農村部だけでなく、都市部の領民も旦那様とフィン様に感謝しています」

ユエンのその言葉を、フィンは慰めてくれているのだと思った。

「ユエンの前で、いいことを言ってるだけかもしれないよ。お前も僕の側近として顔が売れてきたしね」

フィンの手足として縦横無尽の働きを見せるユエンは、その美貌とあいまって、この領主街ではフィンよりもよほど顔が売れているのだ。

こちらの反論にしかし、ユエンは軽く肩をすくめた。

「私が直接聞いた声ではありません。あちこちにいる知人から集めた情報です」

「知人……」

「次期領主の側近たるもの、市井の様子くらいは常に注視していますよ。人のいい旦那様とフィン様でも、味方ばかりではありませんし」

「それって……課報《ちょうほう》活動してたってこと？　いつから？　誰かに教わったの？」

ぜんぜん気づかなかった、とつぶやくと、ユエンは口角を軽く引き上げた。

「我流ですし、課報活動、と言っていいのかわかりませんが、五年ほど前からです。成人式を終えた時からですね。気づかなかったのは当然です。秘密にしておりましたし、私が策を弄する必要もなく、フィン様はご自分でうまく人を使っておられましたから」

十八やそこらの青年が、自分で情報収集の必要性に気づき、自己流で課報活動をしていたというのか。

そういえば二年ほど前、フィンが王都に出て単独で社交界に顔を出した時、ユエンからパーティーの主催者への手土産《てみやげ》を持たされたことがあった。

手土産自体は誰でもすることだし、土産の中身もただのお菓子だった。

でもそういえばあの時、パーティーの主催者はフィンの手土産をいたく喜んで、それからフィンが王都にいる時は何かとよくしてくれたっけ。

あの時は、お菓子がたまたま好みに合ってよかったなあ、とのんきに喜んでいたのだけど、偶然ではなかったのだ。

そうして過去を振り返ってみれば、嬉しい偶然がちょくちょくあった。どれも、ユエンがお膳立てしてくれたものだ。

研究所がある村の村長だって、最初はちょっと警戒していたのに、ユエンに耳打ちされてからコロッと態度が変わってフィンを慕ってくれるようになったのだっけ……。

「いや、僕の力じゃないよね。前々から、ユエンにずいぶんお世話になってたよね？　やだ、うちの側近、有能すぎ」

両手で口元を押さえて大袈裟に驚くと、ユエンは「恐れ入ります」と、冷静に返した。

「そんなわけで、領内の情勢はおおよそ把握しているつもりです」

「ヤバ。すご」

「なので、暴動が起きそうな気配がありましたら、その時はお知らせします」

冷静に続けるので、フィンはぷはっと吹き出してしまった。

「そっか。それなら安心だ」

ユエンも、目を細めて微笑む。

「それに、お忘れかもしれませんが、私はあなたの側近であり護衛でもあるのですよ。馬術も剣術も得意です。暴動が起こっても、フィン様や旦那様が襲われる前に逃げられますし、素人《しろうと》の集まりに剣では負けません」

フィンは一瞬、ポカンとしてしまった。そう、仕事が有能すぎて忘れていた。ユエンはもともと、騎士に見出されるくらい、剣の才能があったのだ。

「この国で戦争が起こっても、あなたと旦那様をお守りしながら逃げきります」

きっぱりと、ユエンは言った。フィンは不意に、目の前の景色が明るく開けたような感覚を覚えた。

「そっか。僕には、ユエンがいるんだ」

小説と決定的に違うこと。それはユエンが味方であることだ。

しかも、ユエンはただでさえチートなのに、このチェリーゲイト家に来て九年、武芸だけでなく教養や知略も磨いてきた。実務経験も積んで、全方位的に有能に育っている。

ユエンがそばにいれば、フィンたちは死なない。ユエンが死なせない。

「ユエンがいれば、大丈夫だ」

背中に乗っていた重しが、ふと外れたような気がした。

何をしても不安が去らなかったのに、今は大丈夫だと思える。ホッとして、それから喜びと感激が込み上げた。

まだ彼には何も話していない。何一つ打ち明けていないのに、フィンの不安を払拭してくれた。

「ありがとう、ユエン」

有能なだけではない。フィンの不安を晴らせはしなかった。彼がフィンに寄り添ってくれたからだ。

目元が湿っぽくなるのをこらえ、微笑む。ユエンはわずかに肩を揺らして硬直した後、ふい、とそっぽを向いた。

「……恐れ入ります」

横を向いたまま、ぶっきらぼうに返す。目元が赤かった。そんなユエンを見るのは久しぶりで、フィンはフフッと笑ってしまう。

「ねえ、帰る前に商店街に寄ろうよ。感謝の印に、お菓子を買ってあげる。新しく、チョコレートの店ができただろ」

明るい声で提案すると、ユエンもいつもの彼に戻り、冷ややかな目でフィンを見返した。

「感謝って、あなたが食べたいだけでしょう」

「ユエンも好きだろ」

彼は意外と、甘いもの好きなのだ。特にチョコレートが好物だった。小説にはなかった設定だ。フィンだけが知っているプロフィールのようで嬉しい。

「まあ……好きですけど」

ツンとした態度で言い、それでも御者《ぎょしゃ》に、商店街へ向かうように言いつけていた。

「成人パーティーが終わって、あと二年くらいしたら。チョコレート工場でも作ろうかなあ」

見慣れた街並みを眺めながら、フィンはつぶやく。ユエンが向かいで「チョコレート工場ですか」と、興味を示した。

「そう。今のお上品なチョコレート菓子じゃなくて、もっと安くて甘くて、こってりしたミルクチョコレートを開発するんだ」

思いつきで言った。甘くてこってりした味は、ユエンの好みの味だと思ったからだ。

この世界はありがたいことに、チョコレートも砂糖もすでに流通している。でもチョコレートはまだ、貴族向けでお上品で、庶民にはちょっと値の張る嗜好品だ。

フィンが前世で好きだった、アメリカンで庶民的な円錐形のミルクチョコレートを思い出したのだった。

庶民に手の届く価格で売り出したら、ヒットするのではないだろうか。チャーリーならぬ、

『チェリーゲイトとチョコレート工場』だ。

小説の時間軸の後のことまで考えたのは、これが初めてかもしれない。

そばにはユエンがいて、彼はずっとフィンの味方でいてくれる。小説とは明らかに話の筋が変わっている。

ユエンがいれば、きっと運命は回避できる。そんな希望が、フィンにその先の未来を夢想させた。

（それなら、もう……）

リルとユエンを出会わせなくてもいいんじゃないか。

リルとエイデン、物語の主人公は、フィンたちがあずかり知らないところですれ違い、くっついてくれればいい。

（リルには悪いけど、パーティーの求人に応募してきたら、採用しないでおこう）

応募者は全員、フィンが簡単な履歴を確認することになっている。

臨時の仕事は不採用にして、別の仕事を斡旋《あっせん》しよう。ユエンと出会わないような、でもフィンがリルの行動を把握できるような仕事だ。父の下で使ってもらうとか。

それでリルがピンチに陥ったら、ユエンの代わりにフィンが助ければいい。

（そうだ、そうしよう）

そこまで考えて、何もかもがうまくいくような気になった。

いや、きっとうまくいく。ユエンが側にいてくれたら。

馬車が大通りの菓子店の前で停まった。ユエンが先に降り、フィンはユエンに手を取られて馬車を降りる。

「そんなに混んでなさそうだね」

王都で人気の菓子店が支店を出したと聞いていた。開店したばかりだから、行列でもできているかと思ったが、そんなことはなかった。

「菓子の値段は、物価高の王都と同じだと聞いています。スマルベレンの庶民には少々、高く感じるかもしれませんね」

ユエンはすでに、この店の価格を把握していた。

「さすが、チェリーゲイト諜報部」

からかうと、ユエンは冷ややかにこちらを見下ろした後、

「諜報部長と呼んでください」

などと言った。フィンは一瞬、呆《ほう》けて相手を見た。それから彼が冗談を言っているのだと気づき、笑いが込み上げてくる。

「すごいよ、ユエン。奇跡が起こった。君が冗談を言えるようになるなんて」

「さっさと買い物を済ませますよ」

肩を震わせて笑っていたら、ぷいっとそっぽを向かれた。照れてる。

フィンは笑いながら、チョコレート菓子店のドアに近づいた。ドアノブに手を出そうとし

た時、斜め後ろにいたユエンに腕を引かれた。

「え？」

驚き、ユエンを振り返るより前に、目の前のドアが内側から勢いよく開き、中から人が飛び出してきた。

「あっ、すみません」

客だった。菓子店の包みを抱えた小柄な青年が、フィンに気づいて慌てて足を止めた。

「いえ、こちらこそ」

ドア脇のガラス窓から、店内が見える。ユエンはこの青年が出てくるのに気づいて、腕を引いてくれたのだろう。

「浮かれていたもので。ごめんなさい」

青年が平民らしい身なりであること、お菓子の包みを大事そうに抱えているのを見て、きっと奮発してお菓子を買ったのだなと推測した。お菓子の特別感は、人を幸せにしてくれるものだ。

「ぶつかってないし、大丈夫ですよ」

フィンは微笑み、青年のために道を譲った。蜂蜜《はちみつ》色の髪に緑の瞳をした可愛らしい顔の青年は、ぺこりとお辞儀をしてフィンの前を横切る。

しかし、その隣にいるユエンを見るなり、息を呑んで足を止めた。

「あ……」

ユエンもまた、彼にしては驚いた顔で青年を見下ろす。

そんな二人を横から眺めるフィンは、戸惑いと胸騒ぎとを同時に覚えていた。

目の前の、金髪に緑色の瞳をした青年。文字とデフォルメされたイラストの情報が、彼に重なる。

「ユエンさん！」

青年は次の瞬間、弾けるような笑顔になって、ユエンに抱きついていた。

「僕、リルです。リル・グッドウィンです！　キウィヤード村であなたに助けていただいた……どんなにお会いしたかったか！」

四

リルとユエンはこの領主街で、悪役令息の成人パーティーを機に出会うはずだった。

パーティーの臨時の使用人に雇われたリルと、王都から来た貴族の警護を任された騎士のユエンが、偶然出会う。

領主街の街中で悪役令息にいじめられていたリルを、ユエンが助けるのである。

「二人は、もともと知り合いだったの？」

馬車の中で、フィンが向かいに座る二人に尋ねた。

ユエンとリル、二人は共に、チョコレート菓子店の包みを膝にのせている。

ユエンが持っている包みは、フィンがお店で買ったものだ。何を買ったのかよく覚えていない。確か、お勧め商品を適当に包んでもらった。

店の中がどんなだったのかも記憶にない。外に待たせている二人に意識がいって、それどころではなかった。

「はい。あ、いえ、知り合いと言いますか。三年前、ユエンさんに助けていただいたんです。……あの、本当に僕、このまま領主様のお屋敷に上がってもいいのでしょうか」

ユエンが無表情のまま何も言わないので、リルはオロオロしている。フィンは「構わないよ」と、笑顔を作ってうなずいた。

「初出勤日まで宿暮らしなんて、不経済だろ。今日このままうちに来て、執事と顔合わせをしよう。すぐ部屋をもらえると思うから、今日から泊まってもいいし、宿に戻って明日引き払ってもいい。どのみち今日分の宿代は返してもらえないだろう。でも、木賃宿よりうちの使用人棟のほうが、いくらか寝心地はいいと思う」

フィンは冷静を装って話していたが、内心は混乱でいっぱいだった。

リルとユエンが、すでに出会っていた。

いつ、どのように？　ユエンはリルのことをどう思っているのか。

しかもリルはすでに、チェリーゲイト家に臨時雇いとして採用されていた。チョコレートを買いに来たのも、自分の採用祝いだったという。

それを聞いて、フィンはリルも一緒に屋敷に連れ帰ることにした。

リルが採用されていることにフィンが今日まで気づかなかったのは、リルが偽名を使って応募していたからだ。

元貴族令息が、貴族の家に本名で奉公に上がるのは、顔が障《さ》すような気がしてためらわれたらしい。

同じ貴族としてその気持ちはわかる。小説ではその辺りの描写はなかったが、悪役令息は使用人の顔と名前をいちいち覚えていないし、小説でも偽名だったのかもしれない。

「チェリーゲイト家の使用人棟は、個室だ」

馬車に乗り込んでからずっと黙っていたユエンが、ここに来て初めて口を開いた。主人がリルを家に迎えたがっているのを悟って、後押ししようとしたのだろう。

彼は、リルを見て最初こそ驚いた顔をしたものの、その後はいつもの無表情に戻っていた。

綺麗に感情を消していて、リルをどう思っているのか、少しも窺えない。

「えっ、臨時雇いの僕でも、個室をもらえるんですか。すごい。どこでも大部屋が当たり前だったのに」

自分だけの部屋をもらえると聞いて、リルは俄然《がぜん》、興味を示している。

どこでも下っ端の使用人は、共同の部屋しか与えられないのが普通だから、チェリーゲイト家に来た使用人はみんなまずそこに驚く。

「数年前に使用人用の宿舎を建てたんだ。うちは田舎で、土地も余ってるからね。それでえっと、三年前にキウィヤード村でユエンに助けられたって？　君は王都の貴族だったって言ってたけど、どうしてまた、そんな辺鄙《へんぴ》なところにいたの？」

小説の筋書きで言えば、リルは領主街に来る直前まで、他領にいたはずだ。それが何がどうなって、ユエンの故郷に行くことになったのだろう。

小説との違いを聞き出そうとしたのだが、リルはちょっと恥ずかしそうに顔をうつむけた。

「家が没落して、王都の屋敷を追い出された後、僕は地方に売られてしまったんです。そこから働き口を探して、各地を転々としていました。キウィヤード村には、いい働き口があると聞いて移ったんです。ジャガイモ栽培が成功して、景気がいいって聞いて」

仕事を探して各地を転々としていた、というのは小説のとおりだ。ジャガイモで景気が上向いたため、他領ではなくキウィヤード村に働きに来た。

そしてその時、たまたま里帰りしていたユエンと出会ったのだ。

「景気がいいと言っても、儲かっているのはキウィストンとその親戚だけですよ。小作人や使用人たちは昔のまま。いや、昔よりひどくなっていました。彼、リル・グッドウィンは、村長に雇われて昔の私のような扱いを受けていたんです。見ていられなかったので、つい止めに入ってしまいました」

リルにかわって、ユエンが簡潔に説明してくれた。なるほど、とフィンは納得する。

かつてのユエンと同じ、ということは、リルはあの村で奴隷のように働かされていたのだ。

リルは頬を紅潮させ、ユエンの言葉に何度も強くうなずいた。

「村に来る前からの疲れもあって、僕、体調を崩していたんです。なのに休みもなくて、ご飯も食べさせてもらえなくて。それでも働かされて死にそうになっていた時、ユエンさんが使用人頭《がしら》との間に立って、かばってくれたんです。それからご飯も食べさせてくれました。あれがなかったら僕、もうこの世にいなかったかもしれません」

「苦労したんだね」

リルの苦難を想像し、フィンは一瞬、焦りを忘れた。

小説でも仕事が厳しくて苦労をしていたけれど、死にそうになるほどではなかった。

キウィヤード村に来て、あのキウィストンに雇われたせいだ。

「それだけじゃなくて、僕が元気になったら、別の村の働き口を紹介してくれたんです」

「ただの臨時雇い、季節労働だ」

ぶっきらぼうに言い放つ口調が、小説の中のユエンと重なった。

リルと出会った当初、小説のユエンもこんなふうにぶっきらぼうで、とりつく島もなかったのだ。でも、リルが困っていると必ず手を差し伸べた。

「その臨時雇いのおかげで、次の仕事にもありつけました。つい最近まで、この近くの村で働いてたんです。そこで、チェリーゲイト家のお屋敷で臨時雇いの口があるって聞いて、急いで応募しました。ユエンさんがお屋敷で働いているのは聞いていましたから。あなたに会えると思って」

リルはユエンを見て言った。頬を紅潮させ、明るい緑色の瞳をきらめかせている。

ユエンは怪訝そうに、片眉を引き上げてみせただけだった。

「私の行動に恩義を感じる必要はないと言っただろう。自分がしてもらったことを、別の相手に返しただけだ。君もそうすればいい」

「わかっています。でも、もう一度お会いしたくて。……その、お礼を言いたかったのと、元気になりましたよ、って報告に」

リルはモゴモゴと言い訳のように最後の言葉を付け加えた。

ユエンは相変わらずの無表情だ。彼が何を考えているのか、フィンにもさっぱりわからない。

ただ、リルの態度を見ていて気がついた。

リルはユエンに、大きく気持ちを傾けている。

小説でもユエンに助けられ、感謝はしていた。でも、今ほどではないだろう。彼はユエンに、恩義以上の感情を抱いているように見えた。

ユエンを見る時の熱のこもった眼差し、話しかける時にわずかに上ずる声、紅潮した頬。

リルは、ユエンに恋をしている。


屋敷に戻り、ジョナサンにリルのことを告げると、使用人棟に部屋を用意してもらえた。

リルは喜んで、今日からチェリーゲイト家に身を寄せることにしたようだ。

それなら契約開始日を早めようとジョナサンが言って、リルは明後日《あさって》から働き始めることになった。

フィンは、リルの件で頭から飛びかけていた芋の病原調査について、父に報告した。

研究所を使う案は、父も賛成してくれた。臨時の予算をつけるという話もすぐに承諾をもらった。

フィンは表向き、いつもどおり振る舞っているつもりだった。

いろいろあったけれど、うろたえることなど何もない。何も起こっていない。

「フィン様、お疲れですか。すぐお休みになるでしょうか」

父への報告を終えて自室に戻ろうとすると、ユエンが尋ねてきた。

「いや。疲れてはいるけど、すぐには寝ない。寝酒をもらおうかな」

すぐには眠れそうになかった。だからそう答えたのだが、

「では、私もお酒をご一緒してもいいでしょうか。少し、お話ししたいことがあるのです」

ユエンは言った。拒む理由が見当たらず、うなずくしかない。

何を言われるのだろうと、ドキドキしながらフィンは自分の部屋へ戻った。

それからふと、昨夜の会話を思い出す。

好きな人などいません、と言ったユエンは、直前に言い淀んでいた。

本当は、意中の相手がいたのではないか。フィンへの忠誠を強調させるために、あえて打ち明けなかったのではないだろうか。

――私はリルが好きです。リル・グッドウィンに出会って恋をしました。

ユエンの声で想像し、気分が悪くなった。

（いや、わかってたはずだろ）

何もうろたえることなどない。

多少、道を違えても、リルはこの領主街にやってきた。チェリーゲイト家の臨時雇いになった。

ならユエンもまた、辿る道は違っても、リルを愛するようになる。

（それなら、未来も……）

そこまで考えて、フィンは頭を振った。

未来は変わる。変えられる。フィンはユエンに嫌われていない。リルにも意地悪をしていない。

「今夜はホットワインにしました」

声をかけられて、フィンは我に返った。酒を取りに厨房へ行ったユエンが、いつの間にか戸口に立っていた。

「すみません。何度かお声をおかけしたのですが」

「あ、ごめん。ちょっと考え事してた。ホットワイン？」

明るい表情を作って応じると、ユエンは追及してこなかった。香辛料と蜂蜜《はちみつ》の香りがするコップを二つ、フィンの前にあるソファテーブルに置く。

「ええ。こちらのほうがよく眠れると思いまして」

ユエンは「失礼します」と断って、フィンが座る長椅子の隣に腰を下ろした。

「ありがと。お疲れ」

フィンはホットワインのカップを軽く掲げ、一口飲んだ。甘くて美味しい。

「大人用だ」

ワインのアルコールもちゃんと残っている。ワインを半量、他の材料と共に鍋で煮た後、残りのワインを加えるのが大人用のホットワインだ。

子供の頃は当然、アルコールを飛ばしたホットワインしか飲めなかった。

「もう大人ですからね」

ユエンも微《かす》かに笑って言った。表情は穏やかで、いつもと変わらなく見える。

リルと三年ぶりに再会して、気持ちが高揚している様子もない。

それでもフィンは、「話って何？」と、自分から尋ねることができなかった。いつ切り出されるのか、平静を装う裏で、戦々恐々としていた。

「リル・グッドウィンとは、何者ですか」

やがて、ユエンが口を開いた。その問いかけは、フィンにとって予想外のものだった。

「え、何者って……どういう意味」

リルの経歴は、馬車の中で本人の口からあらかた話してもらった。出自も、家が没落した後で地方に売られたというのも嘘ではない。

それに、リルのことはユエンも、三年前に本人から聞いていたのではないだろうか。

「没落したグッドウィン家の一人息子だよ。グッドウィン家のことは、僕も王都でちょっとだけ聞いたことがある。彼のご両親が亡くなって、親戚に家を乗っ取られて息子は売られたんだ。親戚がめちゃくちゃしたせいで、家も潰れてしまった。リルが言ってた話と合ってる」

「私も三年前、同じ話を本人から聞きました。その後、グッドウィン家のことも調べたので、裏は取れています」

「それじゃあ、本物のグッドウィン家の跡継ぎなんだよ」

グッドウィン家を乗っ取った親戚は破産したが、家そのものが取り潰されたわけではない。リルが成人し、しかるべき手続きを取れば、グッドウィン家を継いで家は存続できるはずだ。小説の中では、エイデンと結ばれた後で貴族に復帰している。

領地も俸禄もないけれど、爵位を国に返上する手続きを取らない限り、書類上は残り続ける。金持ちの平民が金で買うのも、そういうたぐいの爵位である。

詳しく書かれていなかったが、小説のリルも同様のことをしたと推測される。

「彼が成人して、我が家が後見になったら、グッドウィン家を再興できる。彼がここで働く間に本人の人となりを見て、再興したいと言ったら協力してもいいかもね」

貴族のエイデンと結ばれたいなら、その道を選ぶだろう。でも今はユエンに恋をしているから、今のままチェリーゲイト家で働きたいと言うかもしれない。

そういえばリルは、エイデンのことはどう思っているのだろう。

そんなことをつらつら考えていたのは、ただの逃避だ。ユエンとの会話から逃げたいと思っていたからだ。

「フィン様は、彼のことをご存知だったのですか」

フィンは無言で相手を見る。ユエンはこちらを凝視するのをやめ、静かに目を伏せた。

「お互いに初対面だということは、菓子店で出会った時の様子でわかっています。ただ、彼の名前を聞いた途端、あなたが彼を警戒し始めたように思えたので、意思確認のつもりでお尋ねしました」

あの短い時間に、よく観察している。フィンはため息をついた。

「私にすべてを明かす必要はありません。ただ、あなたにとって彼が警戒すべき相手なのであれば、私も注視しておきます」

ユエンはフィンの側近だ。リルにどんな感情を抱いていたとしても、フィンが命令すれば、私情に流されることはないだろう。

リルを殺せと言ったら、殺すかもしれない。

そこまで考えて、フィンはそんな自分が嫌になった。

「リルはいい子だよ。見かけ通り、素直で善良な子だ。特別に警戒する必要はない。同じ屋敷で働く先輩として、気にかけてあげて」

フィンは薄く笑ってユエンを見る。ユエンは短く、「わかりました」と返した後、ためらいがちに言葉を繋げた。

「彼も私と同様、手元に置いておかれるのですか」

「え？」

そんなつもりはなかった。つい聞き返してしまったが、ユエンはそこで恥じ入るように顔をそむけた。

「申し訳ありません。私が勝手にそう考えただけです。彼と遭遇した時のあなたの態度は、私と出会った時の反応によく似ていたので」

本当によく見てる。それに、恐ろしく勘がいい。

「そんなに似てた？」

何気なさを装って尋ねてみる。ユエンは過去を思い出そうとしているのか、遠くに視線を移しながら軽く首を傾げた。

「そうですね。あなたの驚き方と、行動の唐突さが似ていました。それから、優しくしながらこちらを恐れて、警戒しているようなところも」

「本当によく見てるね」

フィンはつぶやき、降参、ともろ手を挙げた。

「確かに僕は、九年前の君とも、リルとも初対面だった。でも、出会う前から知っていたよ。

場合によっては、君たち自身よりも詳しく。過去のことから未来のことまで」

ユエンの青い瞳が、訝しげに細められた。それは怪訝に思うだろう。出会う前から、過去も未来も知っていた、なんて。

「たとえばリルが、エイデン・ハワードっていう貴族のボンボンと幼馴染で、彼と将来の約束をしてたこととか」

ちらりとユエンの表情を窺う。ユエンは「エイデン・ハワード……」とつぶやき、それが自分の記憶にある名前か思い出そうとしているようだった。

「王都のボンボンだよ」

「ああ、ハワード侯爵家の三男坊が、私と同じくらいの年頃でしたね」

「リルがまだ貴族だった子供の頃、二人は出会ってお互いに一目ぼれしたんだ。将来、結婚しようねって約束する。男同士は結婚できないって知らなかったけど、知ってからもリルはエイデンを慕い続ける。地方に売られた後も、彼にもう一度会いたくて、あちこちで働きながらお金を貯めて、王都を目指すんだ。そのはずだった」

つらつらと語るフィンを、ユエンは口を挟まず黙って聞いていた。なぜそんなことを知っているんだと疑問に思うだろうに、表情にすら出さない。

「エイデンは僕が知る限りなら今頃、リルの行方を捜してるだろうけど。リルはもう、心変わりをしたみたいだね。まあ、無理もないけど。子供の頃の口約束と命の恩人を比べたら、どちらが重いかは比べるまでもない」

ユエンなら、リルの熱っぽい視線にとっくに気づいているはずだ。

ユエンがリルをどう思っているのか、フィンは知りたかった。でも、自分から尋ねるのは怖かった。

だから黙って、相手の瞳を覗き込む。でもやっぱり、ユエンからはどんな表情も窺うことはできなかった。

「エイデン・ハワードについて、それとなくリルに聞いてみましょう。あなたが私に、指輪の存在を確認したように。裏付けを取ってみます」

側近としての態度を崩さないユエンに、フィンは少し笑った。我ながら、神経質そうな笑いになってしまった。

「うん、そうして。でもリルは、別に悪人じゃないからね。善良で一途な性格なだけ」

「留意しておきます」

ユエンは立ち上がった。今日はもうお開きということだ。

「うん。おやすみ」

ユエンは何か言いかけて口を開き、ほんの一、二秒ほどためらってから、口を閉じた。

「おやすみなさいませ」

やがて軽く頭を下げて挨拶をすると、ユエンは去っていった。

リルはあらかじめ予想していたとおり、優秀でよく気のきく使用人だった。元貴族なのにすねたところがなく、素直で誰に対しても丁寧だ。彼がいるだけで場が明るくなる。

働き始めるや、リルはたちまち屋敷の人気者になった。

「臨時雇いにはもったいないですね。ぜひ契約を延長してもらいたいです」

働き始めてほんの一週間ほどで、ジョナサンにそう言わせたのだから、さすが主人公である。

前世で主人公を応援していたフィンは、推しの役者の活躍を見るように誇らしい気持ちになったが、一方で悪役令息として、人々を魅了する主人公に脅威を感じてもいた。

脅威を感じる自分にも、不安を覚える。いずれ、彼を妬み羨《うらや》むようになりはしないか、そんな懸念が頭をもたげるのだ。

リルが来てから半月後、他の臨時雇いも徐々に入ってきて、屋敷は賑《にぎ》やかになった。

屋敷を統括するジョナサンは大忙しだし、彼の妻も生まれたばかりの息子を抱えながら、夫を手伝っていた。

フィンもユエンも大忙しだ。日常の業務に加え、種芋の病原調査に動き、合間にパーティーの準備をする。

リルのことを不安に思うものの、忙しさにくよくよ悩む暇がないのはありがたかった。

父は無事に、シンシアをパーティーに誘えたようである。

パーティーまで一か月を切ったある日、夕食を終えると父が、「ねえ、ちょっと聞いてくれる？」と、そわそわふわふわしながら晩酌に誘ってきて、シンシアがパーティーに出席してくれることになったと報告した。

「父様。シンシア様に、パーティーのためのドレスと装飾品をお贈りしたらどうですか」

シンシアは実家で肩身の狭い思いをしている。自由になる金などないはずだし、フィンが何度か会った時も、小物などで印象を変えてはいるが、いつも同じ服だった。

そんな状況でパーティー用の新しいドレスなんて、買えるだろうか。フィンが言うと、父はようやく気づいたようだ。

「ドレス！　そうだ、ドレスは用意しなきゃね」

「シンシア様をお茶に誘い出して、街の仕立て屋で採寸してもらったほうがいいかもしれませんね。『ライム洋品店』がいいかもしれません。あまりかしこまった店だと、シンシア様も気詰まりでしょうし」

「うん。そうしてみる」

子供みたいに嬉しそうにうなずく父を見て、うまくいくといいなあと思った。

パーティーの準備は、順調に進んでいた。王都や他領にいる貴族にも招待状を出し、そのうちの何名かには出席の返事をもらった。

ド田舎の子爵令息の成人パーティーに泊まりがけで行くなんて、フィンが招待客の立場なら気が滅入《めい》る。出席してくれるだけでありがたいことだ。

なるべく居心地よく、招待客に楽しんでもらえるようなパーティーにするつもりだった。

ついでに遠方からの客は、領主屋敷ではなく領主街にある一番大きなホテルに泊まってもらう。

チェリーゲイト家が経営するホテルで、去年竣工したばかりだ。これを機会に、せいぜい宣伝させてもらおう。

「遠方からのお客様は、おおむねこちらの予想通りの顔ぶれですね」

時はあっという間に進み、パーティーまで残すところ半月となったその日、ユエンが完成した招待客のリストを持って、フィンの書斎にやってきた。

このところ、領主街全体が盛り上がっているように感じる。

フィンの気のせいではないだろう。街の人気レストランから仕出しを頼んだり、ホテルも巻き込んだりして、街ぐるみでパーティーを行い、経済を回しまくる予定だ。近隣の村々からも、食材の提供をしてもらった。

「予想通り？　僕としては、予想以上に集まった気がする」

フィンはリストを受け取ると、まず一ページ目にある、出席者の内訳に目を走らせた。結構な数の貴族が、領地の外から来てくれるようだ。

ちょっとでも集まってくれたらいいな、と思っていた。でも何しろ、チェリーゲイト家はしがない子爵家だ。他の諸侯に比べて領地も小さい。

それでも代々の付き合いとか義理がある。フィンと年の近い貴族令息などは、今後の付き合いも考えて出席するかもしれない。

そんな算段をしていたのだが、お義理以外の貴族たちもかなり出席の返事を出してくれていた。フィンとしては驚きの数である。

「スマルベレンは近年、急速に発展しましたからね。国内で最初にジャガイモ栽培をはじめたこともありますし、王都でも注目されています。これくらい客が集まるのは当然ですよ」

そう言うユエンは心なしか、得意げだった。あまり感情を表に出さないから、こういう時はユエンが可愛く見えてしまう。

「郷土愛だね」

「忠義心です。エイデン・ハワード侯爵令息も、ご出席されるようですね」

フィンもちょうど、出席者リストの中にエイデンの名前を見つけたところだった。

「ハワード家には、曽祖父の代に貸しがあるそうなんだ。もう無視してもいいくらいの貸しなんだけどね。ハワード家の当主、エイデンの父親は義理堅い人みたいだな」

それでも長男でも次男でもなく、三男坊のエイデンを寄越すあたり、先々代のチェリーゲイト家当主の貸しは、威力が弱まっているのだろう。

小説の中でもエイデンは、父に言われて仕方なく、悪役令息の成人パーティーに赴くのだ。

そこで、リルと再会する。リルは一目でエイデンだとわかるが、エイデンは悪役令息の下でこき使われるリルが、かつて将来の約束をしたあの子供だとは気づかない。

リルの髪の色が、幼少の頃よりも薄くなっていたのと、悪役令息にいじめられてみすぼらしい恰好をさせられていたせいだ。

リルも身分が大きく開いた今、自ら名乗る勇気がなくてすれ違う。その隙間に、当て馬のユエンが入ってくるというわけだ。

「リルにそれとなく、エイデン・ハワードのことを聞いてみました。フィン様の仰るとおり、初恋の相手だそうです」

「ええっ、聞いたの？　それとなくって、どうやって」

さらっと言われてびっくりした。初恋の相手なんて、どうやって聞き出したんだろう。

しかしユエンは、詳しく教えてはくれず、「それとなくは、それとなくです」と、けむに巻くような返事をした。

「なぜ知っているのか驚かれましたが、情報源は誤魔化しておきました」

「う、うん。ありがとう。それは助かる」

ぎこちなくうなずいたが、ユエンはさらに驚くべき事実を口にした。

「キウィヤード村に行く少し前に再会して、でも相手はリルのことがわからなかったそうです。それで落胆して……」

「待って。リルとエイデンが、すでに再会していたって？」

二人が再会するのは、ここスマルベレンの領主街だったはずだ。

フィンは泡を食って遮ったが、ユエンはこちらをじっと見つめたまま、冷静に「そうです」とうなずいた。

「キウィヤード村に向かう直前、リルは他領で働いていたのですが、そこがハワード家の領地のお隣だったのだそうです。エイデン・ハワードは父上から言いつけられた仕事で、たまたまその地を訪れました。なんでも、ジャガイモ農家の視察をしていたとか」

「またジャガイモか！」

あっちもジャガイモ、こっちもジャガイモ。ジャガイモがすべての運命を狂わせる。

「もうジャガイモ栽培はやめよう。豆を植えよう。豆も美味しいよ」

「落ち着いてください。何を取り乱しているのかわかりませんが、もう再会してしまったものはしょうがないでしょう。それに三年も前のことなんですから」

呆れた声で言われて、フィンも我に返った。そのとおりだ。もう過ぎてしまったことは、どうにもならない。落ち着こう。現状を把握しなくては。

「エイデンと再会したけど気づかれなくて、落胆したって？」

「ええ。幼い頃のことだから、仕方がないと諦めたそうです。リルにとっては大切な思い出だけど、相手にとってはそうでもなかったのだと。エイデンは視察を終えると帰ってしまったそうで、それ以上は追いかけることを諦めたそうです。リルは今や平民ですしね。それで幼い頃の恋を諦め、心機一転、キウィヤード村で働くことを決意したのだとか」

「なるほどね。だいたい理解したよ」

小説でも、エイデンは最初のうちリルに気づかず、リルを落胆させる。

でも二人とも領主街にしばらく滞在し、何度か顔を合わせるのだ。エイデンはリルが初恋の相手だと気づかないまま、リルに新たな恋をする。

ところが現実では、三年前に偶然再会したものの、エイデンは視察を終えてさっさと帰ってしまった。新たな人間関係を構築する間もなく、リルには落胆だけが残った。

幼い頃の恋に縋るのをやめるには、じゅうぶんな動機ではないか。

そして新たな人生を送ろうと、前向きにキウィヤード村へ向かい、ひどい目に遭わされていたところを、ユエンに助けられた。

命を助けてくれたイケメンスパダリに恋をするのも、当然の流れと言える。

「これから、どうなるんだろうなあ」

書斎机に出席者リストを放ると、フィンは椅子の上で天井を仰ぎ、思わずつぶやいた。

重要人物たちを目の届く場所に置いてコントロールしようと思っていたのに、まったくできていなかった。

「未来がどうなるか、フィン様にもわからなくなったのですか」

ユエンがいつもと変わらない調子で尋ねた。こちらは何も打ち明けていないのに、フィンが未来を予見できるのだと察している。

さも当たり前のような口調で聞いてくるから、肩の力が抜けた。

「主要人物の身の回りに起こる出来事は、だいたい知ってるつもりだったんだ。でももう、君を我が家に迎え入れた時点で、他ならぬ僕自身がその筋書きを変えてしまったからね。我が家の没落を回避するためにジャガイモを植えたら、そいつがことごとく筋書きを変えてくる。もうどうなるかわからない」

もうすぐエイデンが王都からやってくる。リルと三度まみえて、彼らがどうなるのか。ユエンは、そしてフィンと父の運命が変わるのか変わらないのか。

未来は誰にもわからない。父の言葉が頭の中で巡る。

「我が家は、没落する予定だったのですね」

ユエンが何やら、考え込む仕草でつぶやいた。

我が家。ユエンにとって、チェリーゲイト家はもう、我が家なのだ。

何気なく使ったのだろう。でもフィンはそんな彼の言葉に、少しだけ救われた気がした。

「そうなんだ。本当なら父様は、母様を失った悲しみから立ち直れず、賭博にのめり込んでしまうんだ。チェリーゲイト家は火の車、僕は父に放っておかれた悲しみと孤独から、横暴で愚かな悪役令息に育つのさ」

「悪役に育つと、どうなるんです」

「領地で飢饉が起こっているのに、領主は賭博、息子は贅沢三昧《ぜいたくざんまい》。ついには断罪されて領地を追われ、逃げている途中で領民に襲われて死ぬ」

父にしか告げたことのない話を、勢いに任せてユエンに伝えてしまった。

それでも、ユエンの顔色は変わらない。まだ何か考えていたが、やがて「なるほど、わかりました」と、こちらに視線を戻した。

「現状、飢饉が起こるとは考えにくいですが。万が一に備えて、逃亡の手はずは整えておきます。ちなみに領地を追われるのは、今からどのくらい先ですか」

未来のことなのに、まったく動じていない。フィンもう、隠しているのが馬鹿らしく思えてきた。

「えっと、領地を追われるのは、今から一年後くらいかな」

「それなら、今からでもじゅうぶん間に合います。それと、エイデン・ハワード様がお越しの際は、彼にも注意しておきます」

本当に、この側近は有能すぎる。思わず笑いが込み上げてきた。

「はは……うん、よろしくお願いします」

ユエンがいれば、未来も怖くない。

彼が、リルのもとへ行ってしまわない限りは。


数日後、フィンとユエンは日中、領主街の大通りへ赴いていた。

パーティーが再来週《さ》に迫った今になって、父がようやく、シンシアをお茶に誘ったからだ。

「遅い。遅すぎるよ、父様は。ドレスが一日でできると思ってるのかね」

今朝、朝食の席で「今日はシンシアと、ドレスを作りに行くんだ～」と能天気な声を聞かされ、目が点になった。

シンシアもお茶を口実に誘われたので、今頃ドレスを作るとは思っていないだろう。

フィンが提案した一か月前だって、遅いくらいだった。超特急料金が必要なはずだと父に言ったら、慌てていた。

「領主様ですから、女性のドレスがどれくらいの手間でできるのかなんて、ご存知なかったのではないですか」

先に馬車を降りながら、ユエンが言う。

父を送り出したものの、気になって仕方がない。ソワソワしているフィンを見て、

「我々も、様子を窺《うかが》いに行きましょう」

と、ユエンが提案した。それで二人は馬車を出し、街中に繰り出したのである。

『ライム洋品店』の近くで馬車を停《と》め、中で張っていると、間もなくシンシアを連れた父が現れた。

シンシアは、洋品店を前にして驚いた様子である。

父が何やら説明している。成人パーティーのドレスをプレゼントしたいんだ、とでも言っているのだろう。

シンシアが嬉《うれ》しそうな、でも不安そうな顔で父と店に入って行った。

「嬉しいけど、今から採寸して間に合うのかしら……って思ってるよなあ、絶対」

「やり方によっては、凝ったドレスでも間に合うと思いますけどね。お金とお針子次第で。ただ、旦那様はそういうことには疎《うと》いでしょうし、シンシア様は分かっていてもご自分で交渉なさったりはしないでしょう」

「僕がしゃしゃり出ていきたいところだけど、実は僕もドレスのことはさっぱりわからないんだよね。王都の流行とか、色味を合わせるとかさあ。もう何が何やら」

父もフィンも、お洒落《しゃれ》ではない。というか、はっきり言ってセンスがない。遺伝子レベルでセンスが欠乏している。

かつては、そういうことは母が采配《さいはい》してくれていたのだろう。今はジョナサンやユエンが体裁を整えてくれている。

そんな父と子なので、どういうドレスがシンシアに似合うか、まったく見当がつかない。

「ユエンなら、僕より服飾に詳しいよね」

「まあ、基本的なことでしたら。身なりに疎いフィン様よりは、詳しいと自負しております」

「悪かったな。かと言って、ユエンと二人で乗り込むと、いかにも心配で追いかけてきました、って感じで、父様の面目が潰れちゃうし」

「でしたら、私一人で見て参りましょう。フィン様は……ホテルに行って、再来週の賓客への準備について、確認してくるのはどうでしょう。ここから近いですし。私は旦那様たちをお茶に誘いに来たことにしましょう。ドレス作りの後、ホテルのティーサロンで落ち合うことにすれば、不自然ではないはずです」

「うちの側仕《そばづか》えが天才すぎるんだが」

「恐れ入ります」

ユエンはそのまま、『ライム洋品店』へ歩いて行った。フィンはもう一度馬車に乗り、ここから百メートルほど先にある『チェリーゲイト・ホテル』へ向かった。

ドレスのことは、ユエンに任せておけば安心だ。フィンは一つ、問題が片付いた気分になった。

ホテルに着くと、顔なじみの従業員に言づけて支配人を呼んでもらった。

ここでぼんやりしていても、時間の無駄だ。口実とはいえ、きちんと再来週の確認をしておきたい。

支配人はちょっと取り込み中とかで、代わりに副支配人が現れた。

「急に来てすみません。忙しかったですよね。近くまで寄ったので、再来週の確認をしておきたくて。ここからうちの屋敷までの、馬車の手配なんか、ちゃんと進んでますか」

「はい。その辺りは問題ありません。先日、馬車業者と連携して、うちの前の馬車回しにどれくらい馬車を停められるか、予行練習もしたんですよ」

「そこまでしてくれたんですか。ありがたいな」

「それはもう。王都や国内のあちこちから、貴族や大商家の方々をお招きするのですから。我々も張りきっております」

このホテルが建つ前、ここはもともと、しょぼい宿屋だった。それでも領主街で一番大きい老舗《しにせ》だったのだ。

老舗の矜持《きょうじ》はあるものの、鄙《ひな》びて客足も少ない。

そこを領主が買収した。創業者だった支配人たちから老舗宿のノウハウを取り入れつつ、新しくて豪華なホテルを建てたのだ。

そして今回、身分ある来賓を大勢招くことになり、ホテル側も力が入っていた。

「予行練習にかかった経費も計算して、僕に請求してください。細かい経費も積もれば大きな金額になりますから」

他にも確認したが、計画していたものはすべて滞りなく、準備が進んでいるようだった。

「それじゃあ今のところ、問題は何もなさそうですね」

ひととおり確認を終えて、フィンは副支配人に水を向けた。副支配人が言葉に詰まる。

先ほど現れた時からずっと、何か言いたげにしているのだ。

「何か、準備に問題があるんですか。この際ですから、言ってください」

「いえ、準備はご報告したように、順調なのです。ただその、思わぬ事態が起こりまして。今、支配人が対応しているのですが……」

副支配人は言い淀《よど》み、どうにもはっきりしない。フィンはハッとひらめいた。

「まさか、うちのジャガイモがまた何か粗相を？」

「ジャガイモ？　ジャガイモ料理も宿泊客にご提供するつもりで、仕入れておりますが……いえ、そういうことではなく」

今回の問題に、ジャガイモは関係なかったらしい。フィンはホッと胸を撫《な》で下ろした。

「支配人は、こちらで対応すべきことだから、フィン様に相談しなくていいと言うのです。しかし、成人パーティーのお客様ですから、フィン様に一言ご報告すべきだと思いまして。何か粗相があっては困りますし」

支配人は副支配人の父親だ。前の老舗宿を守ってきただけあって、ホテルで起こったことは自分たちで解決しなければという、矜持があるのだろう。でもこの場合、息子の副支配人の判断が正しい。

「パーティーのお客様のことで、何かあったんですね。それなら報告してください。どんな仕事でも、報告、連絡、相談は大切です」

フィンが言うと、フィンの父と同じ年くらいの副支配人は、ホッとした顔になった。

「そうですよね。何しろ相手は、高位の貴族様なのです。いくら無茶を言われても、こちらとしては突っぱねることもできなくて、ほとほと困っていたんです」

副支配人は、愚痴《ぐち》とも前置きともつかぬ話を、モジモジしながら続けた。

「そのお客様のご宿泊予定は、再来週、パーティーの直前だったんです。ところが今朝、何の連絡もなくお越しになり、今日から泊まりたいとおっしゃって」

「もういらしたんですか。そりゃまた迷惑な。空室はないんですね」

「はい。全室満室なのです。本来なら、ありがたいことなのですが」

ホテル側に落ち度はない。二週間も予定を早めるなんて、アポなしと同じだ。とはいえ、相手はお貴族様である。高位貴族だというから、領主のチェリーゲイト家より身分は上になる。支配人たちも扱いに困っただろう。

「その人、今どちらにいらっしゃるんです？」

「父……支配人が、ここからティーサロンのほうへお連れしたのですが……」

副支配人が、自分の今いる帳場台を示す。ホテルのフロントで、今日から泊めろとごね始めたので、支配人が場所を変えて対応しているらしい。

「うちの招待客なら、僕が対応すべきですね。その方にお会いして……」

フィンが言いかけた時だった。

「お、お待ちください、お客様！」

吹き抜けのエントランスホールに、男性の切羽詰《せっぱつ》まった声が響いた。

フィンたちのいるフロントの前がエントランスホールになっており、ホールの奥には大理石の大階段が二階へと延びている。

二階にあるのは、ティーサロンとレストランだ。フィンは副支配人を見た。副支配人が黙ってうなずく。今のは支配人の声らしい。問題の客と交渉が決裂したのだろう。

フィンは副支配人と共に、フロントのカウンターを出て階段へ向かった。

二階への階段の踊り場にはちょうど、ティーサロンから出てきたと思《おぼ》しき黒髪の男性が立っていて、不機嫌な顔で下りてくるところだった。

「もう結構だ」

「お客様、どうか話を聞いてください」

「言い訳は結構だと言ったはずだ。宿で門前払いを食らったと、ここの領主には書状を出しておく」

支配人がどんな説明をしたのかわからないが、黒髪の男はすっかりへそを曲げている。

モンスターカスタマーか、カスハラか、とフィンは階段下で男を待ち構えながら、内心でぼやく。

見目麗《みめうるわ》しい、若い男だった。長身で身体《からだ》つきも逞《たくま》しい。

でもユエンのほうがイケメンだな、とフィンが考えた時、男がこちらを向いた。視線がかち合う。瞳の色がわかって、フィンは愕然《がくぜん》とした。

赤だった。黒髪に、真っ赤な瞳だ。

こんな髪と瞳の色の取り合わせをした人物を、フィンは一人しか知らない。

「言い訳ではなく、本当にお部屋がないのです」

「ではどうすればいいというのだ。このまま王都に帰れと言うことだろう」

めんどくさそうな男だなあ、と、いつものフィンならぼやくところだが、今はそんな心の余裕もなかった。

「いえ、そうではありません。ただ今、周りの宿にも連絡を取っておりますので、どうか今しばらくお待ちを」

「そう言われて、今朝から何時間も待たされている。もうたくさんだ」

男は、フィンが立つすぐ目の前まで来ていた。

不愉快そうにこちらを見る赤い瞳に、フィンはにっこりと愛想よく微笑《ほほえ》む。

「お客様は……エイデン・ハワード様ですね」

男が鋭く目を細める。

「そうだが。なんだ、貴様は」

肯定が返ってきて、フィンは内心で頭を抱えたくなった。

五

部屋が空いていないけれど、どうにかお客の部屋を確保しなければならない場合、いくつかの手が考えられる。

一つは支配人がやろうとしていた、周辺の宿に空室がないか聞いて回ることだ。

宿が少ない地域だと苦労する。それも、高位の貴族を泊めるとなれば、相応の設備がないといけない。

『チェリーゲイト・ホテル』の支配人は、エイデンをとりあえずティーサロンに待たせ、周辺のそこそこいい宿に連絡を取って回った。けれど、高位貴族だと聞いて及び腰になってしまい、すべて断られてしまった。

いよいよ弱って、フィンに連絡を取ろうとしていたそうだ。

「父も私も、あいにく外出しておりまして。連絡が行き違いになってしまったのです。そんなわけで、ハワード様をお待たせしてしまい、大変申し訳ありませんでした。父に代わってお詫《わ》び致します」

支配人から事情を聞いた後、エイデンと共に再びティーサロンの個室に移ったフィンは、ぶすっとソファに座るエイデンに向かって、深々と頭を下げた。

「事情はわかった。謝罪はもういい。早く座れ。こちらも落ち着いて茶が飲めない」

エイデンが偉そうに返す。もとはといえば、予約もなしに泊めろとごねたこの男が悪いのだが、もちろんそんなことは言わない。

ありがとうございます、とへりくだり、エイデンの向かいに腰を下ろした。

フィンはいちおう、支配人からの連絡を受けて駆けつけた、ということになっている。たまたまホテルに出向いてよかった。

もしフィンが現れなかったら、へそを曲げたエイデンは今頃、王都に引き返していたところだ。そして、子爵《ししゃく》家は侯爵《こうしゃく》令息を招待しておいて追い返した、とあらぬ評判が立っていただろう。

支配人には、『ライム洋品店』にいるユエンに事の次第を連絡するよう、お願いした。ユエンに任せておけば、シンシアのドレスの注文を滞りなく済ませ、その後で父をこちらに寄越してくれるはずだ。

同時に、チェリーゲイト家の屋敷にも連絡してもらったので、今頃はジョナサンが頑張って、侯爵家のボンボンを迎える準備をしているはずだ。

エイデンにも、改めて事情を説明した。支配人が他の宿を一軒ずつ当たっていて時間がかかったことも打ち明けた。

「あんたが呑気《のんき》に茶ぁしばいてる間に、支配人たちは大わらわで駆けずり回ってたんだからな。成人パーティーの準備で、ただでさえ忙しい時期だってのに」

というようなことを、もってまわった婉曲な言い回しで伝えた。

どうやらエイデンは、自分が長いことティーサロンで放置されていると思ったらしい。何時間も待たされて、結局はこのホテルに泊まれない、他の宿に行ってもらう、というようなことを言われ、へそを曲げてしまった。

まあ、ティーサロンの従業員の対応も、お茶を定期的に取り換えるだけで放置状態だったというから、クレーム対応としては不十分だったのだろう。

お腹を空《す》かせているらしいので、当ホテルの売りである、アフタヌーンティーセットを提供させた。

エイデンはまだムスッとしているが、フィンが謝罪する横で、三段重ねのティーセットを何度も見ている。

「お昼も出さずに失礼を致しました。どうぞお召し上がりください」

向かいに腰を下ろしたフィンが勧めると、好奇心が抑えられなくなったようで、しげしげとティーセットを眺めた。

「珍しい形式だな。田舎《いなか》では、食事をこういうふうに出すのか？　どこから食べればいいんだ」

田舎じゃないよ、大英帝国風だよ、と笑顔の下でフィンはぼやく。

「こちらの軽食形式は、とある異国の公爵《こうしゃく》夫人が午後の腹の虫抑えのために、友人たちに振る舞ったのが始まりと言われています。食べ方は、一番下にあるサンドイッチなどの軽食から上へ、スコーン、ペストリーへと移るのが基本的ですが、どうぞ肩肘《かたひじ》を張らずに、お好きなようにお食べください」

フィンは手本を示すように、一段目のサンドイッチを手元の小皿に移した。

食べ方については、他にもいろいろ講釈があった気がするが、フィンは覚えていないし、ここではフィンのやり方が元祖で正義だ。

「異国の公爵夫人、か。ほう」

エイデンもフィンに倣《なら》い、サンドイッチを皿に取る。サンドイッチは二種類、きゅうりとハム、それにポテトサラダだ。

ポテトサラダは、チェリーゲイト子爵家発祥、という触れ込みで広まった、スマルベレンでは今やポピュラーな一品である。

「美味《うま》い。これは、ジャガイモか」

ポテサラサンドを一口食べて、エイデンは目を瞠《みは》った。

よっぽどお腹が空いていたらしい。あっという間に平らげるのを見て、フィンは従業員に追加のポテサラサンドを注文した。

「ジャガイモをふかして潰してサラダにしたものです。スマルベレン名物ですよ。お気に召していただけたのなら、幸いです」

「うん、美味い。ジャガイモは好きだ。ハワード領でも栽培を始めている。そういえば、ジャガイモの栽培はスマルベレンが発祥だったな」

エイデンは言いながらも一段目を食べ終え、二段目のまだ温かいスコーンへ移っていた。大きな口でスコーンを食べ、お茶を飲むと、腹が満たされて機嫌もだいぶ直ったようだ。眉間《みけん》の皺《しわ》が解《ほど》け、赤い瞳を真っすぐこちらに向けた。

「こちらも、前触れなく現れたことは謝罪する。スマルベレンくんだりまで来て、まさか宿が満室で断られるとは思わなかったんだ。前日に他領の宿に泊まったのだが、そこが最悪でな。朝食も食べずに出たので気が立っていた。支配人が奔走していたというなら、長く待たされていたのにも納得がいく。無理を言ってすまなかった」

頭を下げるので、フィンは慌ててそれを制した。

そう、エイデンは俺様だが、ちゃんと自分の否を認められる男だ。素直な性格なのだ。素直すぎて言葉の端々がイラつくが、ともかく悪気がないのは確かだ……たぶん。

「いえ、こちらも対応が不十分で大変失礼を致しました。なにぶん、しがない子爵領でして、由緒あるハワード侯爵家のご令息をお迎えして、浮足立っていたようです」

「おべんちゃらはいい。それで、俺が今夜泊まる宿はあるのか」

侯爵令息だからって偉そうだな。とは、思うだけで言わない。フィンはニコニコしていた。

「はい。もしエイデン様がよろしければ、当家にお泊まりいただけないでしょうか。そのままパーティーを終えるまでご滞在いただいてもいいですし、当初のご予定の日になりましたら、このホテルの貴賓室へご案内いたします」

フィンの提案に、エイデンはどちらがいいか、しばし迷っているようだった。

「このホテルにも泊まってみたい。帳場からここまで、調度もよく快適だった。貴賓室にも興味がある。だが、馬車で動くのにはどちらがいいかな」

「どちらでも、移動にご不便のないように致します。このスマルベレンに、何かご用事がおありで？」

実は、それを一番聞きたかった。

この田舎の領主街に、十日以上も早く現れたのは、成人パーティーに参加する以外に何か、目的があったからではないだろうか。

またジャガイモ畑の視察ならいいが、中央政治の要職に就いているハワード侯爵の息子が、何の前触れもなくやって来たので、悪役令息としてはちょっと警戒している。

フィンの質問に、エイデンは「ああ」とうなずいたきり、すぐには答えてくれなかった。

赤く鋭い瞳で、じっとこちらの顔を見据える。美形に見つめられたらドキドキするところだが、ユエンで耐性がついていたらしい。冷静に相手を見返すことができた。

真っすぐにエイデンを見ると、彼は「フッ」と笑った。

「チェリーゲイト家の令息は、手のつけられない我がままな坊やだと聞いていたが、噂《うわさ》とは当てにならないものだな」

どこでそんな噂が流れているのだろう。王都か。フィンが驚いていると、エイデンはまた、フッ、と気取った笑いを漏らした。わりと癇《かん》に障る。

「スマルベレンは辺境ながら、その発展は目覚ましいものがある。それでいて領主もその息子もなかなか王都に現れない。それでみんな、好き勝手に言うんだ。俺もこの目で見て確かめるつもりだったが、噂は噂だった」

「恐れ入ります」

「スマルベレンの発展の陰に子爵令息あり、という噂もあったんだ。こちらが本当だったな」

「恐れ入ります。で、エイデン様のご予定は……」

こっちも暇ではない。御託はいいから、さっさと予定を早めた目的を言ってほしい。

フィンがやんわり急《せ》かすと、エイデンはまた「フッ」と笑った後、すぐ笑いを消した。

「実は、人を捜している」

「人捜し、ですか」

エイデンはこちらを見据えながら、小さくうなずく。先ほどから鋭い視線を向けられているが、フィンが信頼に値する人間かどうか、見極めているようだった。

「幼馴染《おさななじみ》だ。どうも他領ですれ違っていたらしいのだが、向こうが偽名を使っていたのと、子供の頃と髪の色が変わっていたので、その時すぐに気づかなかった。いや、あれが彼であるという確証はないんだ。だが、思い返してもやっぱり、あれは幼馴染だったと思う」

リルのことだ。リルは、再会したエイデンに気づかれなくて落胆していた。けれどエイデンは後になって、あれはリルだったのではないかと思い出したらしい。

そう言われてみれば、エイデンが気づかないのも無理はないと思える。小説でも同じ理由ですれ違っていた。

「思い出してすぐ、他領に使いをやったのだが、もう彼はその場所を立ち去った後だった。なんでもこのスマルベレンの北の方にある農村に働き口を見つけたらしい」

「それで予定を前倒しして、その方を捜しにいらしたんですね」

なるほど、とフィンはうなずく。

「そういうことでしたら、私が各村に連絡をつけてみましょう。お尋ねの方のお名前を伺っても？」

「リルだ。リル・グッドウィン。だが、今も偽名を使っているかもしれない。元貴族だが、今は平民として働いている。金髪に緑の瞳をした、可愛らしい青年だ」

エイデンは言って、夢見るような眼差《まなざ》しで遠くを見つめた。

屋敷に戻って、ユエン経由でエイデンの話をリルに伝えてもらった。

これでリルが初恋のときめきに想いを戻せば、小説のとおり無事に両想いとなる。ところがやっぱり、そうはならなかった。

「僕のことは、知らないふりをしていただくことはできませんか。今さら名乗り出たところで、どうなるものでもありません。あちらは侯爵令息、僕は平民ですから。もともと、一目会いたいとは思っていました。そのために、働きながら王都を目指していたんです。他領であの人に再会して、その夢は叶《かな》いました。だからもう、終わったことなんです」

リルはもう、幼い恋を終わらせて現実を見ている。身分の違う男同士だ。共に生きていくには、相応の覚悟がいる。

エイデンがどれくらいの熱量をもって、リルに会いたいと言っているのかわからない以上、無責任に二人を引き合わせるのはためらわれた。

幸いにして、リルは偽名のままチェリーゲイト家に雇われている。ウィル・ウッドという名前で、屋敷の使用人仲間にもそう呼ばれていた。

臨時雇いの使用人だし、雇い主のフィンがよく知らなくても不自然ではない。

リルに頼まれたとおり、しらばっくれることにした。ユエンも、エイデンがリルという青年を捜していることは伝えられていないことにする。

「侯爵令息から内密に頼まれたことだから、側仕えの君にも名前を伝えなかった、ということにしよう」

エイデンを屋敷に招いたその夜、フィンの自室でユエンと二人、コソコソと今後の相談をした。

コソコソといっても、もうエイデンは客間で休んでいる。

聞かれる心配もないと思うのだが、同じ屋根の下に主要な登場人物が三人揃《そろ》っていると思うと、フィンはついビクビクしてしまうのだった。

小説では、この三人に悪役令息が断罪されるのである。怯《おび》えてしまうのは仕方がない。

「後々、面倒なことにならないといいのですが。当事者の問題ですし、エイデン様に知らせてしまってもよいのでは？」

てっきり、ユエンは二つ返事で賛成してくれると思っていたのに、リルに対して冷淡でびっくりした。

「でも、リルが可哀そうだろ。エイデン様は俺様で、苦労知らずのボンボンで、あんまり深く考えてなさそうだし。俺んちに連れてくぞ、ついてこい！　とか言われちゃったら、平民のリルは逆らえないんだよ」

フィンは言いながら、空になったユエンのグラスにワインを注《つ》いでやった。

自分のグラスにも注ごうとすると、「私がやります」と、ワインの瓶を取られた。差しつ差されつしながら、ソファでワインを飲む。

今日は目まぐるしい一日だった。酒でも飲まねばやっていられない。

ホテルでエイデンと遭遇し、ティーサロンで軽食を食べた後、無事にドレスを注文し終えた父がユエンに伴われてやってきた。

エイデンを屋敷に連れて帰り、そこからずっと、父とフィンとで侯爵令息をもてなしていたのだ。

おかげで、今日やる予定だった仕事はお預けだ。父はせっかくシンシアとデートだったのに、ドレスを作って早々に解散しなければならなかった。すべてはエイデンの気まぐれのせいである。

初恋の君を捜すのはいいが、他人に迷惑をかけないでほしい。一人でやってほしい。

「前触れもなくやってきて、下の者がどれだけ苦労するか、彼にはわからないんだろうな。俺のことは気にするなとか、口では調子のいいことを言って、それで放置されるとキレるタイプだよ。どこの職場にもいるよね、そういうお偉いさんが」

昼間の苦労を思い出し、プリプリ腹を立てていたら、ユエンにクスッと笑われた。やっぱりユエンのほうがいい男だと思う。

「私の主人はそういう人間ではないので、幸いでした。でも、そうですね。フィン様の仰《おっしゃ》るとおり、リルはエイデン様に命令されれば逆らえません。身分差を笠に着た理不尽は、私も嫌いです」

何気なく、フィンのことも上げてくれた。くすぐったい気持ちになって、フィンは照れ笑いを浮かべた。

「じゃあ、めんどくさいけど協力してくれるかな」

「もちろん、あなたのご意向を最優先させます。しかし、本来であれば二人は結ばれるはずだったのでは？　フィン様がご存知の筋書きとやらでは」

相変わらず鋭い。隠しても仕方がないので、「そうだよ」と答えて、二人がこの領主街で再会してすれ違い、でも再びくっつくことを教えた。

「でももう、リルはエイデンに愛想をつかしてるみたいだし。もうちょっと様子を見て、エイデンがよっぽど本気だったら、また対応を考えるよ。なんにしても、立場の弱いリルの意思に反することはしたくない」

リルもユエンと同様、今まで苦労してきたのだ。話の筋から外れても、幸せになってもらいたい。

フィンがワイングラスを片手に決意を固めると、隣でユエンがまた、少し笑った。

「なんで笑うの」

睨《にら》むと、「失礼しました」と、目を伏せる。でもまだ、口元が笑っている。

「おかしくて笑ったんじゃありません。あなたが私の主人で、良かったと思ってるんです。

あなたに出会えたのが、私の一番の幸運だった」

いつもクールな側近に手放しに褒められると、照れてしまう。

「ど、どうも。僕も、君と出会えてよかったと思ってる」

褒め合いみたいで恥ずかしい。顔を赤らめるフィンに、ユエンが微笑む。

その笑顔がとびきり甘くて、フィンはまた照れてしまった。


成人パーティーが近づくにつれ、フィンもその準備に追われて多忙を極めていく……はずだった。

しかし、パーティーを一週間後に控えた今、フィンはエイデンに振り回されていた。

リルのことは、フィンが各村に問い合わせをすることにして、エイデンは村から返事が来るまで、チェリーゲイト家に滞在してもらうことになった。

しかしこの男、好奇心が強いのか、あちこちに出かけたがる。

「王都で評判のチョコレート菓子店が、こっちにもできたそうだな。王都と田舎とで味が同じかどうか、試してみようと思う」

屋敷にやってきた翌朝、朝食の時に突然、言われた。こちらとしても、馬車だけ用意して

「行ってらっしゃい」で済ませるわけにはいかない。

ユエンが菓子店に先ぶれを出し、店には侯爵令息をもてなす準備をしてもらい、フィンがエイデンに同行する。

父が気を遣って、「父様が行こうか」と言ってくれたが、父は父で忙しいのだ。

ここは、パーティーに招いたフィンが責任をもってもてなすべきだろう。

成人パーティーの招待客の中で、エイデンがもっとも身分が高い。

彼と親しくして機嫌を取っておけば、パーティー当日もいい感じになるんではないか、という打算もあった。

侯爵令息とこんなに仲がいいんだぜ、というところを、他の貴族たちに見せつけられるわけだ。

それに屋敷から連れ出しておけば、使用人のリルとニアミスする危険も低くなる。

だからこちらとしても、多少の無理は快く聞き入れるつもりだった。

「チョコレート菓子は、王都で食べても田舎で食べても同じ味だったな。なるほどつまらん」

「領主街は発展していると聞いていたが、やっぱり田舎は田舎だ。王都のほうが都会だな」

「隣村にジャガイモの研究所があるのか。ぜがひでも行ってみたい。え、ジャガイモ研究所と違う、農業研究所だと？　何が違うというんだ？」

「今日はあいにくの雨か。雨の中を隣村まで行くのは嫌だな。連日動き回って疲れたし。今日は一日ゆっくりすることに決めた」

エイデンがジャガイモだったら、擦《す》り潰してデンプン粉にしてやるのに。

自分のしたいように行動し、思ったことを思ったまま口にする、気ままな侯爵令息に、フィンはここ数日、何度も拳《こぶし》を握りしめたものだった。

エイデンがあれをしたい、ここに行きたいと言えば、こちらはその準備をしなくてはならない。

しかしエイデンは生まれてこの方、貴族のボンボンとして育ち、下々の苦労には想像が及ばないようだった。

行く先々で心づけをはずんだり、商品を買い占めたりと、気前はいい。

誰に対しても気さくだし、平民たちが多少失礼なことをしても、それで目くじらを立てたりしない。鷹揚《おうよう》に構えている。

高位の貴族としては、慈悲深くて大らかなほうなのだろうが、気を遣うことに変わりはない。

「やっぱり退屈だな。街に出かけようかな」

その日、隣村の『チェリーゲイト農業研究所』に視察予定だったエイデンは、朝には雨だからやっぱやめる、と言い、昼になって、でもやっぱり……と、また言葉を翻《ひるがえ》した。

居間でチェスの相手をしていたフィンは、思わずため息をついてしまった。

「なんだ、ため息などついて。感じの悪い奴だな」

すかさず絡《から》んでくるので、こちらも堪忍袋《かんにんぶくろ》の緒《お》が切れそうだ。相手は侯爵令息様……と、心の中で呪文を唱え、どうにか笑顔を取り繕った。

「失礼しました。次の一手が思いつかなくて。それでは今から、『チェリーゲイト・ホテル』のティーサロンで、またアフタヌーンティーはいかがですか」

「まあ、悪くない。お前も王手をかけられなくて良かったな」

「…………エイデン様が、チェスがお強いのには感服致しました」

こめかみの青筋を収めるのに、時間がかかった。しかしエイデンは、フィンのわずかな沈黙に気づいた様子もない。

「お前が弱すぎるんだ。ほら、こっちを動かせばまだ、手があるのに。ところで、リルの件はまだ、わからないのか」

思い出したように、せっついてくる。何かわかったらすぐお知らせします、と言っているのに、毎日必ず、一度は聞いてくるのだ。これも地味にストレスだった。

「はい。いくつかの村からは返事があったのですが、リル・グッドウィンという青年に心当たりはないようでした。まだいくつか、返事が戻ってこない村がありますので、そちらに期待したいところですね」

嘘ではなかった。ユエンと相談し、形式だけでも捜すふりをしておこう、ということになって、各村に書状を出してある。

キウィヤード村からはまだ、返事がなかった。

村長のキウィストンは、リルが領主街に働きに出たことは知らない。突き止められるとしても、ユエンが紹介した次の職場くらいだろう。

エイデンがリルの足跡をたどり切るまで、まだ時間が稼げる。

「ずいぶんと時間がかかるんだな。領地が狭いんだから、手紙だってすぐに返ってくるだろうに。あのユエンとかいう側近、手を抜いてるんじゃないか」

「いいえ、村に書状を出したのは私です。ユエンは関わっていません」

イライラを必死に抑えて返す。エイデンはお構いなしだった。

「何？　主人のお前が書状を書いたのか。そういうのは側近の仕事だろう。あの男、いつもお前の後ばかりくっついていて、実は何も仕事をしてないんじゃないか？」

「…………」

「デカい図体で偉そうだしな。主人を主人と思ってないんだろう。そういう顔をしてる。……ほら、チェックメイトだ。フッ」

キングの前に駒を進め、ドヤ顔をするエイデンを見て、フィンの中でぷつっと何かが切れた。

「おわっ」

エイデンが驚く声がして、気づくとフィンは、チェスの盤にあった駒をぐちゃぐちゃにかき混ぜていた。

「お、おい。それはさすがにずる……」

エイデンの言葉を遮るように、フィンはまた、めちゃくちゃに駒をかき混ぜる。

「ふーぅ」

大きくため息をつくと、目の前でエイデンがビクッと肩を震わせた。やってしまったと思ったが、もうなかったことにはできない。

「はあ」

「な、なんだ、急に怒りだして」

「怒ってませんよ」

フィンはどうにか理性をかき集め、ニコッと笑った。

「いや、どう見ても怒ってるだろ」

「怒ってません」

手のひらに触れたキングを、強く握りしめる。

「怒ってませんよ」

笑顔で何度も繰り返すと、エイデンは顎を引いた。

「わ、わかった」

二人は、ホテルのティーサロンに向かうことになった。

ユエンに、馬車を出すよう頼んだ。

「君はついてこなくていいって、俺様エイデン様が言うんだ。二人で行ってくる。行き先はホテルだから、対応してもらえるだろうし」

フィンがいきなりキレたのを見て、慄《おのの》いていたエイデンだったが、馬車の手配をしてくると言うと、側近はついてこさせるなと言い出した。

いつもユエンが同行するのは、エイデンの無茶ぶりに対応するためなのに。

「そんなわけだから、家で待機しててくれる？」

ユエンに伝えると、彼もちょっと眉間に皺を寄せていた。それから、心配そうにフィンの顔を覗《のぞ》き込む。

「それは構いませんが。フィン様だってお疲れでしょうに」

エイデンの無神経さにキレた後だったので、ユエンの優しさが心に染みた。

「ユエンは優しいなあ」

泣きまねをしてユエンの胸に抱きつこうとしたが、彼が固まったのを見て、すんでのところで思い直した。いけない、セクハラになってしまうところだった。

「何か、エイデン様とあったのですか」

目を見開いて固まっていたユエンは、フィンが一歩下がると速やかに動き出して尋ねた。

先ほどユエンは席を外していたので、エイデンがユエンの悪口を言っていたことは知らない。

本来、本人の耳に入れることではないのだが、侯爵令息様にキレてしまったので、いちおう報告した。

「あのボンボン、意外と寛容だから、多少の無礼は許してくれると思うけど。かなりキレちゃったんだよなあ」

失敗した、とフィンはぼやく。自分のことならば耐えられるが、身内を、しかも一番働き者のユエンを無能扱いしたのが許せなかった。

「まったく、仕方のない人ですね」

フィンの愚痴めいた報告を聞いていたユエンは、やがてそう言った。

あのボンボンを指しているのかと思ったが、フィンのことだった。まったく、と呆《あき》れた声でため息をつくのに、その目は笑っている。

甘く優しい眼差しで見つめられ、今度はフィンが固まった。

「ぼ、僕？」

「そうですよ。側仕えが悪口を言われたくらい、流しておけばいいのに。でも、私のために怒ってくださったのは嬉しいです。……とても。抱き締めたいくらいだ」

一拍置いて、最後の言葉が冗談だと気がついた。

「えっ、そ……そ」

そうしてくれてもいいよ、と言いかけて、何を言おうとしているんだと思いとどまる。

「……そう？」

焦って、妙な相槌《あいづち》しか打てなかった。ただの冗談だ。焦ることなんかないのに。ユエンの甘やかな目つきにドギマギしてしまい、うろたえてしまった。

「冗談です。主人を許可なく抱き締めたりしませんよ。そんなに意識してくださるなら、いたずらしてしまおうかという気持ちになりますがね」

今度は艶《つや》めいた視線を送られ、頭が爆発しそうになる。

「な、何」

「これも冗談です」

真っ赤になっていたら、サラッと返された。これも冗談か。いや、わかっているけど。

自分がイケメンなのを、もっと自覚してほしい。

「もう。さっきから何なの、君」

「すみません、浮かれました。あなたが私のために怒ってくれたのが、それだけ嬉しかったんですよ」

普段は言わない冗談を言うくらい、嬉しかったらしい。そんなふうに言われると、フィンも浮かれてしまう。

しかし、ユエンのほうは速やかに元に戻っていた。

甘やかな雰囲気をすぐに消し去り、「それにしても」と、考え込む仕草をする。

「エイデン様の言動は、私をわざわざ外したがっているようにも思えますね。何か考えがあるのかもしれません」

「あのボンボンが？」

「見かけほど、空気を読まない方ではないと思います」

ユエンは釘《くぎ》を刺すように、フィンの瞳を覗き込んだ。

「ここ数日、フィン様にほうぼうを案内させていましたよね。好き勝手しているようですが、それだけでもない気がします」

「何か目的があるってこと？　リルのことかな。街中を捜してるとか」

すぐに思いつくのはそんなところだ。ユエンも小さくうなずいた。

「そうかもしれません。目的はわかりませんが、フィン様を故意に振り回しているようにも見受けられました」

「ほんと？　僕はぜんぜん気づかなかった。ただの考えなしだと思ってたよ」

しかし、ユエンが言うならそうなのかもしれない。

「あなたは何でも、素直に受け止めますからね」

「馬鹿にされてる気がするんだけど」

「褒めてるんです。あなたのいいところですよ。ですが、エイデン様とお二人で行動する以上は、あの方の言動にお気をつけください。リルを捜しているだけならいいですが、侯爵令息が何を企《たくら》んでいるのか、まだわかりませんから」

フィンは、ここ数日のエイデンの振る舞いを見て、すっかり身勝手なボンボンだと思い込んでいたけれど、そういえばエイデンはBL小説の攻様なのだった。ただのアホであろうはずがない。

ユエンに言い含められてその事実を思い出し、フィンも気を引き締めたのだった。

「しかしまったく、田舎というのは娯楽の少ないところだな。領主街にさえ、しけた芝居小屋しかない」

馬車に乗り込んで街中に着く頃、エイデンがまた無遠慮にそんなことを言い出したので、ぶん殴りたくなった。

今度はキレないぞ、とフィンは自身に言い聞かせる。

しけた芝居小屋というのは、領主街で一番大きな劇場のことを言っているのだろう。確かに、王都の国立劇場に比べたら規模は小さい。造りも質素かもしれない。

でもわりと、いい芝居をするのだ。役者だって、こんな田舎なのに粒が揃っている。王都で何度か劇場に足を運んだフィンは、スマルベレンの劇場もそう捨てたものではないと自負していた。

「田舎の芝居もいいものですよ。近々、ご覧になりますか」

ニコォ……と無理に笑顔を作り、誘ってみる。エイデンはしかし、「いや、結構」と、即座に突っぱねた。

「虚構にはあまり興味がない」

じゃあ芝居小屋を引き合いに出すなよ、という怒りのツッコミを飲み込んで、笑顔を張り付けていたら、エイデンがにやりと口の端を引き上げて笑った。

「さっきみたいに怒らないんだな。キレるのは、あの色男の側近に関することだけか？」

これは、わかりやすい挑発だった。にっこり微笑んで何も返答をせずにいると、エイデンはつまらなそうに鼻を鳴らして窓の外を見た。

「毎日退屈だな」

幸い、すぐにホテルに着いたので、それ以上エイデンの無駄なぼやきを聞かずに済んだ。

ホテルには支配人と副支配人が待っていて、先日のティーサロンに案内してくれた。ユエンが先ぶれを出しておいてくれたのだ。

「この間の、アフタヌーンティーとかいうやつがいいな」

エイデンが注文をつけ、すぐにアフタヌーンティーセットが運ばれた。軽食の中身は日ごとに変わるので、何度でも楽しめる。エイデンもしばらくはご機嫌な様子で軽食をつまんでいた。

しかし、付け合わせのポテトチップを食べ尽くすとまた、「退屈だ」とぼやき始める。

「娯楽がない。ここの連中はいったい、何をして遊んでるんだ。雨の日も遠足や川遊びか?」

よっぽど暇なんだな、とフィンは呆れた。こっちは毎日、仕事しかしていない。遊ぶ暇なんぞありはしないのだ。

だがしかし、そう言われてみれば、スマルベレンはいささか娯楽が少ないかもしれない。

「娯楽、ですか」

「そう。女子供がやるようなおままごとじゃないぞ。そうだ、賭場《とば》はないのか、賭場は」

「ありませんよ」

スコーンを飲み下しながら、フィンは答えた。領議会で発案はされているが、今日まで実現には至っていない。

賭博場はそもそも、この国の税制では大して儲《もう》からないのだ。建設は合法だが、国に対して申請が必要で、しかも賭博税という税金が毎年かかる。

これが結構な額なので、胴元はあまり儲からない仕組みだ。治安やギャンブル依存の面から見ても、賭博場の誘致は得策とは思えない。

小説の中ではスマルベレンに賭博場が建設されていて、父はそこで賭け事に依存していたので、チェリーゲイト親子は全力で賭博場の誘致に反対していた。

そんな経緯《いきさつ》を、もちろんエイデンが知るはずもない。つまらなそうに「ふん」と鼻を鳴らした。

「無許可のほうでもいいぞ。どこでもやってることだ。密告したりしない」

「そっちもありませんよ」

エイデンが事も無げに言うので、ギョッとした。

正規の方法で賭博場を作ると、賭博税が高い。なので国内のあちこちには、違法の賭場が存在する。王都にいた際も耳にした。

毎年、いくつもの賭場が摘発されている。胴元の多くは地元のヤクザだが、中には領主が関わっていた、なんて事件もあって、一時期新聞を賑《にぎ》わせた。

確かあの事件では、領主の家が取り潰され、領主が終身刑になったのだった。

「一つや二つ、あるだろう。そういうのは、田舎のほうが盛んだ。お行儀のいい遊びばかりで飽き飽きしてたんだ。ちょっと遊ばせろ」

ひょっとするとこのスマルベレンにも、裏の賭場が一つ二つはあるかもしれない。

経済が上向いて治安もよくなり、裏社会の勢力も縮小傾向にあるが、ゼロではないのだ。

探せばあるかもしれないが、こちらは摘発する側だ。あったとしても、侯爵令息を案内するわけがない。

エイデンだって、違法な賭場に出入りしていたことが公《おおやけ》になれば、ハワード侯爵家の醜聞だ。子供でもわかる道理である。

やはりアホのボンボンでは……と、呆れかけた時、ユエンの「お気をつけください」という言葉を思い出した。何か目的があるのかも、とも言っていた。

「裏の賭場、ですか。うーん」

フィンは思い立ち、今度は「ありません」と答えずとぼけてみた。

「ほら、あるんだろう。遊ばせろ」

エイデンが身を乗り出すのを見て、確信した。

彼の目的は賭博場だ。それも、単純に遊びに来たわけではない。もし遊びが目的なら、着いた初日に賭博場はあるかと尋ねてきたはずだ。

「エイデン様は、賭け事がお好きなんですか」

フィンはあえて、わずかに警戒する素振《そぶ》りを見せる。エイデンはそれに気づかぬ振りで、「まあな」と尊大に答えた。

「王都の公営賭博場はお行儀が良すぎる。裏のほうが楽しめるからな。チェスも得意だが、カードの方が好きだ」

得意げに胸を反らせるが、本当かどうかわからない。少なくとも小説には、彼が賭博場に出入りしているような描写はなかった。

「ですがねえ。エイデン様は侯爵令息であらせられます。そんな方が裏の賭場なんかに出入りするなんて醜聞ですしねえ」

「バレなきゃ醜聞もないだろう」

「うーん。でもねえ」

のらりくらりとかわしていたら、エイデンは次第に焦《じ》れてきたらしい。彼はあまり、諜《ちょう》報《ほう》には向いてなさそうだ。

「いいから連れて行け。あるんだろう、この街に。知ってるんだぞ」

フィンはそこでとぼけるのをやめ、エイデンを正面から見据えた。

「エイデン様は、この街に違法の賭博場があると、誰かから聞いたんですね」

「さあな。田舎街にはどこにでもあるもんだろ」

エイデンは咄嗟《とっさ》にとぼけたが、嘘は苦手なようだった。

彼が予定を早めてスマルベレンを訪れたのは、恐らく、違法な賭博場を探すためだ。

リルを捜しているというのも嘘ではないかもしれないが、賭博場の捜索も目的の一つだろう。

「違法の賭博場の話は、はっきり言って寝耳に水です」

フィンは真面目《まじめ》な顔で言った。腹の探り合いは苦手だ。

それにこのまま、この話をうやむやにしておくわけにはいかなかった。

「もしもエイデン様が、本当にどなたかから話を聞いたというなら、放ってはおけません。私や父のあずかり知らぬところで、違法賭博が横行していることになる」

「俺は、誰かから聞いたとは言ってない。田舎には往々にして違法の賭場が立っているものだ。そういう現実を知っている、と言ったまでだ」

意外ととぼけてくる。フィンは相手を強く睨んだ。

「ですが、エイデン様はそうした違法な賭博場に出入りしようとしていた。これは事実です。もしこのまましらを切るのでしたら、こちらも考えがあります」

「おいおい、急に怖いな。こっちは遊びたいと言っただけなのに」

「ハワード侯爵令息が王都でも違法な賭博場に繰り返し出入りしていること、チェリーゲイト子爵家の名で国王陛下に上奏させていただきます」

「な……そんなことをしたら、お前もただではすまないぞ」

「ハワード侯爵家に睨まれるということですか。しかし、このまま悪の芽を放っておいては、我が家と我が領地にも累が及ぶ可能性があります。うちは中央とはあまり関わりを持っていませんし、侯爵家に睨まれても構いませんよ」

本当はあまり睨まれたくないが、そう言わないと駆け引きにならない。

一歩も引かないぞ、という気迫を込めて相手を睨むと、エイデンもじっとこちらを見据えた。だがやがて、「フッ」と笑って肩をすくめる。

「面白い男だな」

そう言うとエイデンは、決めポーズみたいに前髪をかき上げ、艶っぽく微笑むのだった。


「この俺に真正面から嚙《か》みついた奴は、お前で二人目だ」

「一人目はリルさん、ですか」

どうでもいいんだが、と思いながら、フィンはいちおう聞いてみる。エイデンは「フッ、そのとおりだ」と、嬉しそうにうなずいた。

「俺の初恋の相手だ。小さくて泣き虫なくせに、気が強くて曲がったことが嫌いだった。年上の俺にもキャンキャン吠えるのが可愛かったな。そんなあいつに、お前は少し似ている気がする……ようなしないような感じだ」

本当にどうでもいい。エイデンのリルへの心情など、こっちはもう百回は小説で読んでいる。

「そのリルさんを捜しにきたというのは、嘘ではないんでしょう。でも、もう一つの目的は、違法賭博場の調査ですよね。時間の無駄なので、とぼけるのはやめにしませんか」

フィンはそこでサロンの従業員を呼び、お茶を淹《い》れ替えさせた。それから、こちらが呼ぶまでしばらく、この個室に人を寄せないでほしいと頼む。

淹れたてのお茶が運ばれた後、フィンは改めてエイデンを見た。

「もうすぐ、私の成人パーティーです。王都や他領からお客様がいらっしゃいます。彼らが違法の賭博場に触れる機会があってはならない。早急に潰します」

「それは難しいだろうな」

新しいお茶に砂糖を入れながら、エイデンは言った。彼もいつの間にか微笑みを消し、真面目な顔になっていた。

「なぜです」

「お前が何か知っているなら話も早かったが、その様子はとぼけているのでもなさそうだ。となると、一から捜査をしなければならん」

言ってお茶を一口飲み、足を組み替える。鋭い目つきのまま、観察するようにフィンを見た。

「近頃、北のほうから王都に阿片《アヘン》が流れているという話が出ている」

「は？　阿片って麻薬じゃないですか。賭博の話じゃなくて？」

話が飛ぶのでついて行けなかった。エイデンは「最後まで聞け」とフィンをなだめる。

「賭博と阿片は相性がいい。同じ裏組織が阿片も賭場もやってる場合が多いしな。司法省の治安維持隊が王都に出回る阿片の動きを探っていたら、北の方から流れてくる経路があるとわかった。他国に隣接している領地から順に辿《たど》っていたが、いずれも密輸や栽培の痕跡はなかった。最後に辿り着いたのがスマルベレンだ」

「もしかして、三年前にジャガイモ栽培の視察に訪れたのも、そのためですか」

「なんだ、知っていたのか。父の命《めい》で最初に捜査に出向いたのが三年ほど前だが」

うっかり口を滑らせてしまったが、どうしてそれを知っているのだと、かえって疑惑を深めてしまったようだ。エイデンの目がさらに鋭くなった。

「ハワード家の令息がジャガイモ栽培に興味があると、耳に入っただけです。ジャガイモ栽培発祥の地としては、どうしてうちに視察に来てくれないんだと思っておりました」

「確かにそのとおりだな。口実として甘かった」

こんな言い訳で誤魔化《ごまか》せたかどうかはわからないが、いちおうは納得してくれたようだ。

それにしても阿片の捜査をするなんて、いったいエイデンは何者なのだろう。小説ではハワード家の三男坊で、父親の仕事を手伝っているらしいことは書かれていた。

攻様が無職のプー太郎では恰好《かっこう》がつかなかったからだろう。具体的な仕事の内容は書かれておらず、侯爵家の権力を使って悪役令息を断罪したりしていた。

「ハワード侯爵閣下は、財務大臣でいらっしゃいましたよね。王都の司法や治安維持に直接かかわりがないと思っておりました。エイデン様はどういうお役目に就かれていらっしゃるんでしょう」

わからないことはとりあえず聞いてみる。正攻法を取ってみたが、ふん、と鼻を鳴らされて終わった。

「お前がそれを知らないということは、知る必要がない身分ということだ」

「身分が低くてすいませんね」

嫌味な軽口は黙殺された。今回は「フッ」とは笑ってもらえなかった。

「見たところ、領主も息子のお前も健全そのものだ。領主街も長閑《のどか》な田舎の街で、平和そうだしな。それとなく街の人間にも聞いてみたが、ヤクザ者も大して力はないようだ。とても大掛かりで定期的な賭場が開かれているとは思えない」

「違法賭博場があるという噂は、本当にあるんですね」

エイデンはこちらの目を見ながらうなずいた。

「そっちは本当に知らないんだな」

「知りませんよ。というか、どういう噂なんですか。王都でそんなに評判になってるんでしょうか」

スマルベレンが、無法地帯みたいに思われていたらどうしよう。

「安心しろ。まだ評判にも噂にもなっていない。ただ、こちらで身柄を拘束した阿片中毒の者が、スマルベレンの賭場で阿片を吸ったという証言をしただけだ。スマルベレンで賭け事を知ってのめり込み、借金を作ったのが阿片を知る入り口になったとな。もとはそこそこ裕福な商人だったようだが。詳しく聞き出す前に死んだ。阿片のやりすぎだ」

賭け事依存と借金、そして中毒死。フィンはゾッとした。賭け事で身持ちを崩したという話が、小説の中の父と重なったからだ。

「賭場も阿片の話も、一度も聞いたことがありません。賭場はともかく、もしこの領主街で阿片をやっている者がいたとしたら、何がしか耳に入ってくるはずです。麻薬の性質上、中毒者が一人や二人で済むことはないでしょう。まだ、表に出てこないくらい小規模なのかもしれません」

「もしくは、現場はこの領主街ではないのかもしれないな。観光を口実に田舎へ旅行に出て、そこで賭け事や阿片、買春に手を染めるという事件はよく聞く」

「観光……」

フィンの頭の中で、閃《ひらめ》くものがあった。

「なんだ。心当たりがあるのか」

「ええ。いえでも、話が飛躍しすぎかと」

「いいから、思い当たる節があるなら何でも言ってみろ」

急かされて、思いついたことを打ち明けた。

「賭博場の誘致の話は、我が領でも以前から出ているんです。領議会で、もう十年くらい前から何度も。父も私も賭け事が嫌いなので、突っぱねているのですが、誘致派は根強くいます。その中の一人、領議会議員が北方の田舎で大地主をやっていて、我が家の別荘もその村にあります。ただそれだけなんですけど」

議員の何人かが、しつこく公営のカジノ施設を作りたがっている、というだけの話だ。

その一人がごうつくばりで、フィンの嫌いなキウィストンだというだけ。エイデンもさすがに、それだけの情報では何とも判断のしようがないようだった。

「他に娯楽もない田舎で、公営の賭博場を建設したいというのはおかしな話ではないな。賭博税は高額だが、観光客も呼び込める。ただ、公営か無許可かにかかわらず、賭場は賭場だ。欲望にのめり込む者は、他の誘惑にも弱くなる。公営の賭博場を隠れ蓑《みの》にして、裏の商売で儲けようとするのは、じゅうぶん考えられる話だ」

「いつまで経っても議会で突っぱねられるから、違法の賭場を立てた？」

恐る恐る窺うと、エイデンは軽く両目をつぶって首肯の代わりにした。

「それも考えられる。誘致派の議員の名前はわかるか」

「全員の名は、父に確認しないとわかりませんが、一人はわかっています。キウィストンという、先ほど言った北方のキウィヤード村の大地主です」

「そいつや、他の議員もお前の成人パーティーに来るか？」

「はい。領議会議員は全員、参加の返事をもらっています」

エイデンがニヤッと笑った。

「当日、俺に紹介しろ。探ってみる」

成人パーティーの当日は、忙しくなりそうだ。フィンは今から気が重くなった。

「俺がリル・グッドウィンという青年を捜しているのは本当だ。そっちの調査も疎《おろそ》かにするなよ」

ホテルから帰りの馬車の中で、エイデンに釘を刺された。

ただでさえ阿片と裏賭博の話で気が重いというのに、さらに課題を課せられてうんざりする。

「それはもちろん、ちゃんと各村々に書状を出してますよ。けどエイデン様、この際ですから聞いてしまいますが、その者を捜し出してどうするおつもりですか。向こうは没落貴族で、今は平民なんですよね。しかも初恋ったって、男同士じゃないですか。この国じゃ結婚もできないんですよ」

リルと会ってどうするつもりなのか、それ次第でこちらも次の手を打たなければならない。

ここまで来たらもう、エイデンのご機嫌を取る必要もないだろう。直截《ちょくせつ》に尋ねてみる。

エイデンは面白そうに、向かいに座るフィンを眺めた。

「聞いてどうする。お前に関係ないだろう」

「関係はありませんけど、気になりますよ。相手は平民で、あなたは国王陛下にも顔がきく上位のお貴族様なんですから。捜し出して差し出した青年が、侯爵令息様に無体をされた日には、夢見が悪いです」

「お前は、平民の味方をするんだな」

「いえ、誰の味方とかではなく……」

「面白い男だ。だが安心しろ。リルを見つけても、無理やり自分のものにするような、野暮な真似はしない。ただ会いたいだけだ。会って口説きはするだろうがな」

侯爵令息に口説かれて、平民が断れると思っている時点で安心できない。

しかもエイデンは、今みたいにちょいちょい人の言葉を遮ってくる。自分の言いたいことだけ言うのだ。

こんな調子でリルを口説くのかと思うと、安心できる部分が一つも見当たらない。

やっぱりリルは、このまま隠し続けるべきだろう。エイデンを説得したとしても、この自分本位な意識がすぐ変わるはずがないのだ。

「はあ」

成人パーティーが無事に終わるのか、心配になってきた。

「あからさまなため息をつくな。無礼な奴だな。お前にだって身に覚えがあるだろう。身分が違っても諦めきれない、そういう情熱が」

「ありませんよ」

即座に答えた。だがエイデンは、「ふうん？」と、揶揄《やゆ》するように鼻を鳴らし、口の端を歪めた。

「そうやって自分を誤魔化すのが、お前のやり方なのか？」

「何も誤魔化してませんけど」

そっちこそ失礼だな、とフィンは相手を軽く睨む。エイデンはますます面白そうに、目を細めた。

「俺とお前は同じ立場だ。俺には隠さなくてもいいだろう。執事だか側近だか、お前にいつもくっついてるあの白髪《はくはつ》の男だ。好きなんだろう？」

フィンは答えず、エイデンを見つめた。

答えられなかったのだ。咄嗟に声が出なかった。

「な……」

「まさか、自覚してないわけじゃないよな。そういう目じゃない」

言いながら瞳を覗き込まれ、フィンは思わず目をそらしてしまった。ククッと楽しそうに笑う声がする。

「あの男は何を考えているのかわかりにくいが、お前はずいぶんとわかりやすい。いつだって熱っぽい目であいつを追いかけてる。濡《ぬ》れた女の目をして……」

「やめてください」

フィンは鋭い声でエイデンを遮った。強く相手を睨みつける。エイデンが、それでも余裕の態度を崩さないのが腹立たしかった。

「下劣極まりない台詞《せりふ》だ。ハワード侯爵家のご令息の言葉とは、とても思えませんね。噂どおり、上の二人のお兄様方とは出来が違うようだ」

エイデンが一瞬、笑いの表情を歪ませた。

王都でどんな噂が立っているのか、フィンは知らない。ユエンのほうが詳しいだろう。

ただし、小説の中のエイデンのことは知っていた。

両親も周りの大人たちも、優等生な二人の兄を褒め、奔放なエイデンを甘ったれの三男坊と見なし、あまり出来はよくないと考えていたのだ。

そのことに少なからず屈託を覚えていることも、フィンは知っている。だからあえて、兄たちと比べて貶《おとし》める発言をしたのだ。意趣返しだった。

「ふ……はは」

怒り出すかと思ったが、エイデンは顔を歪ませただけで、すぐに笑いに変えた。

大袈裟《おおげさ》なくらい笑った後、目を細めてフィンを見つめる。口元は笑っていたが、目は笑っていなかった。

「ヘラヘラしているより、今のほうがずっといい。いい男だ。あんな仮面みたいな男はやめて、俺にしておけ」

「はい？」

「お前も女はだめなんだろう。俺の愛人になれよ。お互いに後腐れのない関係だ。侯爵令息と子爵家の跡継ぎだったら、遊び相手としてはつり合いが取れてる」

あきれ果てて、ため息しか出なかった。リルはどうするつもりだ、などとツッコミを入れる気にもなれない。

幸い、馬車は間もなく屋敷に着こうとしていた。使用人に湯あみの準備をさせ、バスタブにでもぶち込もうかと考える。

しかし、屋敷の門が見え始めても、エイデンの憎らしい口は止まらなかった。

「俺が相手なら、少なくともお前はさっき言ったような気遣いをする必要はない」

「気遣い？」

「貴族の令息に、平民が無体をされるという話だ。確かに、貴族に言い寄られたら平民は断れないものな。お前はそうやって自分を抑えていたんだろう。自分が白髪男に言い寄ったら、あいつはきっと応えてくれる。だが本心かどうかはわからない。そうやってちまちまつまらない葛藤を続けるのが目に見えているからさ。要は、白黒つけるのが怖いんだ」

ペラペラとしたり顔で話すエイデンが憎かった。

いつもの調子でかわせないのは、エイデンの言葉が的を射ていたからだ。ずっと自分の心の奥深くに隠しておいたのに、この男が無遠慮にほじくり出した。

腹立たしい。悔しい。侯爵令息でなければ、ぶっ飛ばしてやりたい。

「あなたと付き合うくらいなら、大人しく妻を娶《めと》りますよ」

相手を睨んだまま、そう言うのが精いっぱいだった。

フィンの言葉に男は、「ははっ」と神経質そうな笑い声を立てた。


屋敷に戻ると、ユエンが出迎えた。エイデンはフィンの客で、ユエンはフィンの側近兼執事だから、当然のことだ。

いつものことなのに、馬車であんな会話をしていたせいでユエンの顔をまともに見られなかった。

そしてユエンは、フィンの変化にすぐに気づく。

お帰りなさいませ、と恭《うやうや》しく身を折ったユエンが、フィンの顔色を見るなり弾《はじ》かれたように目を瞠った。

フィンがそれに気づき、誤魔化そうとした時にはもう、ユエンは表情を険しくしてフィンの背後を見据えていた。

フィンの後ろで、ちょうどエイデンが馬車を降りてくるところだった。

ユエンの態度がいつもの彼のものではなくて、フィンは驚く。「ユエン」と、彼の背広の裾を引くと、目を見開いたままユエンがこちらに視線を移した。

「彼に、何をされたんです」

声もひそめず問い質《ただ》してくる。フィンは慌てて背後のエイデンを窺った。

「何もされてない。お客様に失礼だろう」

「まったくだな。それが執事の態度か？　俺はお客様でお貴族様だぞ」

挑発的なエイデンの態度もどうかと思うが、ユエンの様子もおかしかった。

「関係ありません」

フィンを振り切るようにして、前に出る。フィンを背後にかばうようにして、エイデンとの間に立った。

「私はフィン様の側仕えであり、護衛です。主人の身を危険に晒《さら》す者は、誰であろうと排除します。この命に代えましても」

「ユエン！」

いったいどうしたというのだ。フィンを心配したにしても、彼らしくなかった。あまりにも冷静さを欠いている。

急いでユエンを下がらせようとした。しかし、ユエンの身体はフィンが押しても引いてもビクともしない。

そんな中、エイデンが「はっ」と馬鹿にした笑いを漏らした。

「この俺に手出ししておいて、お前の首一つで済むわけないだろうが。お前の主人もその父親も重罪だ」

エイデンの言うとおりだ。いつも冷静なはずのユエンは、そこで初めてハッと我に返ったようだった。

悔しそうに唇を噛んだのは一瞬で、すぐさまエイデンの前で膝を折ろうとする。

「申し訳――」

フィンはその隙を突いて前に出た。

「大変申し訳ありません！　うちの側近が大変ご無礼を致しました！」

エイデンの前に文字通り滑り込み、土下座をする。前世でもしなかったのに、まさか今世でスライディング土下座をするとは思わなかった。

でも仕方がない。今がその時だと思ったのだ。

この国でも、土下座は存在する。しかし、平民が王族の前に出て直訴するとか、本当に非常時に限られる。

貴族はまず、同じ貴族に対して土下座などしない。もしも土下座をしろと言われたら、ひどい屈辱を与えられたと憤《いきどお》るところだ。

「……何の真似だ？」

エイデンも訝《いぶか》しそうに眉をひそめた。フィンは頭を下げたまま、ありったけの声で叫ぶよ

うに口上を述べた。

「今のは私めの家臣が、ただ忠義のためにしたこと。この者に咎《とが》はございません。どうか、平に！　平にお許しをっ！」

フィンの叫び声に、使用人たちが何事かと屋敷から出てくる。ユエンが、「フィン様！」と悲痛な声を上げて駆け寄ってきたが、「君は黙っていろ」と厳しく制した。

「もし、若様のお腹立ちがおさまらぬのであれば、このフィン・チェリーゲイトの命にてご容赦くださいませ。やっ、若様のお手を汚すまでもございませぬ。今よりただちに王都のハワード侯爵邸へ赴き、ハワード侯爵様に事の次第を報告の上、その場で腹を切る所存にございますれば！」

「腹ぁ？」

「自害致しまする！」

自害という言葉に、周りの使用人もざわめいた。

完全に見世物で、見栄っ張りなエイデンにはいたたまれないだろう。

おまけに、ここで許してくれないなら、王都のパパのところに行ってお前の傍若無人《ぼうじゃくぶじん》ぶりを吹聴するぞ、と暗に脅している。

ちらりと視線を上げてエイデンを窺う。エイデンは片眉を引き上げ、不愉快そうな顔をしていた。やがて、「はあ」とうんざりしたようなため息をつく。

「何が若様だ。……もういい。立て」

「はっ」

フィンが立ち上がると、使用人たちからも安堵の声が漏れた。フィンはその中から心配そうにしているジョナサンを見つけ、エイデンに侍《はべ》るよう伝えた。

エイデンはフィンとユエンの横を通り過ぎる際、ぼそりとユエンに囁《ささや》いた。

「主人が姑息《こそく》で幸いだったな」

余計な捨て台詞《ぜりふ》を……と、フィンは背後を振り返る。

エイデンはこちらに背を向けて屋敷に入っていくところで、ユエンは唇を噛んで下を向いたまま、拳を握りしめていた。

六

「申し訳ありませんでした。私の浅慮のせいで、あなたを危険に晒してしまいました」

その夜、ユエンが沈痛の面持ちでフィンの部屋に現れ、謝罪した。

「もういいよ、そのことは」

なるべく明るい声で、フィンは返した。

あれから父が帰ってきて、フィンと二人で正式にエイデンに謝罪した。エイデンはうんざりした顔で謝罪を受け取ったが、それきり蒸し返したりはしなかった。

ユエンは終始、感情を殺して仕事に徹し、今こうして謝罪に現れるまで、内面を表に出すことはしなかった。

でもきっと、自分の失態を取り戻そうと、全力を注いでいたのだと思う。

今も苦しそうに眉根を寄せていて、心の中ではめちゃくちゃ落ち込んでいるのだろうなと推察できた。

「僕が何かされたと思って、怒ってくれたんだろ。まあちょっと、貴族相手にやり方はまずかったかもしれないけど。僕は嬉しかったよ」

それは本心だった。最初は、ユエンがいきなり血相を変えたのでびっくりしたけれど、それだけフィンを心配してくれたということだ。

本当は、主《あるじ》として諫《いさ》めなければならないところかもしれない。

でもフィンの心は喜んでいた。ユエンが、たとえ忠信からであっても、フィンのために命をかけてくれたことに、感激していた。

自分のそうした感情を意識すると、同時に馬車の中でのエイデンの言葉が蘇《よみがえ》る。

彼はフィンの、ユエンへの気持ちに気づいていた。

誰にでもわかるものなのだろうか。ならば勘のいいユエンは、とっくに気がついているのではないか。

考えて怖くなる。自分のこの感情は、ユエンを困らせるだけだから。

「本当に、あの男に何もされていませんか」

知らずのうちに、表情が曇っていたのかもしれない。ユエンが心配そうにこちらを覗き込んでくる。フィンは慌ててかぶりを振った。

「されてない、されてない」

愛人になれなどと言われたが、そのことは今、ユエンに言わないほうがいいだろう。

「ちょっと嫌味を言われて、うまくかわせなかっただけ。もう、この件はおしまい。いいね？」

きっぱりした口調で言うと、ユエンは何度か瞬《まばた》きした後、「わかりました」と応じた。

まだ気になってはいるが、フィンがそう言うなら、という態度だ。フィンはちょっと笑い、ソファの自分の隣をポンポンと叩いた。

「じゃあ、座って。いろいろ相談したいことがあるんだ」

賭博場のこともまだ、ユエンに話していない。エイデンには内密にと言われたが、ユエンには話しておいたほうがいいだろう。

「何か、飲み物をお持ちしましょうか」

「いやいいよ」

答えると、ユエンはフィンの隣に座った。

「そういえば、リルの様子はどう？」

ふと思い出し、賭博場の話題に入る前に尋ねてみる。

リルはあれからずっと、この屋敷で働いている。エイデンに会いたくないというので、彼に見つからないよう、裏方の仕事に徹していた。

屋敷はそれなりに広いし、エイデンは毎日のように外に出かけるので、顔を合わせないようにするのはそれほど難しいことではないはずだ。

「よく働いています。誰とでもすぐ仲良くなれますし、すっかり人気者ですね。気難しい庭師の老人にも可愛がられています」

それまでどこか硬かったユエンの表情が、リルの話題になるや、ふと和らいだ。

無意識なのだろう。フィンはその変化を眺めながら、胸が針で刺されたように痛むのを感じた。

リルは誰からも好かれ、可愛がられる。警戒心の強いユエンでさえ、リルには心を開く。

どこかの悪役令息とは大違いだ。

フィンは皮肉っぽくそんなことを考え、すぐさまそんな自分に嫌悪を覚えた。急いで暗い感情を振り払う。

気立てのいい使用人を妬《ねた》むなんて。これでは本当に悪役令息だ。

「元気にやってるならいいんだ。若様からは上手《うま》く逃げ切れそうかな」

「ええ。あの方が王都にお帰りになるまで、裏で働いてもらいます。彼は何をやらせてもうまくこなしますから、問題はありませんよ」

「そう。なら、そっちの問題はこれ以上、心配しなくて良さそうだな。他にも問題が浮上して、気が重かったんだ」

フィンは本題を切り出す。エイデンから聞いた賭博場の話を打ち明けた。

賭博場誘致派の議員が怪しいこと、その中にキウィストンの名が入っているのを聞くと、ユエンの表情が再び険しくなった。

「あり得る話ですね。他の議員はわかりませんが、キウィストンに関しては」

フィンの話を聞き終えて、ユエンはまずそう言った。

「村長は昔からとにかく、金儲けのことばかり考えている人でした。貴族に憧れていて、爵位を得るのが悲願のようです。そのために農業だけでなく、あれこれ事業に手を出しては失敗していた。私があなたに拾われて村を出る頃には、村の財政はすでにだいぶ赤字だったんです」

ユエンの話に、フィンもうなずく。父の領地経営を手伝うようになって、フィンも各村の財政は大まかに把握していた。

フィンが子供の頃、初めて別荘を訪れた時、すでにキウィヤード村は荒廃しかけていた。あの時も確か、希少な馬の繁殖を始めるとか言っていたっけ。結局あれも失敗して、大赤字を出したらしい。

そんなことを繰り返しているから、広大で肥沃《ひよく》な農地を所有しているにもかかわらず、村は常に貧しかった。

「公営賭博場を誘致したがっていると聞いた時も、いかにもあの男がやりたがりそうなことだと思いましたよ。阿片でも何でも、儲かるならやるでしょう。たとえ違法なことでも。ただ……」

ユエンはそこで、記憶を掘り起こすように首を傾《かし》げ、遠くを見た。

「三年前、最後に墓参りに行った時には、村で違法な賭場を開いているような気配はありませんでした。もっとも、私もできるだけ村人には関わらないようにしていましたから、気づかなかった可能性はありますが。それでも、誰か一人でも阿片をやっていたら、異変くらいは感じたはずです」

「それなら、少なくとも三年前の時点ではまだ、あの村では裏賭博はやっていなかったってことかな」

「念のため、リルにも聞いてみましょう。彼は村長の家で働いていましたから、私より詳しいはずです」

ユエンとリルが接触することに、モヤモヤと暗い思いが湧き上がる。フィンはそれを心の隅に追いやり、何でもない顔を作った。

「うん、よろしく」

いつものユエンならば、フィンの一瞬の心の陰に気づいたかもしれない。しかし彼は今、フィンの顔を見ることはなく下を向いていた。

「ユエン？」

声をかけると、何か決意をするように一呼吸置き、顔を上げた。

「実は、私からもお話がございます。いえ、お願いがあって参りました」

強い意志の宿った瞳に、フィンは気圧《けお》された。ユエンがこんなふうに、主人に頼みごとをするのは初めてだった。

「……どんな、こと？」

ドキドキと心臓の鼓動が大きくなる。リルの顔が頭を過《よぎ》った。まさかもう、二人は結ばれたとか。二人で生きていきたいと言われるのだろうか。

一瞬にして、そんな妄想に囚われた。息を詰めて相手の言葉を待つ。

ユエンはフィンの表情を見て一瞬、痛ましそうに眉根を寄せた。けれどすぐに普段の無表情に戻る。瞳だけは鮮やかに、決意を込めてこちらを見つめた。

「成人パーティーの後に教えてくださる約束だった、私の出生の秘密や、それにまつわるあなたの隠し事すべてを、今ここで打ち明けていただきたいのです」

予想もしていなかった願い事だった。

あと一週間もすれば、成人パーティーだ。それが終わったらすぐ話すつもりでいたし、フィンも覚悟を決めていた。

しかし、九年も聞かずにいたのに、なぜここで急ぐ必要があるのだろう。

「どうして、今なんだ？」

「情報は多い方がいいと思ったからです」

すぐさま、きっぱりとした言葉が返ってきた。

「あなたの予言によれば、この先に破滅が待っているんでしょう。あなたが気にしているリルやエイデン様が、成人パーティーのためにこの地に集まりました。おまけに今日は賭博場の話まで聞いた。いかにも何か起こりそうな気配じゃありませんか？」

「うん、まあ。成人パーティーが一つの鍵《かぎ》にはなってる、かな」

成人パーティーというエピソードを起点に、同じ土地にキャラクターたちが集い、そこからクライマックスが展開していく。

小説の構成を考えると、確かに成人パーティーが後半の鍵だった。

「ならば、パーティーが終わって一段落、とはいかないということです。忙しいパーティーが終わってから、ゆっくりお話を伺おうかと思っていましたが、今のうちに得られる情報は得ておきたい。私の出生や、あなたの予知能力の秘密が、この後の展開に関係しないとも限らないでしょう。今のうちに情報を共有させてもらえませんか」

「えっと、それってつまり……」

フィンは、今のユエンの言葉を頭の中で反芻《はんすう》してみた。

「僕が言ってた、僕らの破滅に備えるため、ってこと？」

「もちろん、そうです」

他に何があるのか、という口調でユエンがうなずいた。

「あなたの身が破滅しても、共に逃げる覚悟はありますが、どうせなら破滅を回避したほうがいいでしょう。それに、パーティーの日が近づくにつれ、どうにもあなたの周りがきな臭い。あなたの恐れていた未来が現実になっていくようで、空恐ろしさを感じました。ですから、あなたが知っていることを私も把握しておきたいのです。どうか、約束を曲げて今、秘密を打ち明けていただけませんか」

ユエンは真剣な表情で懇願する。でもそれは、フィンのためなのだ。

主を破滅させないため。フィンが、リルとユエンの関係を疑ってやきもきしていた時、ユエンは主のことを考えてくれていた。

「あ……」

不意に、涙が溢《あふ》れた。

「フィン様！」

ユエンが悲痛な声を上げる。フィンは慌てて涙を拭《ぬぐ》った。

「これは、嬉し涙だよ。嬉しかったんだ。ユエンが僕のことをそこまで真剣に考えてくれていて」

「そんなの、当たり前でしょう」

怒ったように言う。そう、彼にとっては当たり前なのだ。

ここは小説の中じゃない。現実のユエンは九年間、フィンに心を尽くして仕えてくれた。今もその忠義は変わらない。彼を信じないでどうするのだろう。

ユエンはいつだって、フィンを一番に考えてくれる。たとえそれが忠義で、フィンと同じ気持ちではなかったとしても、それがなんだというのか。

ユエンが信じて尽くしてくれるように、フィンもユエンを信じる。

フィンも決意を固めた。

「わかった。ぜんぶ話すよ。君の出生の秘密だけじゃない。父にしか打ち明けたことのなかった、僕の秘密もすべて。後者は荒唐無稽で、ちょっと信じてもらえるかわからないけどね」

「信じますよ」

ユエンが答えた。

「あなたが真実だというなら、どんな話でも信じます」

まっすぐにこちらを見据える眼差しが頼もしくて、フィンはまた少し、泣きそうになった。


長い話になりそうで、フィンは部屋の戸棚から、ブランデーの瓶とグラスを持ち出してソファテーブルに並べた。

ブランデーもブランデーグラスも、成人を迎える今年、大人の男っぽい演出のために置いておいたもので、実際はあまり使ったことがない。

ブランデーの瓶のコルクを開けるのにもたついていたら、ユエンが見かねて開けてくれた。

二人分のグラスにブランデーを注いでもらい、ようやく話を始めた。

「まずは、君の出生のことからだな。指輪の秘密から話そうか」

フィンが言うと、ユエンは服の下から銀の鎖を手繰《たぐ》り、指輪を出した。

何から話し始めるのか、ユエンと出会った時から何度もシミュレーションした。どうすればわかりやすく簡潔に、そしてユエンの心を傷つけず、悲しい思いをさせずに済むのか。

繰り返し考えたけれど正解はわからなくて、結局、ありのまま語るしかなかった。

「君が持っているその指輪。それは、ボールドウィン侯爵家の女性に代々受け継がれるものだ。当主の妻から次の当主の妻へ、受け継がれていく装飾品がいくつかある。それはそのうちの一つだ」

ユエンは手のひらにのせた指輪を見つめ、小さくうなずいた。そこに驚きの色はなかった。

「もしかして、知ってた？」

青い瞳の中に、感慨も驚きも浮かんでいない。フィンが尋ねると、ユエンは少し微笑んでうなずいた。

「申し訳ありません。自分でも調べていたのです。鷲《わし》を紋章とし、青い宝玉が関係する家は、ボールドウィン家だけでした。加えて王都の情報源から、今の当主が昔、妻の異母妹に手をだしていたと聞いたんです。異母妹が実家を追い出された時期と、私の生まれた時期が重なっていた」

「すごいな、諜報部は。僕が教えることがないじゃない」

フィンはため息をついた。考えてみたら、ユエンはチェリーゲイト家の優秀な諜報部員なのだ。フィンがぼんやりしている間に、王都で根を張り巡らせていた。

小説のユエンは騎士で、調査をするような暇も自由もなかっただろうが、今のユエンはある程度の裁量権を持って動くことができる。

自分の出自についても、調べる機会はいくらでもあった。

「申し訳ありませんでした。あなたに教えていただく前に、約束を破って調べてしまった」

「いいよ。僕だって、いつまでに教えるって、期限をもうけなかったんだもの。そう、君はボールドウィン卿《きょう》の次男だ。と言っても、ボールドウィン家はまだ君の存在を知らないはずだけどね。君の母上は、実家を追い出されてから君を身ごもっていることに気づいたから」

ユエンは手の上の指輪を見つめた。その向こうにある、母親の姿を捜すように。

「ボールドウィン卿は当時、妻の実家から資金援助をしてもらっていて、妻には頭が上がらなかった。だから君の母上は、ボールドウィン卿にお腹の子供のことを打ち明けても、力になってもらえないと考えたんだろう。一人で君を産み、親戚を頼ってキウィヤード村へ向かった。産後の肥立ちが悪く体調を崩して、村に辿り着く前に亡くなった」

「そして、母の遺体と赤ん坊の私を、ナサールが見つけた。母は、村の入り口のすぐ近くで行き倒れていたのだと、ナサールが言っていました」

フィンはうなずく。小説でも、ユエンの回想でそう語られていた。

「君も知ってると思うけど、ボールドウィン卿には嫡男がいる。恐妻が産んだ子であり、君の異母兄がね。子供の君にあえて出自を教えなかったのも、この恐妻と嫡男がいたからだ。何の後ろ盾も持たない子供が彼らの前に出て行ったら、何をされるかわからなかったから」

今度はユエンがうなずいた。

「ボールドウィン家の家族関係を耳にして、恐らくそういう事情だろうと考えておりました。あなたに拾われた当時十四歳だった私は、田舎の村が世界のすべてで、貴族の家の事情など理解していませんでしたから」

言葉の中に、含みを感じる。フィンは気づかないふりで、「利発な子だったけどね」とだけ言った。ユエンは静謐《せいひつ》な微笑を浮かべる。

「けれどあなたは理解しておられた。私より五つも年下の子供だったあなたは。私の顔を見て、名前を聞き、その時に私が何者か気づいたのでしょう。ボールドウィン家の事情を知っていて、私の存在はまだ、隠しておいたほうが私のためになると考えた。初対面の反応から見るに、旦那様はご存知なかったはずです。あなただけが知っていた」

「うん。僕だけが知っていた。君に出会う前から。君が何者で、将来どうなるのかも」

隣のユエンを見る。こんな話をしてもやっぱり、ユエンの表情は変わらなかった。

ただ話の続きを待つように、フィンを見つめていた。

フィンはそこで、ブランデーを一口飲んだ。カッと舌と喉の奥が焼けるみたいで、フィンは顔をしかめる。

ユエンも一口飲み、「いい酒ですね」と、無表情につぶやいた。

「僕がどうして知っているのか打ち明ける前に、君の出自についてもう一つ、付け加えておくよ」

いいかい、とユエンを窺うと、彼は小さくうなずいた。

「ボールドウィン家の嫡男が、僕の知っているとおりの人生を歩んでいるなら、彼は近い将来、死ぬ。子供を残さないまま。彼の妻は姑《しゅうとめ》に、跡継ぎを産まなかったことを詰《なじ》られて実家に帰る。その姑、嫡男の母親も、息子を失った悲しみに打ちひしがれて、後を追うように亡くなる。ボールドウィン家は当主だけになる」

沈黙が落ちた。フィンはもう一口、喉が焼けるような酒を飲んだ。

「どのようにして亡くなるのか、伺っても？」

「花柳病《かりゅうびょう》が悪化するんだ。十代の頃から娼館に通っていて、他にも女遊びが激しかったみたい。具体的な病名はわからないけど、この世界の医学では治せない感染症なんだろうな」

フィンの言葉の終わりと同時に、ユエンは静かに目を閉じた。再びまぶたが開いた時、青い瞳は柔らかくフィンに向けられていた。

「私が得ている情報と一致しますね。ボールドウィン家の嫡男、エズラ・ボールドウィンは十代の頃から素人玄人《しろうとくろうと》問わず、女性をとっかえひっかえする漁色家《ぎょしょくか》だったようです。この一、二年、体調を崩しがちだというのは、両親にも知られていない、王都のエズラの屋敷の使用人だけが知る事実だそうですが」

「そういうことを知ってる、君もすごいよね」

「でもあなたは、もっと以前からこうなることを知っていた」

うん、とつぶやいて、フィンはグラスの酒を飲み干した。ふう、と酒気を吐き出し、腹に力を込める。ユエンを見た。

「僕は、この世界のことすべてを知ってるわけじゃない。リル・グッドウィン、エイデン・ハワード、ユエン・ボールドウィン。そしてこの僕、フィン・チェリーゲイト。四人についてよく知っている。何度も読んだから」

意味がよくわからない、というように、ユエンは軽く小首を傾げた。無理もない。

「さて、荒唐無稽だというのは、ここからの話だ。この世界が、僕が前世で読んだ小説、リル・グッドウィンを主人公として、同性愛を描いた恋愛小説だと言ったら、君は信じられるかな」

ユエンの眉が、ぎゅっと中心に寄った。

その昔、父に話した時も思ったけれど、改めて口に出してみても馬鹿げた話だった。

相手がエイデンだったら、途中で怒り出したかもしれない。でもユエンは、最後まで真剣に耳を傾けてくれた。

「確かに突飛な話ですね。相手があなたでなければ、精神状態を心配するところです」

話を聞き終えて、まずユエンはそんなふうに感想を述べた。

「だよね」

フィンは肩を落とす。

「しかし、同時に納得もしました。いえ、すべて飲み込めたわけではありませんが。今までのあなたの、出所不明な知識には説明がつく」

「信じて、くれる？」

おずおずと相手の顔を覗き込むと、ユエンは小さく笑った。優しい、労《いた》わるような眼差しでこちらを見つめる。

「ええ。あなたは、作り話でこんなことを言う人ではありませんから」

その言葉を聞いた途端、身体の力が抜けた。フィンは長い安堵のため息と共に、自分の膝の上に突っ伏した。

「良かった……」

ホッとして、泣きたくなった。しかし、感情のまま泣いていると、冷静なユエンがおいてけぼりになってしまう。フィンは込み上げる感情を振り払い、顔を上げた。

ユエンは先ほどと変わらない、静かで優しい目をしたまま、フィンを見つめていた。

「出会った時から、あなたが常に何かに追われているように見えた理由も今、理解できました。私を信頼してくれているようで、どこか怯えているようなのも」

「怯えてはいないよ。心から信頼してる」

「でも、頭の中にはいつも、小説の物語があった。あなたが悪役の物語が」

断言する口調に、フィンは黙ってうつむく。と、フィンが膝に置く手に、ユエンの手が重なった。

「私も、リルもエイデン様も、あなたを断罪し破滅に導く存在だった。あなたにとって、私は敵だったわけだ」

「小説の中では、だよ。でも、そう。君を引き取ったのは、下心があったからだ。将来、敵になる君を手元に置いて懐柔し、味方に引き込んでおけば安心だと思った。……ごめんね。幻滅しただろ」

最後にぽつりとつぶやく。重ねられた手が、フィンの手を強く握った。

「私はあなたほど、馬鹿正直で能天気で騙《だま》されやすい人間ではありませんよ」

「ちょっと、ひどくないか」

急に何だよ、と顔を上げると、いたずらっぽい瞳があった。どこか艶めいていて、どきりとする。

身体が熱くなるのを悟られたくなくて、手を引っ込めようとしたけれど、ユエンの力が強くて自由にならなかった。

「幼い頃から、村の大人たちの悪意に晒されてきました。善意には下心があるし、お前のためだと猫撫《ねこな》で声で言われたら、それは搾取《さくしゅ》するぞという合図だった。あなたのことも旦那様のことも、最初の三年くらい、完全には信用していませんでした」

「結構長いね」

思わず言ってしまったが、それだけユエンが過酷な幼少時代を過ごしてきたということだ。

「そうですね。完全に信用してはいけないと、己を常に戒めていました。逆に言えば、そうしていなければ絆《ほだ》されてしまいそうだったからです」

ユエンはそこで、思い出を懐かしむような優しい微笑みを浮かべた。

「本当に、良くしていただきましたよ。あなたと旦那様、それにこのお屋敷のすべての人たちから、愛情を注がれて育ちました。たとえ最初は下心だったにしても、私はあなたと、あなたの言葉に救われた。九年、フィン様にお仕えしてきました。だから断言できます。あなたが私にしてくださったことは、打算や下心からではないと」

「……っ」

不意打ちだ。こんなの、我慢できるわけない。こらえようとしたが叶わず、涙がこぼれた。

「あなたを抱きしめても、いいですか」

ユエンは尋ねたが、フィンが嗚咽《おえつ》を飲み込んでいる間に、もう抱きしめられていた。

温かな彼の体温が服越しに伝わってくる。ぴたりと合わさった場所がトクトクと脈打っていて、自分の鼓動なのかユエンのものなのか、わからなくなってくる。

「一つ、教えてください」

低く囁かれて、ぞくりとした。

「な、何？」

やましいことは考えていないぞと、自分に言い聞かせる。しかし、口を突いて出た声は裏返っていた。

「小説の中で、私はリルに恋をして失恋する当て馬だという。あなたは読者として、私を応援してくれていた、と。そう仰いましたね」

「あ、うん」

真の相手役より、当て馬のユエンのほうが好きだったとか、いらない情報まで開示してしまったのだ。

「現実でも、応援するつもりでしたか」

どきりとして、つい身を硬くしてしまった。図星だと言っているようなものだ。

「うん。だってユエンは、リルと出会ってリルを好きになるから。君が幸せになってほしいと思って」

「なるほど。現実の私もリルに恋をするものだと。わかっていた、と」

気のせいだろうか。ユエンの口調がどこか、皮肉めいて聞こえた。

「だから、そう言ってるじゃないか」

フィンの口調もつい、不貞腐《ふてくさ》れたものになってしまう。

本当は聞きたかった。

――リルのこと、もう好きになった？

でも聞けない。聞くのが怖い。どうして怖いのか、自分の心を突き詰めるのも怖い。

「私はあなたを裏切りませんよ。決して、何があっても、絶対に」

「……うん、信じてる」

それはもう疑っていない。もしかしたら敵に回るかも、なんて考えてユエンを恐れることはない。

「なのにあなたは怯えてる」

フィンの心の中を覗いたかのように、ユエンがつぶやいた。

「たとえ私が誰を好きになっても、あなたを裏切ることはないとわかっているのに、あなたは怯えている。何かを怖がっている。それは何ですか」

核心を突く質問に、フィンは即座に答えられなかった。

それを言葉にしてしまったら、ユエンの気持ちも聞かなくてはならない。

フィンはユエンが好きだ。

側近としてではなく、一人の男性として恋をしている。でもユエンは、義理でも同情でもなく、この気持ちに応えてくれるだろうか。

返事が否ならば、フィンとユエンは今までどおりの主従関係ではいられない。

フィンの恋心を打ち明けたら、そしてユエンがそれに応えてくれなかったら、二人はもう今までどおりではいられない。

仮に応えてくれたとしても、もしわずかでもユエンの表情に曇りがあれば、フィンはユエンを信じられないだろう。

エイデンの言うとおりだ。自分の身分や立場のせいで、ユエンに無理やり応じさせているのではないかと、猜疑心《さいぎしん》に囚われる。

だから、フィンは答えられなかった。黙って固まるフィンに、ユエンはそれ以上、同じ質問を繰り返すことはしなかった。代わりに別の問いを向けた。

「私が今、誰を好きなのか。あなたの身の破滅に関わる重要なことなのに、あなたはなぜ、質問しないのですか」

意地悪な質問だった。どうしてそんなことを聞くのか。ユエンが何を考えているのか、わからなくなる。

「質問は、一つじゃなかったのか？」

ぎこちなく質問を質問で返す。ユエンはくすりと笑った。一瞬、フィンを抱き締める腕に力がこもり、すぐに身体が離される。

フィンは恐る恐る、相手の表情を窺った。

ユエンはその美貌《びぼう》に、不思議な微笑みを浮かべていた。今まで見たこともないような、いたずら心と喜びが混じったような、何とも形容のしがたい表情だった。

「よく、わかりました」

にこりと、微笑みを満面の笑みに変えてユエンは言った。胡散《うさん》臭く意地悪そうに見える笑顔で、フィンはちょっと警戒心がもたげて顎を引いた。

「何が。また、質問に答えてないだろ」

「ええ。ですからよくわかりました」

笑顔のまま、ユエンがなおも言う。なんか嬉しそうだな、とフィンはそれを見て思った。

「あなたの心を開くには、もう少し細工が必要だということがわかりました」

「僕にはちょっと、お前の言ってることがわからないんだが」

勝手に一人で納得しないでほしい。軽く相手を睨むと、ユエンは笑みを深くした。

かと思うと、笑顔のままの美貌が近づいてくる。

ぼんやりしている間に、ユエンの唇がフィンの額に触れ、そして離れた。

「なっ、ちょっ、今……え？」

今、何をした？　フィンは大いに慌てふためいたが、ユエンはいたずらが成功したような顔で笑っていた。

「謝りませんよ」

ユエンは言って、また近づく。今度は頬にキスされた。

「これくらいの接触は許してくださると、理解しましたから」

言葉を失うフィンに、「それでは」と、恭しくも気取った仕草で礼をする。

「おやすみなさいませ」

言い置いて、ユエンは部屋を出て行ってしまった。

フィンはしばらく呆然《ほうぜん》としたまま、彼が消えた戸口を見つめていた。

「寝られるかよ……」

ユエンに触れられた額と頬を押さえ、フィンはやがてつぶやいた。


成人式のパーティーは、大盛況だった。

数日前から遠方の招待客がやってきて、『チェリーゲイト・ホテル』に滞在し、パーティー当日までの間、ホテルのティーサロンでアフタヌーンティーを味わい、劇場に足を運んで演劇や演奏会を観賞した。

ジャガイモ畑を視察したい、という希望者もいたため、馬車を手配して隣村の『チェリーゲイト農業研究所』まで案内したりもした。

フィンはパーティーを名目に、領内の経済をグルングルン回してやる、と意気込んでいたので、多忙な中でも厭《いと》わず貴族たちをあちこちに案内した。

おかげでエイデンに構ってやれなかったが、彼はもう領主街に慣れたのか、自分で好きに行動していたようである。

そして当日、屋敷の庭に会場を設け、フィンの成人パーティーが行われた。

招待客は恐らく、パーティーを楽しもうなどと期待はしていなかったはずである。人の家の子供の成人式なんて、はっきり言ってどうでもいいものだ。

でもフィンは、普通の成人パーティーで終わらせるつもりはなかった。

曲芸師や手品師、楽師も呼んで、盛大な余興を行い、たくさんの珍しいご馳走《ちそう》で客をもてなした。

「スマルベレンは、王都に引けを取らない流行の発信地ですね」

「よその領地に来て、これほど楽しくてくつろいだのは初めてですよ」

「これほど商才のある若者が、領地に引っ込んでいるのはもったいない。ぜひ王都にいらっしゃい。宮廷では若手の人材が不足していますからね。君の才能は国の発展に使うべきだ」

招待客たちにはいろいろと、ありがたい言葉をかけてもらった。多分に社交辞令もあるだろうが、お客の顔を見るに、あながちお世辞ばかりでもなさそうだ。

父はフィンが人々の前で堂々と振る舞うのを見て、しばしば涙ぐんでいた。恋人のシンシアが隣でしっかり支えてくれているようだ。

そのシンシアも美しく、人々の興味を少なからず引いていた。

ユエンがドレスの手配を手伝ったおかげで、急ごしらえとは思えないほど垢抜《あか》けた装いである。

シンシアの実家の家族、それに前夫や舅姑《きゅうこ》も招待していたので、フィンと父とでシンシアを囲み、領主一家との仲睦《なかむつ》まじい様子を見せつけてやった。ちょっとした「ざまあ」である。

パーティーの熱気の中で忘れかけていたが、エイデンにキウィストンたち、賭博場の誘致派たちを紹介したりもした。

というか、キウィストンの方からフィンに、王都の貴族たちを紹介してくれと言われたのだ。図々しい奴だなと思いつつ、これ幸いとエイデンに引き合わせた。

エイデンはキウィストンとしばらく、話し込んでいたようである。その後も気づくと、賭博場誘致派の議員と一緒にいた。有益な話が聞けたのかどうかは知らない。

何しろフィンはパーティーの主役で、あちこち動き回り、歓談を重ねて忙しかったのだ。ユエンもフィンの補佐をして、縦横無尽に活躍した。他の使用人たちも朝から晩まで頑張って進行を支え、おかげでパーティーは盛況のうちに終わることができた。

目立った不備もなく、問題も起こらなかった……ただ一つを除いては。

その問題についてフィンが知ったのは、パーティーが終わった日の夜のことだ。

父にはよくやったねと褒められ、使用人たちを労《ねぎら》って、さて休もうかと自室に入った途端、付き従ってきたユエンに言われた。

「お疲れのところを、申し訳ありません。お休みになる前に一つ、お耳に入れたいことがございます」

フィンは戸口の前で一瞬、身構えた。またキスをされるのかなと思ったからだ。

あの夜、不意打ちをしたユエンは、翌日には前夜のことなど忘れたように、しれっとしていた。フィンも、パーティーの準備や招待客をもてなすのに毎日が忙しくて、蒸し返すことはなかった。

それでも内心、気にはなっていた。またキスをされるんだろうかとドキドキしたりして、それでパーティーが終わったタイミングですぐ、ユエンが声をかけてきたから、身構えつつもちょっと期待したりしていたのだ。

でも、あのキスのこととはまったく関係がなかった。思い出してドキドキしていたのは、フィンだけだったらしい。

「え、な、なに」

頬と額を押さえて警戒する素振りを見せたら、ユエンは一瞬面食らったように目を瞬《しばた》いた後、おかしそうに笑った。

「先日の続きをしたくなる反応ですが、残念ながら別件です」

フィンは、自分がすっかり思い違いをしていたことに気づき、顔が熱くなった。自意識過剰だった。

「せ、先日とか、よくわからないんだけど。別件て、なんのこと」

とぼけてみたが、また笑われてしまった。しかしユエンは、すぐに表情を引き締める。

「実は、パーティーの終わりに問題が起こりました」

深刻な声に、フィンもそれまでの浮かれた気分を振り払った。

「問題の中心は、エイデン？」

「いえ、リルとキウィストンです。リルがキウィストンに見つかり、絡まれていました」

エイデンの目を避け、裏方に徹していたリルだったが、パーティーが終わりに近づいた頃、馬車回しにいたところでキウィストンと遭遇した。

三年前、キウィヤード村に出稼ぎに来たリルを、奴隷のように扱っていたキウィストンだが、リルが巡り巡ってチェリーゲイト家で働いていることは知らなかった。

いつの間にか領主の屋敷の使用人になっていたリルを見つけ、何やら絡んでいたという。ユエンがたまたま通りがかって気づき、止めに入った。ユエンもまた、かつてはキウィストンに雇われていた者である。キウィストンはユエンに毒づいた。

「あのハゲは、君に何て言ったんだ？」

「恩知らずだとか、権力者にすり寄って浅ましいだとか言ってましたね」

フィンの「ハゲ」という悪態に頬を緩め、ユエンは答えた。

「どの口が言うんだ」

「そこは昔から変わりませんね。まあですから、リルにも同様の嫌味を言っていたんだろうと、当初は思っていたんです」

ただ、リルがどこか怯えているような、嫌悪を露《あら》わにしているのが気にかかった。ただの嫌味を言われたにしては、様子がおかしいと思ったのだ。

そこでユエンは、客を帰してから改めて、リルに詳しく事情を聞いた。

「リルはキウィストンから、別の仕事を紹介してやるから来ないかと、誘われたそうです。リルはチェリーゲイト家の使用人になって、肉付きも顔色もよくなりました。はじめは別人かと思ったと、言われたんだとか」

こんなに可愛い顔をしていたんだな、などと、キウィストンは下卑《げび》た口調で言ったらしい。

「今のお前なら、もっと稼げる仕事がある。金を稼ぎたいんだろう？　と。キウィストンはリルの容姿に目をつけたようです。熱心に誘われて、リルも困っていました」

「どんな仕事なんだろう」

「ちょっと金持ちの紳士の隣に座るだけで、大金が稼げる仕事だそうです」

「むちゃくちゃ怪しいな」

キャバクラか、パパ活か？　いずれにせよ、ただ座っているだけですむわけがない。ユエンもそこで、軽く眉根を寄せた。

「キウィストンは、人手不足だからと熱心に勧誘したそうです。どうにかしてリルを連れて帰りたい、というような、異様な熱心さだったとか」

「売春、ってことだよね？　話の内容からして」

恐らく、とユエンはうなずく。それから、声をさらに低くした。

「おかしいと思いませんか。仮に売春の斡旋《あっせん》を生業《なりわい》にしたとして、キウィヤード村のような田舎に、買春が目的だけの客がそう大勢来るとは思えません」

そこまで聞いて、フィンもユエンの言わんとしていることが理解できた。

「飲む打つ買う、か。賭博に阿片ときたら、娼婦も用意するものだよね」

娼婦や男娼が人手不足になるほど、客が集まる場所があるということだ。賭博と阿片は相性がいいとエイデンが言っていたが、賭博と風俗、あるいは麻薬と風俗も相性がいい。

「問題は、どこでそれらが行われているか、ということですが」

村長のキウィストンは、この領主街に家を構えて村と街を行き来しているそうだ。街の家はそこまで大きな屋敷ではなかったし、自宅で違法の賭場を開いて阿片をばらまくほど、迂闊《うかつ》ではないだろう。

「やっぱり、村かな。あそこはうちの領内でも辺鄙《へんぴ》な場所にあるから、人目には付きにくいよね。けど、領主の別荘があるからなあ」

「しかし、その領主ご一家は近年、ほとんど別荘を利用されていないでしょう。むしろ目くらましになるのでは。それにあの村は最果ての地、その奥には山があるだけで、他の村や国への通過地点にはなりませんからね」

キウィヤード村を訪れるのは、その村に目的がある人だけ。辺鄙だけど、領主の別荘があると言えば、その土地に対する安心感というか、一種の信用のようなものが生まれる。

違法の歓楽街としては、うってつけの場所かもしれない。

「すぐに、キウィヤード村を調査したいところだけど。そのまんま言ったんじゃ、抵抗されるだろうな」

父に言って、領主の権限を使えばある程度、強引に調査はできる。ただしキウィストンも抵抗するだろう。

彼は領議会の議員だし、他の議員の手前もあって、あまり力ずくでねじ伏せるようなやり方はできない。

「ジャガイモの視察を口実に使いましょう。種芋《たねいも》の販売元にはすでに、農業研究所の調査員が派遣されていますから、また話を聞きたいと言えば、怪しまれることはないと思います」

「いいね、その手があったか。今回は我らがジャガイモが役に立ってくれたな」

やはりジャガイモはいい。

「農業研究所の臨時職員として、私の子飼いの諜報員を派遣させるのはどうでしょう」

「いるんだ、子飼いの諜報員が」

しかも、王都ではなくこのスマルベレンに。

「います」

ユエンはあっさり答えたが、それ以上、詳しいことは教えてくれなかった。

「わかった。その子飼いとやらに任せよう」

「ありがとうございます」

ユエンは言ってから、思案顔で小首を傾げてみせた。

「なに？」

「リルに事情を話して潜入させたほうが、早いかもしれないと思いまして」

「売春させるってこと？　だめだよそんなの！」

「いざその時になったら、逃げればいいんです。少なくとも、売春の拠点は突き止められる。リルは私に恩義を感じているから、私が頼めば応じてくれるでしょう」

ユエンは淡々と言う。フィンは目を吊り上げた。

「だめに決まってる。無事に逃げられるとは限らないんだぞ。麻薬に手を染めてる違法集団に素人を放り込むなんて、そんな危ない真似はさせられない。それに彼は……ユエンだって、彼の気持ちに気づいてるくせに」

リルはユエンのことが好きなのだ。そんな彼の気持ちを利用するなんて、信じられない。本気で言っているのだろうか。フィンは睨むようにユエンの顔を覗き込んだ。

ユエンは真顔でこちらを見つめ返したが、やがて唇の端を歪めて笑った。

「あなたは、悪役令息にはなれませんね。リルはあなたにとって仇役《かたきやく》でしょう。彼を排除する絶好の機会なのに」

「怖いこと言うなよ。小説の中では確かにそうだけど、何の罪もない子を排除するなんてできないよ」

冗談でも言わないでほしい。咎める気持ちを込めてユエンを睨む。ユエンはフィンの視線を真っすぐに受け止め、苦笑した。

「すみません。判断を間違えました。私はただ、リルのことを何とも思っていないと伝えたかったんです。平気で切り捨てられる相手だと示したかったのですが、あなたはそんなふうに恋敵《こいがたき》を排除してみせても、喜ばないのですよね」

「こ……」

フィンは言葉に詰まって固まった。あの夜と同じだ。また不意打ちを食らった。

恋敵。そんな言葉をユエンは今、使わなかったか。リルはフィンにとっての恋敵。

フィンの気持ちも、リルの気持ちもユエンははっきりと気づいている。今のは、そういう言葉だ。

いったい、どういうつもりで言っているのだろう。ユエンの考えていることがさっぱりわからず、フィンは不安になってユエンを見上げた。

ユエンはどこか面白がるような顔で、じっとフィンを見つめていた。獣が獲物を狙うような、そんな表情に思えるのは気のせいだろうか。

「その目、怖いよ」

「申し訳ありません。もともと、こういう目なんです」

「今まで、そんな目をしたことなかっただろ」

「それはもちろん。私はあなたの側仕えですからね。いつも欲望にギラついた目で主人を見る側仕えなど、嫌でしょう」

そんなの嫌に決まってる。

「今まで、あなたの気持ちがどこにあるのかわかりませんでしたからね。あなたは素直そうでいて、弱みを見せない人ですから。妙に老成していて、この九年、うんと年上の男と恋の駆け引きをしているような気分でしたよ。もっともそれは気のせいではなく、あなたの自我は私より年を取っていたわけですが」

「中身がおじさんで悪かったな」

「いえ、年相応だと思いますよ。こと、恋愛に関しては」

美貌が近づいてきて、こめかみにキスされた。

「なんなんだ、君は。こないだから！」

「籠絡《ろうらく》しようとしてるんです」

即座に返事があって、ニコッと笑われた。

「無事に成人を迎え、あなたの気持ちがどこにあるのかもわかったので、安心して口説いて迫って、籠絡しようとしてるんです」

フィンはぽかんとした。呆《ほう》けるしかなかった。それを眺めるユエンは、笑みを深くした。

「とはいえまだ、あなたを安心して口説ける状況ではありません。状況が治まって材料が揃うまでの序章、と申しましょうか」

「何の序章だ。曲の題名か？　虎と竜が舞うのか」

焦ってわけのわからないツッコミを入れるフィンに、ユエンはやはりにっこり微笑む。いつものあなたですね、というように。

「ただ、私の気持ちがどこにあるのか、知ってほしかっただけです。あなたは私に何も求めないし、何も聞こうとしない。そのくせ時おり、悲しそうにこちらを見るから」

ユエンは胡散臭い微笑みを消し、柔らかな目でフィンを見下ろした。

「そんなあなたを見ると私まで切なくなって、場所も立場もわきまえず抱きしめてしまいそうになるんです」

ユエンは言ったけれど、その場で抱きしめるようなことはしなかった。ただ、彼の手がそっと伸びてきて、長い指先がフィンの髪をさらりと撫でた。

「それでは、お休みなさいませ」

言うだけ言って、さっさと退出してしまう。フィンはまた、彼がいなくなった扉を睨んでつぶやいた。

「だから……寝られないって」

七

成人式のパーティーが終わり、遠方からの招待客が帰ると、スマルベレンの領主街にもいつもの日常が訪れた。

チェリーゲイト家の屋敷にも一見、平穏と日常が戻ってきたかのように見える。

しかし、領主とその令息、そして使用人に至る誰もが、内心では困惑していた。

招待客が一人、帰ってくれない。

それればかりか、泊まっていたホテルが満室になったとかで、再びこの屋敷に身をよせている。

そう、エイデン・ハワードが、いつになっても自分の家に帰らないのである。

「もう少し、このド田舎に留《とど》まることにした」

そんな一言だけで、フィンや父に許可を取ることもなく、屋敷に荷物を運びこんだ。

「前に泊まった部屋で構わんぞ。部屋の壁紙とカーテンと絨毯《じゅうたん》がダサくてバスタブも小さいし、枕が合わなくて玄関からも遠いが、居候《いそうろう》の身で文句は言えないからな。あと、食事は部屋に運んでくれ」

その場で引っぱたいてやりたかったが、拳を握りしめてやり過ごした。

「俺のことは放っておいてくれていい」

とも言われたので、パーティー前のように観光案内をすることもなく、放置しておいた。

エイデンはすでに領主街に慣れて土地勘も得たのか、居候を始めたその日から毎日どこかへ出かけていく。

以前よりは手がかからなくなったが、それでもやっぱり、邪魔で気詰まりなことに変わりはない。

それに、リルのことも問題だった。

リルはパーティーの後、臨時採用から正式にチェリーゲイト家の屋敷の使用人になった。

優秀なので、本格的に屋敷で活躍してほしかったのだが、エイデンがいるので屋敷の中を自由に動けない。

仕方がないので、共栄会の事務を手伝ってもらったり、農業研究所にお使いに行ってもらったりと、屋敷の外に出向させていた。

今さらリルが名乗り出ても、今までどこにいたんだという話になり、フィンがリルを匿《かくま》っていたのがバレてしまう。

こうなったら、エイデンが王都に帰るまで、やり過ごすしかなかった。

「僕がエイデン様に会いたくないと言ったばかりに、ご迷惑をおかけして申し訳ありません」

リルも肩身が狭そうにしていて、何度もフィンやジョナサンに謝っていた。

「いいよ、いいよ。君は優秀だから、どこに出向させてもよくやってくれてるし。助かってるよ」

謝罪されるたびに、そう言ってなだめるのだけど、律儀《りちぎ》で真面目なリルは恐縮しきりな様子だった。見ているほうも不憫《ふびん》になってくる。

「侯爵令息様、早く帰ってくれないかなあ」

と、フィンが何度かぼやいていているうちに、なんと二か月が経っていた。

パーティーが終わって、エイデンが居候を始めて、二か月。

それでも彼は帰らない。

「信じられるか？　二か月だよ、二か月。毎日あちこちほっつき歩いて、何やってるんだろうな。地味に滞在費がかさむし」

馬車の中で、フィンはブツブツ文句を言う。屋敷では、大っぴらにお客様の悪口を言えないからだ。

今日はユエンと二人で、隣村の『チェリーゲイト農業研究所』へ向かっていた。

フィンが家を出る時、まだエイデンは部屋で寝ていたようである。昨日は夜にどこかへ出かけ、明け方近くに酔っぱらって帰って来た。

執事のジョナサンの話では、このひと月ばかり、エイデンは夜に出かけることのほうが多いそうである。

「エイデン様にかかった費用はすべて、こちらで明細をまとめてあります。エイデン様がお帰りになられる際、請求しましょう」

「うん、しよう。ぜひそうしよう」

ユエンが無表情で提案し、フィンはそれに飛びついた。

何しろエイデンは、文句が多い。毎日出歩いているくせに自分の部屋にこだわり、カーテンや調度を替えさせたりする。食べ物にもうるさい。

「彼はこの二月《ふたつき》、キウィストンをはじめ、賭博場誘致派の議員たちに接触しているようです。特にキウィストンとは、ずいぶん仲良くなったようですね」

「あ、やっぱり」

ただの観光ではなく、賭博と阿片の調査だろうということは、フィンも気づいていた。ド田舎ド田舎と、事あるごとにスマルベレンをディスるくせに、チェリーゲイト家の馬車で領主街の外にも繰り出しているようである。

「王都には、治安維持隊がありますね？」

書類に目を通していたユエンが、ふと顔を上げて言った。急に話が変わったように思えて、戸惑う。

「ああ、うん。司法省管轄の部隊だよね」

フィンが答えると、左様でございます、とユエンもうなずく。

前世の警察と同様の組織だ。基本的には王都の治安を守るのが仕事だが、地方の治安維持に動く、地方部隊というのも存在する。

　諸侯の領地に関する領警察は基本的に、領主に主権があるが、国全体に関わる問題だと判断された場合、司法省の治安維持隊が動く。

「ハワード家は代々、財務担当だと思ってたけど。もしかして、エイデン様は治安維持隊の人なの？」

　話の流れからそう考えたのだが、これはユエンに否定された。

「いえ、彼は違います。王宮には、この治安維持隊とは別に、国王直属の特別捜査局というものがあります。エイデン様はその捜査員だそうです」

「何それ。捜査機関も捜査員も、初耳なんだけど」

　そんな機関があるなんて、フィンは知らない。小説にも出てこなかった。

　ただ、悪役令息の悪事も捜査をした上で暴いていた。はっきりと描写はされていないだけで、もともとそういう裏設定があったのかもしれない。

「特別捜査局は公にされていない、秘密組織ですから。貴族の中でもごく一部しか存在を知らないといいます。捜査員もお互いに誰が仲間かは明かされず、王命を受けて秘密裏に動くのだそうで」

「それを知っている、君の情報収集能力が怖いな」

　フィンは本気でビビッたのだが、ユエンは「ありがとうございます」と恭しく礼をした。

「私もこの二月、王都の子飼いの諜報員に調査をさせて、ようやくわかったことです。阿片の蔓延《まんえん》は国王陛下としても放っておけないのでしょう。エイデンは父上のハワード侯爵経由で特別捜査局調査員に抜擢されて以来、この阿片問題を追ってたびたび、旅行や視察という名目で地方の領地を回っているようです」

エイデンが回った地域のうち、何か所かは、彼が去った後で阿片の摘発が行われたそうだ。

「どうやら他国の裏組織が関わっているらしい、というところまではわかっているのですが、これまでの摘発でも、裏組織を直接叩くまでには至っていません。案件に関わって数年、完全解決を目指して、エイデン様も焦っていらっしゃるのかもしれません」

「それで二か月もうちに滞在して、調査をしているわけか」

「何かしら証拠を摑むまで、帰ってくださらないでしょうね」

「そんなあ」

一年後もいたらどうしよう。うんざりした顔を見せるフィンに、ユエンはくすりと笑った。

「早くお帰りいただくために、我々のほうでも調査を頑張りましょう」

「そうだね。それで阿片と賭博問題がうちの領地からなくなって、エイデンも帰ってくれたら、小説の破滅は回避できる」

パーティーから二か月。小説のストーリーではそろそろ、エイデンたちによって悪役令息の悪事が暴かれ、断罪される時間軸だった。

現実では何も悪いことはしていないが、にもかかわらず、領内で違法賭博や阿片疑惑が浮上し、エイデンは王都に帰ってくれない。

この二か月間、胃がキリキリしてたまらなかった。

ユエンは小説のあらすじを知り、フィンのそうした気がかりも理解している。

キウィヤード村に諜報員を派遣したり、彼も破滅回避のためにできる限りのことをしてくれていた。

「この気がかりをなくさない限り、我々もゆっくりできませんからね」

「うん……」

うなずきながら、フィンはちらりとユエンの顔を窺う。

その言葉で、二か月前に口説かれた時のことを思い出したからだ。

今は安心して口説ける状況じゃないとか、何とか言っていた。あれきり何も言ってこないし、ユエンはまるで、何もなかったみたいにしれっとしている。

フィンは自分だけが彼を意識している気がして、ちょっと悔しかった。こっちからは何も言わないぞ、と決めている。

とはいえユエンの言うとおり、今はふわふわした色恋にうつつを抜かしていられる状況でもなかった。

さっさときな臭い問題を片付けて、ユエンとの落ち着かない状況にも決着をつけたい。

今はこうして、馬車という密室の中、ユエンと二人きりで向かい合うのも気詰まりなのだ。

以前なら、ユエンといることを気詰まりになんて感じなかったのに。

人を口説いておいて、中途半端に放置するユエンのことが、今は少し恨めしかった。


農業研究所に到着すると、また村長たちが出迎えてくれた。

「嘱託調査員の方も、屋舎に揃っていらっしゃいますよ」

村長が言う嘱託調査員とは、ユエンの子飼いの課報員のことだ。

フィンとユエンは農業研究所に協力を仰ぎ、種芋の視察を口実にキウィヤード村の課報活動を進めていた。

課報員との接触も、研究所の屋舎を使わせてもらっている。

「いつもすみません。でも、助かります」

屋舎へ移動しながら村長に礼を言うと、村長は「いえ、礼を言うのはこちらの方です」と頭を下げた。

「嘱託の方には、実際に種芋の調査にも加わっていただいて助かりましたよ。うちの職員ではどうにもなりませんでした」

ジャガイモの種芋に病原菌が見つかって、はや数か月になる。共栄会と研究所の双方で調査を行ったが、どの供給元が原因だったかは、いまだに特定できていなかった。

調査の結果は、すべての供給元農家が異常なし。共栄会はここで調査をやめてしまった。

そもそも立ち入り調査自体、嫌がられる。これは農家からすれば、当然の心情だろう。

共栄会に続き農業研究所が、今度は「ジャガイモ栽培で成功をしている農家に秘訣を聞きたい」と、北風と太陽の太陽方式で調査を試みた。

しかしこちらもやっぱり、捗々《はかばか》しい結果は得られなかった。

中でもキウィストンのところは、農業研究所とやらに何の権限があるんだと突っぱねられ、追加の調査自体ができなかった。もっとも疑わしい場所が調査不能になっていたのだ。

それがこのほど、ユエンが派遣した諜報員が一緒に調査を行い、前回よりスムーズにことが運んだようなのだ。

「研究所の職員は、農業の専門家であって、調査の専門家ではありませんからね。今後、農業分野に限らず問題調査を行う事態に備えて、領内で調査員を育てるのはいかがでしょうか」

フィンの隣にいたユエンが進言する。いい案だなと思った。

ユエンのような諜報活動に限らず、民事でも調査を必要とする場面は、いくらでも存在する。しかし残念ながら、今のところスマルベレンにはそうした調査会社のようなものがなかった。

「もし調査機関を作ったら、君のところの調査員を教官に派遣してよ」

「もちろん、そのつもりですよ」

快く答えてくれたが、ユエンの部下たちはみんな優秀だから、給料も高そうだ。

そこまで考えてふと、そういえばユエンの諜報活動の資金はどこから出ているのだろうと思った。

ユエンがあれこれ先回りして動いてくれるようになって、彼には給料以外にある程度、自由に使える経費を先に渡してある。

その経費の使い道を、ユエンは毎月びっちり漏れなく報告してくれていて、そこに諜報活動らしき費用は計上されていなかった。

ユエンの裏の活動が謎すぎて、経費にまで考えが及ばなかった。もしも身銭を切っていたのだったら申し訳ない。あとで確認してみなくては。

屋舎の会議室に入ると、顔なじみの研究所職員の中に、見覚えのない男性が二名混じっていた。

表情は柔らかいのに、目つきだけ鋭いなと思ったら、やっぱりユエンの部下だった。

二人がそれぞれ、フィンの前で簡単な自己紹介をし、さっそく本題に入った。

「まずは種芋の件ですが、病原菌はやはり、キウィヤード村の種芋が原因のようです。ここ数年、同じ土地で栽培を続けているジャガイモの中に、黒っぽい鬆《す》が入ったような芋が収穫されるようになったと、村人の一人が証言しました」

ユエンの部下の一人が、明瞭《めいりょう》な口調で説明してくれた。

さらに共栄会から病原菌の立ち入り調査をすると通知が届いた直後、村長の命令で、共栄会に卸すために取っておいたジャガイモをすべて廃棄したという。

キウィストンは、自分の農地のジャガイモが病気だと知っていて卸したのだ。

「ジャガイモは連作に向かないって指導してたのに、同じ場所で栽培してたんじゃあね」

「その件ですが、役所に提出している書類上は、連作を行っていないことになっているんです。休耕地として免税申請している農地にも作付けを行い、税金を過少申告していたようですね」

調査員の話に、報告を聞いていたフィンたちはあきれ顔になった。

「何とも、せこいやり方ですなあ」

「長い目で見たら、かえって手間がかかるばかりで、収穫高が減ると思うんですが」

研究所の職員たちは口々に言うが、税金を納めてもらう側からすると、この件だけでも放っておけない。

「ただ、我々が調査に入った時には、すでにそうした不正はやめていました。種芋の病気が発覚してから、一転して真面目な経営になったそうです」

調査員が言い、種芋の病原菌に関する調査はここまでだと締めくくった。ここから先は、違法賭博と阿片の話になる。まだ公にできない話なので、研究所の人たちには退席してもらった。

部屋にはフィンとユエン、それに二人の調査員だけが残った。

「目先のことばっかり追求するキウィストンが、急に真面目に農業やるなんて怪しいな」

フィンが水を向けると、調査員たちもうなずいた。

「耕作面積を誤魔化すような、せこい不正を犯す必要がなくなったからかもしれません。領主様の別荘の近くに、キウィストンが別宅を建てた話はご存知ですか」

もちろん初耳だ。フィンが答えると、調査員二人はやっぱり、という顔をした。

「土地そのものはキウィストンの所有になっていたので、建築も違法ではありません。ただ、領主様の別荘だと言われても納得しそうな立地と造りでした」

それくらい近くに建てるなら、我が家に一言くらいあってもよさそうなものだ。屋敷の造りも貴族風で、チェリーゲイト家の別荘の建物に似せてあるという。

「その建物が建ったのは、つい昨年のことですが、それからたびたび、貴族らしい立派な馬車が別荘へ向かうのを、村人たちが目撃するようになりました」

「村長の話では、それらの客は領主の別荘に行ったのだろうと言うのです。自分のところとは関係ないと」

湖畔の別荘までは一本道で、どちらの客かは、馬車が到着した場面を見ないとわからない。

「むちゃくちゃ怪しいな」

フィンが知らないのだから、それらはキウィストンの別荘の客だ。

それにキウィストンのような見栄っ張りなら、貴族や金持ちが家に遊びに来ようものなら、率先して周りに自慢しそうなのに。

人に言えない理由があることは、明白だった。

「その別宅の中は、確認できたのか？」

ユエンが鋭い眼差しを部下たちに向ける。調査員二人はかぶりを振った。

「建物の外観は確認できましたが、近づけませんでした。建物の周りには常時、武装した見張りが置かれています。訓練を受けた動きではありませんが、ただの農民でもなく、ゴロツキといった風体でしたね」

警備にしても物々しすぎる。だいたい、キウィヤード村は本来、野盗もいない長閑な田舎なのだ。領主一家が滞在する時でさえ、最低限の警備員しか置かないくらいだ。

「そこで、違法の賭場が開かれてるんだろうな」

フィンが言うと、ユエンもうなずく。

「僻地《へきち》ですから、賭場に来た客はそこに宿泊するんでしょう」

「で、阿片もやって娼婦や男娼も買う、と。やりたい放題だなあ」

いつの間にか、違法の歓楽地が領内にできていた。それも領主の別荘地のすぐ隣に。

よく似た造りの建物を隣に建てたのは、目くらましの意味もあるが、もしかしたら事が発覚した際に、すべての罪をチェリーゲイト家に擦《なす》りつけるつもりだからかもしれない。

「さらにキウィストンは、普段は領主街に住んでいることになっていますが、頻繁に王都へも行き来しています」

調査員の報告にフィンは、「あ、それは知ってる」と声を上げた。

「昔から都会と貴族に憧れていて、王都に観光に行っては領議会で自慢して回ってるらしい」

「では、その王都観光の際に、王都で阿片を流通させている組織と繋がったのかもしれませんね」

ユエンが調査員の話を補足してくれた。なるほど、とフィンも得心する。

「すぐにでもガサ入れしたいな。武装集団がいるとなると、こっちも領の治安部隊を駆り出さないといけない」

「領内には、キウィストンの仲間や内通者がいるかもしれません。部隊を動かすにしても、すぐに叩かなくては。村までの距離も考えて、速やかに叩けるよう計画を立てましょう」

ユエンに忠告されて、思い出した。

賭博はキウィストンの発案かもしれないが、阿片を流通させている組織がある。エイデンが何年も追っている、他国の裏組織だ。

領議会の賭博場誘致派も関わっているかもしれないし、大地主で領議員のキウィストンには、領主街にも内通者がいるかもしれない。

治安部隊を動かすとなれば、領議員たちの耳にも入る。確実に摘発できるよう、慎重に進めなければならなかった。

調査員からの報告を聞き終え、フィンとユエンは街に戻ることにした。

帰りの馬車では、ユエンとガサ入れについての計画を話し合った。

だから、諜報活動資金についてユエンに問い質《ただ》そうと思ったのを、すっかり忘れていた上、帰宅してもそれを思い出すことはなかった。

チェリーゲイト家で、新たな問題が起こっていたからである。

「リルが使いに出たきり、帰ってこないのです」

戻るなりジョナサンから耳打ちされて、フィンは思わず眉根を寄せた。

「エイデン様は?」

フィンはコソコソと声をひそめて問い、周りを見回す。

「もう戻っておいでです。今は自室にいらっしゃるはずですが……」

エイデンに聞かれると困る。ジョナサンとユエンと三人で、玄関のすぐ近くにある応接室に飛び込んだ。

「リルが帰ってこないって? お使いが長引いてるんじゃないの」

「それにしても遅いのです。午前中に街に出かけて、昼には戻ってくる予定でした」

時刻はもう夕方、日も落ちかけている。確かに遅すぎだ。

「どこに使いに行ったのでしょう」

ユエンが尋ね、ジョナサンは共栄会だと答えた。

「すぐ終わる、ちょっとした使いだったんです。リルが優秀で、何でもすぐに片づけてしまうので、出向の仕事も減ってきてるんですよ。屋敷の仕事はいくらでもあるんですが」

エイデンが帰ってくれないことには、リルも大手を振って屋敷で働けない。リルも気に病んでいるようだ。

「共栄会にはすでに人をやりました。昼前には使いを済ませたそうです」

それから五、六時間が経つ。共栄会の事務所からチェリーゲイトの屋敷まで、歩いて一時間もかからない。乗合馬車を使えばもっと早くすむ。

「いったい、どこに行ったんだろう」

フィンがつぶやいた時、応接室のドアがノックされた。フィンが応じると、若い使用人が現れた。急いで来たらしく、息が上がっている。

「彼に、街までリルを捜しに行くように命じていたんです。何かわかったかね」

使用人が息を整える間に、ジョナサンが説明してくれた。

「はい。乗合馬車の駅の辺りで聞いて回ったのですが、やはり昼頃、ウィル・ウッド……いや、リルは馬車を待って駅にいたようです。そこに男性が話しかけてきて、リルは彼についていったそうです」

「その男性が何者かわかるかね。あるいは特徴とか」

ジョナサンが使用人をさらに問い質した。

「えっと、それを目撃した、駅の向かいの店のお婆《ばあ》さんが言うには、たぶん領議会の議員さんだと。キウィなんとかっていう、見栄っ張りの大地主で」

フィンとユエンは、思わず顔を見合わせた。ジョナサンも眉をひそめる。

「リルがあのキウィストンに、自らついていったということでしょうか。先日のパーティーでは、何やら男娼になれと絡まれたとか聞いていましたが」

「もしくは、脅されたとか。いずれにせよリルは今、キウィストンと一緒にいる可能性が高いですね」

ユエンが言い、言葉を切った時だった。何の前触れもなく、応接室のドアが開いた。中にいた全員が、一斉に戸口を振り返る。

「話は聞いたぞ」

エイデンが、怒った顔で立っていた。

「俺の目を盗んでコソコソしていると思ったら、お前たちがリルを隠していたんだな。いつからだ？　しかも、リルが連れ去られただと？」

なんだか面倒なことになってきた。

イライラしている人に、落ち着いてください、と声をかけるのは逆効果だ。

フィンもそれは理解していたが、こちらも焦っていたのでつい、言ってしまった。

「まあまあ、エイデン様。落ち着いてくださいよ」

言ってから、今のはかなり人の心を逆なでする口調だったな、と気づく。

「これが落ち着いていられるか！」

案の定、エイデンをいっそう怒らせてしまった。

「俺がリルを捜しているのを知っていて、なぜ隠していた？　やましいことがあるからだろう！」

「違いますって」

リルがエイデンに愛想を尽かしたんだと言っても、信じてくれないだろう。フィンはうんざりした。こんなところで押し問答している場合ではないのに。

「エイデン様。それはリルが戻ってから釈明致します。今はとにかく、彼の行方を捜さなくてはなりません」

ユエンが横から、冷静な声音で取りなしてくれた。フィンもその通りだとうなずいた。

それでもエイデンは、憤懣《ふんまん》やるかたない様子で目を剝《む》いている。ユエンが付け加えた。

「リルの貞操が危ないのですよ。こうしている間にも、リルが汚らわしい男どもに凌辱《りょうじょく》されているやもしれないのです。あるいは命さえ……」

エイデンがギリリと歯を嚙みしめる音が聞こえた。

「リルは、キウィストンに連れ去られたんだな」

誰にともなくつぶやくと、そのまま踵《きびす》を返し、今現れたばかりのドアから部屋を出て行ってしまう。フィンは慌てて追いかけた。

エイデンは玄関へ真っすぐ向かっていた。速足な上に身長差があるので、こちらは必然的に小走りになる。

「エイデン様！　どこに行かれるおつもりですか」

「キウィストンの屋敷だ」

決まっている、という口調だ。

「キウィストンの屋敷って、領主街のですか？　そこにいるとは限りませんよ。彼の本宅はキウィヤード村なんですから」

「わかっている！　領主街の屋敷にいなければ、村に向かうまでだ。誰か、馬車の用意を！　すぐに馬車が出せないなら、馬だけでも連れてこい」

エイデンがそこらにいた使用人に怒鳴るので、フィンは慌てた。

「ちょ……人んちの馬を、そんな勝手な。待ってくださいよ」

先走って勝手に突撃されても困る。エイデン一人では危険だというのもあるが、キウィストンはこちらがガサ入れしようと思っていた相手である。

エイデンが考えなしに突入して引っ掻《か》き回したら、リルも危険だし、追いかけていた事件の証拠を隠蔽されてしまうかもしれない。

「今、家の者たちで、捜索隊を結成しますから」

「そんな悠長なことを言って、リルに何かあったらどうする。おい、早く馬車を用意しろ！」

エイデンはリルが心配で仕方がないようで、ちっともこちらの意見を聞いてくれない。

しかもちょうど、フィンとユエンが乗って来た馬車が、奥に引っ込む前だった。エイデンに怒鳴られた使用人は、怯えながらも馬車寄せに馬車を戻した。

その使用人に御者《ぎょしゃ》を命じ、エイデンはさっさと馬車に乗り込んでしまう。

「待ってくださいってば。……もう！」

仕方なく、フィンもエイデンの後に付いて馬車に乗った。ちょうどその時、ユエンが玄関から現れた。

エイデンは早く馬車を出せと御者を急かしていて、フィンは今にも走り出しそうな馬車の車窓から乗り出した。

「今から、キウィストンのところに突撃するって。言っても聞かないから僕もついていく」

ユエンに伝えると、彼は仕方がない、というように肩をすくめた。

「ジョナサン様が使用人たちを集めて、捜索隊を結成しています。私は旦那様に連絡を。キウィストンのところというのは、領主街の別宅のほうですね？」

「うん。そこにいなかったら、村まで行くって」

「できたら阻止してください」

「無理かも」

馬車が走り出した。ユエンが小走りに追いかける。

「私もすぐに追いかけます。ですが危ないようでしたら、エイデン様を盾にして逃げてください」

声を潜めることなく大声で言うので、フィンはちょっと笑ってしまった。不敬で罰せられそうだ。

「待ってる」

ユエンに軽く手を振って、フィンは馬車の座席に戻った。向かいに座るエイデンが、じろりと睨む。

「聞こえてたぞ」

唸《うな》るように言われて、すみません、と謝る。

「リルが危ない時に、イチャイチャといい気なもんだな」

フィンもユエンもエイデンに振り回されているというのに、身勝手な物言いにムッとした。危なくなったら盾にしてやる。フィンは心の中でつぶやいた。

キウィストンの屋敷を訪ねると、この家の女中頭《がしら》だという艶っぽい女が現れて、

「生憎《あいにく》、主人は留守にしております。今夜は遅くなるかと」

と、答えた。

「ここに昼間、小柄な青年が現れなかったか。柔らかな金髪に、宝石のような緑の瞳をした、可愛くて美しい青年だ」

エイデンが性急に尋ねたが、今日この家には誰も訪れていない、という返事だった。

「ならば、キウィストンに話を聞こう。帰ってくるまで待たせてもらう」

いきなり押し掛けて勝手だが、エイデンは侯爵令息だし、フィンは領主の子息である。女中頭も嫌とは言えないようで、すぐさま応接室に通された。

「リルは、ここにいると思いますか」

二人きりになると、フィンは小さな声でエイデンに囁いた。

昼間、リルはキウィストンに話しかけられ、彼についていったという。しかし、その後の

足取りはわかっていない。

キウィストンは、容姿のいいリルを男娼にしようともくろんでいた。そのつもりで連れ去ったのなら、領主街の真ん中にあるこの屋敷に、いつまでも置いておくだろうか。

「それを今から確認するんだろうが」

エイデンは相変わらず、冷静ではなさそうだ。

愛する人が行方不明で、しかも貞操と命が危ぶまれている。落ち着いていられないのはわかるのだが、それでも軽率な行動は控えてほしい。

「確認て、何するつもりですか。大人しくしててくださいよ」

「できるか！」

エイデンが怒鳴り、部屋から出ようとする。家探しをしようと言うのだ。その時、先ほどの女中頭がお茶を運んできた。

「主人に連絡を取りましたので、もうすぐ戻って来るかと思います。それまでもうしばらくお待ちくださいませ」

そう言って、戸口に向かいかけたエイデンをちらりと一瞥《いちべつ》する。フィンがそれに追随した。

「ですって。エイデン様、ひとまず待ちましょう。待って、キウィストンから話を聞きましょう。ねっ」

その間に、ユエンたちが追いかけてきてくれるだろう。父に連絡すると言っていたから、コソコソしなくてもじきに、領主権限でこの家の中を探せるようになる。リルの捜索の名目で家探しをして、あわよくば裏賭博や阿片の証拠が摑めるかもしれない。でもこれが、リルが行方不明だというのに、そんなことまで考えてしまう自分は、薄情なのだろうか。リルではなくユエンだったら、きっと自分も落ち着きをなくしていた。

「エイデン様。せっかくお茶を淹れてくれたんですから、一服しませんか」

先ほどからしきりに貧乏ゆすりをする男に、フィンはお茶を勧める。

女中頭が運んできたお茶は、ぐつぐつ煮出したかのように真っ黒で見るからに渋そうだった。しかもとびきり熱そうだ。

その代わりと言ってはなんだが、冷たい牛乳とたっぷりの砂糖が添えてあり、これで味を誤魔化せということらしい。

エイデンの前にそれらを出すと、彼は「ふん」と鼻を鳴らした。牛乳と砂糖をお茶にドバドバ放り込み、仇《かたき》のようにスプーンでかき混ぜる。

「あの女中頭とかいう女、キウィストンの愛人だろうな」

エイデンはお茶をがぶりと飲んで、忌々《いまいま》しそうに言った。フィンも牛乳と砂糖を入れてお茶を飲んだが、やっぱり熱くて渋くて、さらに牛乳と砂糖を足した。

「どうしてわかるんです？」

「妙に艶っぽいし、手も荒れていない。爪も伸びて綺麗《きれい》に手入れされていた。家事なんかしてないだろう」

短い間に、よく見ている。エイデンは喉が渇いていたのか、牛乳でぬるくなった紅茶を一息に飲み干し、ティーポットから自分でお茶をカップに注ぎ直した。

「すごい。エイデン様は観察眼に優れていらっしゃいますね。私も女中にしては色っぽいなと思いましたけど、そこまで気づきませんでしたよ」

ご機嫌取りの意味もあって、フィンは大袈裟に褒めてみる。

エイデンは「ふん」と鼻を鳴らしたものの、まんざらでもなさそうだった。表情がドヤッている。

「茶も満足に淹れられないようだしな。それにしてもキウィストンは、街中に邸宅を構え愛人を囲って、ずいぶんと羽振りがいい。以前は次々と事業に手を出して借金をこしらえていたそうだが、その借金も近頃は順調に返済しているそうだ」

この二か月で、エイデンもかなり捜査を進めていたようだ。昼間、ユエンの部下から受けた報告を打ち明けようかと迷ったが、言わないでおいた。

敵地にいるということもあるし、ユエンとユエンの部下の苦労を、右から左に流すのは気が引ける。エイデンにはなんの義理もないどころか、余計な手間をかけられているし。

「するとやはり、エイデン様が追っている件が怪しいですね」

あれこれ考えて、それだけ言うにとどめておく。ヘラッと笑うフィンを、エイデンがティーカップ越しにじろりと睨んだ。

「お前、何か知ってるんじゃないのか」

ぎくりとしかけて、どうにか反応を押しとどめた。

「何かって、何ですか。俺はエイデン様みたいに、フラフラほっつき歩ける身分ではありませんから。まだ捜査は進んでませんよ」

「棘《とげ》がある言い方だな。お前にはあの側仕えがいるだろう。あいつがあれこれ動いてるんじゃないのか」

やっぱり鋭い。こういう勘の良さを、人への気遣いに充《あ》ててほしいところだ。

「それはもちろん、動いてもらっていますが。何かわかったらご報告しますよ」

昼の報告についてはとぼけていると、エイデンが強くフィンを睨んだ。

「信用ならんな。お前はリルを雇っていることも俺に黙っていた。リルに何かあったら……許さないからな」

まるでリルが見つからなかったのも誘拐されたのも、フィンのせいだと言いたげだ。いささかカチンときた。

「許さないからな、って仰られましてもね」

エイデンがリルを見つけられなかったのは、リルがエイデンに会いたくなかったからだ。それをこちらのせいにされても困る。しかしさて、その事実をここで告げて、エイデンは信じてくれるだろうか。

「そちらこそ、どこまで信じて良いのやら」

「なんだと」

「リルリル言ってますけど、前に俺を口説いたじゃないですか。愛人になれ、とか言って。俺を愛人にして、リルまで囲おうって魂胆ですか」

あの時、心の奥に秘めていたユエンへの感情を揶揄され、引っ掻き回された恨みは、忘れていない。

わざと挑発するように言うと、すぐさま「違う」と、焦ったような否定が返ってきた。

「勘違いするな。お前なんか何とも思っちゃいない。あの時はただ、お前の気持ちがどこにあるのか炙《あぶ》り出そうとしただけだ」

「へえ」

声音と視線に、懐疑の意味を込める。エイデンはむきになって、「本当だ」「お前なんか」と、繰り返した。

「ユエンとかいう、あの仮面男も何を考えているかわからんが、お前もヘラヘラして底が見えないからな。ま、意外と単純な男だということは、観察していてわかったが」

「生憎と生まれつき、素直で正直な性格なもので。申し訳ありませんねえ」

ユエンにも、すぐ顔に出ると言われている。面白くないので嫌味で返すと、エイデンも「はっ」と馬鹿にしたような笑い声を上げた。

「単純は正直とは違うだろ。だがそう、あの一件で、仮面男も意外と素直だというのはわかった。あいつこそ、意外と正直な男だな」

ニヤニヤと、こちらを挑発するように意地悪く笑う。何が言いたいのかわからない。

「意外でも何でもなくて、ユエンは正直だし素直ですよ。ちょっとわかりにくいだけで」

仮面男などと揶揄するが、執事たるもの感情を露わにしてはならないという、ジョナサンの教えを遵守しているだけだ。

フィンが言い返すと、エイデンはまた馬鹿にしたように鼻を鳴らした。

「鈍い男だな」

「そういうの、ブーメランて言うんですよ。ブーメランて知ってますか。武器の一つで、投げるとこう……エイデン様？」

せっかく言い負かしてやろうと思ったのに、エイデンは話の途中で急に席を立った。

「どうしたんですか」

尋ねてもエイデンは答えず、窓へと駆け寄る。

「おい。あれは、俺たちが乗って来た馬車じゃないか？」

言われてフィンが立ち上がった時、ちょうど窓の外に、チェリーゲイト家の馬車が門扉をくぐり、屋敷を出て行くのが見えた。

「え、なんで」

御者と一緒に、外に待たせていたはずだ。様子がおかしい。

「出よう」

エイデンは言うなり窓から離れ、部屋の反対側にある応接室の戸口へと向かった……ように見えた。

部屋の半分まで歩いたところで、エイデンががくりと膝をつく。

「エイデン様？」

フィンは何事が起こったのかと駆け寄ったが、エイデン本人もよくわかっていないようだった。

「目まいが。お前は……何とも」

ないのか、と聞こうとしたのだろう。しかし、顔を上げてこちらを見た途端、その目がぐるん、と裏返って白目になった。同時に身体が傾ぎ、ばったりと床に倒れる。

「エイデン様！」

叫んだ時、フィンにも変化が訪れた。頭が振り回されたような目まいを感じ、次に猛烈な眠気が襲ってくる。

「な……あ、紅茶」

視界にティーカップが映って、気がついた。お茶に薬が盛られていたのだ。

気づいたけれど、その時にはもう、意識を失っていた。


それから、どのくらいの時間が経ったのだろう。

フィンはリルの必死な声で目を覚ました。

「そろそろ起きてください。フィン様。フィン様」

一瞬、自分の部屋にいるのだと思った。いつもユエンが起こしにくるのに、どうしてリルなのだろうと、疑問に思う。

「フィン様。起きてください」

ユエンに任せておいたら、という気持ちで唸ったら、ペチペチ叩かれた。ガクガク揺さぶられもして、ようやくしっかり目が覚めた。

「リル！」

そうだ、リルがいなくなったのだ。今までの出来事すべてを思い出して目を開けると、そこにリル本人がいた。

「よかった、起きた」

リルはフィンが覚醒したのを見て、ホッとした声を上げた。周りが薄暗いので、よく表情が見えない。かろうじてリルだとわかるくらいだ。

「リルは無事だったんだね。ここは？」

埃《ほこり》とカビの臭いがする。頭の上にある高窓から明かりが差し込んでいるものの、その明かりも頼りない弱々しさで、部屋のすべてを照らすには至っていない。

「僕は無傷です。ここはたぶん、キウィヤード村だと思います。馬車で連れ去られた時、村に行くくらい時間がかかったので。ここは半地下になっていて、たぶん倉庫か何かじゃないでしょうか。キウィストンの屋敷にはそういう倉庫はなかったので、村長の屋敷ではないと思います。ここに連れられてきてしばらく経ってから、フィン様たちが連れてこられて」

利発なリルが、フィンの知りたいことを端的に説明してくれた。

「そういえば、エイデン様はどこだろう。薬で眠らされる前、僕と一緒に君を捜してたんだ。フィン様たちってことは、エイデン様も一緒に連れてこられたんだよね」

フィンが言うと、リルは不意に口をつぐんだ。

「はい。エイデン様もこの部屋にいます。フィン様より先に目を覚まして……今は、あちらにいらっしゃいます」

リルが指さした先を見る。リルとフィンから少し離れたところに、黒っぽい何かがうずくまっているのが見え、びっくりした。

「エイデン様？　え、なんでそんなに丸まってるんです」

もしや怪我でもしたのだろうか。フィンが慌てたところにリルが、

「あ、エイデン様もご無事で、無傷です」

と言った。それに呼応するように、影がもぞりと動く。ぐすっと鼻をすする音が聞こえた。

「え……泣いてる？」

フィンが寝坊している間に、何事が起こったのか。ドン引きしていると、「すみません」

というリルの苦笑交じりの声がした。

「今は少し、落ち込まれてるみたいです。その……フィン様が寝ている間に僕たち、いろいろ話し合ってたんです」

それを聞いて、またもや思い出した。エイデンからリルを匿っていた。

つまり、エイデンとリルは拉致《らち》されたこの場で、初めて再会を果たしたのだ。

約三年ぶりの再々会。もしや……と二人の会話を想像し、フィンは恐る恐るリルに確認した。

「ちなみに、エイデン様に何を話したのかって、聞いてもいいかな」

リルはわずかにためらう素振りを見せたが、すぐに教えてくれた。

「フィン様たちに打ち明けていたとおりのことを、そのままお伝えしただけです。エイデン様に再会することが、つらい人生を乗り越えるための心の支えでした。でも、いざ再会したら、エイデン様はちっとも僕に気づいてくれなくて」

「だ、だからあの時はっ。痩せて顔つきも変わってたし、髪の色も、子供のときより薄くな

ってて」

うずくまってメソメソしていたエイデンが、不意に起き上がってわめいた。

「ええ。ですから別に、エイデン様に怒っているわけではありません。気づかれなかったのも、仕方がないと思います。でもあの時、ああその程度だったのかなって思ってしまって」

「その程度なんて、そんなわけない」

「もういいかな、って思ったんです。急速に気持ちが萎《な》えたっていうか」

必死で訴えるエイデンと、あくまで冷静なリルとの温度差がすごい。

「リル、リル。頼む。もう一度。もう一度だけ、再会をやり直させてくれ……」

「いえ、遠慮致します。チェリーゲイト家のお屋敷では、皆さんよくしてくださいますし、仕事も楽しいです。誰かさんから隠れる必要がなければ、もっと伸び伸び働けるでしょう。お金を貯めて、将来は領主街でお店を出すのもいいかもしれないな、なんて今は考えてるんですよ」

「そ、それはいい考えだけれども」

エイデンがいくら縋っても、リルは取りつく島もないようだった。

過去の恋など振り切って、明るく将来の展望を語るのを聞いて、エイデンはまたぐすぐすと泣き始めた。

「こんな調子なので、二人きりだと気まずくて。フィン様に起きていただいたんです」

フィンが叩き起こされたのは、そんな理由からだったらしい。

その頃にはフィンも、薄暗がりに目が慣れてきていたので、エイデンが部屋の隅で膝を抱える姿が見え、気の毒になった。

「ま、まあ。個人的な話はまた、家に帰ってからにしようか。今はここから逃げないとね」

自分たちは、拉致されていたのである。キウィストンがどういうつもりで貴族令息二人の身柄を攫《さら》ったのかわからないが、このままここにいたら、無事ではすまないだろう。

「そういえば、リル。君はどうしてキウィストンに捕まったんだ？　お使い帰りに、あいつに話しかけられて、ついていったらしいけど」

目撃者の話があったと言うとリルは、そうなんです、と誘拐されるまでの顛末《てんまつ》を話してくれた。

帰りの馬車を待っていた時、リルはキウィストンに声をかけられ、パーティーの時と同様に「もう一度うちで働かないか」と、しつこく迫られた。

「僕、エイデン様がキウィストンの周りを探っているのを、知っていたんです。街でも、村長と一緒にいるところをたまに見かけましたし。王宮の誰かと頻繁に手紙のやり取りをしてるって、他の使用人も言っていて、何か調べるために王都からやってきたんだろうなって思ったんです」

「よく気づいたね」

さすが主人公は利発だな、と感心したのだが、

「いえ、街ではわりと噂になってましたよ。王都から来たえらい貴族様が、何か嗅《か》ぎまわってるって。大っぴらに捜査されてるみたいでしたし、キウィストンにも気づかれていたんじゃないでしょうか」

リルに言われて、思わずエイデンを見てしまった。エイデンの肩がびくっと揺れる。

「お、俺はそんな……秘密裏に動いていたつもりだ」

「街で飲み食いする時、王宮の親衛隊宛てに領収書を切っていたそうですから。それは噂も立ちます」

「ええ……何やってるんですか、エイデン様」

「あ、あれは。この街で結構、出費がかさんだから。自腹だと厳しくて」

「そういうわけで、エイデン様がキウィストンの周辺を探るために居座ってるのは、わかっていました。エイデン様が帰ってくれないと、僕も満足にお屋敷の仕事ができません。それで、いっそキウィストンの懐《ふところ》に飛び込んだらどうかって、考えたんです。何か証拠を摑んでやろうって」

リルの話に、フィンはちょっと呆れた。

以前ユエンが、リルを男娼として潜入させてみたらどうかと言っていた。あれを自ら実践してしまったのだ。勇敢なのか無謀なのかわからない。

「だからって、こんな危険な真似をしたらだめだよ。みんな心配したんだからね」

フィンがきつく叱ると、リルはしゅんと肩を落とした。

「すみません」

「とにかく、無事でよかった。問題は、どうやってここから出るか、だけど」

背伸びをして、高窓の外を覗いてみる。もうすっかり夜も更けていたが、雑草の向こうにもう一つ、建物が建っているのが見えた。

さらにその周りには松明《たいまつ》が何本も立てられ、煌々《こうこう》とあたりを照らしている。

「あれが母屋《おもや》だと思います。何人か剣を持った男たちがいて、この辺りを巡回してるんです」

リルが隣に立って、説明してくれた。すると、部屋の隅で泣いていたエイデンもゴソゴソと近くに移動してきた。

「この小屋には、外から鍵が掛かっている。もし鍵を壊して出られたとしても、外の男たちに見つからずに逃げるのは至難の業だ。お前、ここがどこか見当はつくか。リルは、キウィヤード村ではないかと言うんだが」

「たぶん、そうだと思います。村の中にあるキウィストンの別宅かと」

フィンはこの際だからと、ユエンの部下から聞いた違法賭博場らしき建物の話を、エイデンたちに打ち明けた。

「高窓から見える建物は、うちの別荘の造りに似ています。部下たちの報告とも合致する。

ここはキウィストンの裏賭博場でしょう」

「なんだ、そこまで突き止めていたくせに、黙っていたのか。本当に信用ならん奴だな」

エイデンがえらそうな調子に戻ってきたので、鼻水垂れてますよ、と指摘したくなった。

しかし、またメソメソされるのも面倒だし鬱陶《うっとう》しい。無視することにした。

「助けを待ちましょう。チェリーゲイト家の人間は、僕らが領主街のキウィストンの家を訪ねたことを知っています。そこにいないとなれば、ここまで捜しに来てくれるでしょう」

領主街の屋敷にいなかったら、キウィヤード村に行く。家を飛び出す前に、ユエンとそう話した。

ユエンならば、他にも可能性のある場所に人を向かわせつつ、もっとも怪しいこのキウィヤード村へ救出の手を伸ばしてくれるはずだ。

「だがそれも、いつになることやら。俺たちがここに連れてこられて、すでにずいぶんな時間になるそうだぞ」

「えっと、僕がこの小屋に入れられる時、ちょうど日没でした。建物の見張りがだいたい、二時間おきに交替するようなのですが、それらと僕の体感とを合わせても、日没から十時間くらい経っていると思われます」

エイデンのえらそうな言葉を、リルが具体的に補足してくれた。俺様攻様は役に立たないが、主人公は優秀だ。

「エイデン様が領主街のキウィストン邸に突撃したのも、日没くらいでしたね」

フィンたちが拉致されてから、十時間近く経っているということだ。ずいぶん長いこと、眠っていたらしい。

「領主街からキウィヤード村までは馬車で七、八時間ですかね。騎乗馬ならもう少し速い。だとすればそろそろ、助けが来る頃じゃないでしょうか」

「すぐに助けが来るとは限らないぞ。それに、俺たちを生かすにしろ殺すにしろ、キウィストンはこのまま俺たちを閉じ込めてはおかないだろう。何かしら、向こうから動きがあるはずだ。次にこの小屋の扉が開いた時、俺が敵を引き受ける。お前たちはその隙に逃げろ」

「そんな、武器もないのに無茶ですよ」

フィンは思わず言い、リルも「そうです、危険です」と、声を上げた。

そんなリルの心配に気を良くしたのか、エイデンが「フッ」と笑う。

「大丈夫だ。これでもいくらか腕に覚えがある。お前たちを逃がす間の時間稼ぎくらいはできるはずだ」

「でも、そんなことをしたら、エイデン様が」

真剣な声を上げたのはリルだ。エイデンはますます嬉しくなったようだ。

「……フッ。心配するな、リル。お前のことは、俺が命に代えても守ってやる」

「エイデン様……」

リルは素直に感情を揺さぶられたようだが、フィンは内心で「やめてくれ」と思っていた。確かにエイデンは、小説でもかなり腕が立つ設定だった。とはいえ武器もなく、武装した敵の数がどれほどかもわからない。

下手に抵抗して侯爵令息に命を落とされたりしたら、咎めを受けるのはチェリーゲイト家なのだ。リルにいいところを見せようとしないで、大人しくしていてほしい。

しかし、ここでそれを口にしても、エイデンは聞き入れてはくれないだろう。敵が様子を見に来るより早く、ユエンが救出に現れるのを待つしかない。

「小屋の中に、武器になるものがないか、探してみよう」

「あの、エイデン様。それなら俺も一緒に戦います。エイデン様だけを残して逃げるわけにはいきません」

すっかり立ち直って調子に乗り始めたエイデンに、リルまで余計なことを言い出した。

「駄目だ、リル。お前にそんな危険な真似はさせられない。お前に何かあったら、俺は……」

「エイデン様」

「……っ。すまない、リル。俺があの時、お前に気づいていれば、こんなことにはならなかったのに。すべて俺のせいだ。すまない！」

「や、やめてください、エイデン様。土下座なんて」

「リル。俺は誓って、お前のことを忘れたことはない。お前に再会することを心の拠《よ》り所にしてきた。そのつもりだったのに……自分の不甲斐《ふがい》なさに反吐《へど》が出る……っ」

何だか知らないが、盛り上がってきた。

（大人しくしていてくれないかなあ）

フィンはため息をつきながら、敵が小屋の様子を見に来るよりも早く、ユエンが助けに来てくれるよう祈っていた。

しかし、どうやらその祈りは、異世界の神には通じなかったようだ。


複数の男たちが小屋に現れたのは、まったく突然のことだった。

その時まだ、エイデンとリルは二人で盛り上がっていて、フィンはそれを横目で見ながら欠伸《あくび》を噛み殺したりしていた。

「くしゅん」

「可愛いくしゃみだな。リル、これを羽織っていろ」

「でも、それではエイデン様が風邪《かぜ》を引いてしまいます」

「それなら、ほら。……二人一緒に羽織れば、問題ないだろう」

「……あっ。……はい。あの、暖かい……です」

「フッ」

（お腹空いたなあ）

フィンが空腹に気づき、何気なく高窓を覗いた時、複数の男の足が、小屋に近づいてくるのが見えた。

「人が来ます」

慌てて二人に囁いたのだが、二人は独自の世界を作っていたところで、反応が遅れた。

フィンが身構える間もなく、小屋の扉が乱暴に開かれる。先頭の男が持っていたランプを掲げた。不意にもたらされた光に、フィンは眩《まぶ》しくて顔をそむける。

「どっちだ？」

「金髪の方だ」

「奥の、黒髪のチビも連れてけよ。こいつも客の相手ができそうじゃないか」

話しながら、小屋に入ってくる。男たちの数はぜんぶで三人。

ランプを持つ男は腰に剣を差しており、あとの二人は丸腰だったが、体格がよくて屈強そうに見えた。

リルとフィンに客の相手、つまり男娼の真似をさせようとしている。やはり睨んだとおり、先にある建物が裏の賭博場兼、売春宿なのだろう。

「立て。そっちの男は、妙な真似をするんじゃねえぞ」

ランプの男が言い、片方の手ですらりと腰の剣を抜いてエイデンに突き付けた。残りの二人はそれぞれ、リルとフィンに向かっていた。

咄嗟にどう動くべきか、フィンは迷った。そのわずかな逡巡《しゅんじゅん》の間に、エイデンが動いた。自身に突き付けられた剣をかわし、ランプの男のみぞおちに拳を叩き込む。

男はウッと呻《うめ》いてうずくまり、エイデンはその後頭部を殴りつけて気絶させた。

他の男たちが振り返って「あっ」「てめえ」と声を上げる頃には、床に落ちたランプ男の剣を拾い、リルの腕を掴もうとする男に斬りかかっていた。

腕を斬りつけられた男が、喚《わめ》いて床に転がる。エイデンはその男の足に剣先を突きたて、足を封じた。

フィンに向かっていた男が踵を返してエイデンに挑みかかったが、こちらは剣ではなく拳を顔面に叩きつけてKOする。自分で言うだけあって、思った以上に強い。

強いのだが、ヒーロー・ムーヴが雑というか、ザルだった。

「逃げろ！」

エイデンはフィンに向かって叫ぶと、リルの腕を掴んで小屋の外へと走り出す。

その頃には、ランプ男が落としたランプの火が床板に燃え移り、その辺の木材だとか藁《わら》だとかに燃え広がっているところだった。

「逃げろ、って言われましてもね」

床を舐《な》める炎をまたぎ、フィンも慌てて小屋から逃げ出す。こんな目立つやり方で逃げたら、すぐ追手に見つかってしまうではないか。

案の定、手に手を取って逃げるエイデンとリルを指さし、建物の周りにいた警備兵が「逃げたぞ」と、大声を上げている。

それを聞いた他の警備兵たちが集まってきて、エイデンは彼らを斬り伏せては遠くへ逃げていた。

リルと逃げるのに必死で、フィンのことなど忘れているようである。

ひどい、と言いたいところだが、ちょうどよかった。フィンは身を屈め、火事と松明の光を避けながら、コソコソと木の陰に移動した。

エイデンたちが逃げていくのと反対の方向へ、ひとまず進む。

二人のことも心配だが、まずは自分の命を大事にしたい。それに時間を稼いでいれば、絶対にユエンが助けに来てくれると信じていた。

「火事だ！」

「早く消せ！」

小屋についたランプの火は、瞬く間に燃え広がったようだ。逃げてきた方角が炎で明るくなり、あちこちから怒声が上がり始めた。

「二人を捕まえたぞ！」

遠くから声が聞こえた。エイデンとリルは、捕まってしまったらしい。

「あともう一人いるはずだ。捜せ！」

続く声にひやりとし、慌てて逃げる。しかし、向かう方向から突如、声が上がった。

「いたぞ、こっちだ！」

すぐ間近だった。そちらにも警備がいたらしい。フィンは慌てて踵を返し、元来た方角を戻った。

燃えさかる小屋の前に、捕まったエイデンとリルがいる。

二人は縄で拘束されていた。ついでに、負傷したランプ男たちもいた。小屋から無事に逃げ出たようだ。

よかった、とは言えない。エイデンは怒った彼らに殴られている。同じように殴られかけたリルを身体を張って庇《かば》うので、ボコボコのフルボッコにされていた。

と、ランプ男たちが、逃げてくるフィンの姿に気づいてしまった。

「あっ、いたぞ！　黒髪のチビだ！」

背後を振り返ると、そちらにいた警備兵がすぐ間近に迫っていた。もう急ぐ必要もないというふうに、ニヤニヤ笑いながら歩いてくる。

もう逃げられないか。それでも、どうやってこの後を切り抜けようか頭を巡らせていた時だった。

「――様、フィン様！」

遠くで微かに、待ち望んでいた声が聞こえた気がした。

「フィン様！」

今度は確かに聞こえた。フィンは何を考えるまでもなく、ありったけの声を張り上げ、彼を呼んでいた。

「ユエン！　ユエン！　ここだ！」

裏手だ、というユエンの声がした。

フィンを含め、その場の誰もが火事に気を取られていたが、建物の向こう側が何やら騒がしかった。大勢の人の声と、馬のいななきが聞こえる。

その場に困惑が広がるより早く、騎馬兵数名と銃剣を携えた歩兵数十名が、建物の向こうから雪崩《なだれ》込んできた。

騎馬兵の先頭に、ユエンの姿があった。

他の騎馬兵や歩兵がみな制服を着ているのに対し、ユエンだけがいつもの三つ揃えなので目立っている。しかし、兵士たちはユエンに従っているようだ。

「フィン様！」

険しい顔で現れたユエンは、フィンの顔を見るなり愁眉《しゅうび》を開いた。馬の手綱《たづな》を取り直し、フィンとフィンを拘束しようとする男の間に馬を割り込ませる。

そうして馬上から下りると、何も言わずに男の顔面を殴りつけた。

びっくりするフィンをよそに、制服の兵士たちが次々に敵を倒し、あるいは捕縛していく。

縄で拘束されたエイデンとリルは、兵士たちに保護されていた。

ものの数分のうちに、その場は完全に制圧されていた。

「フィン様、ご無事で。お怪我はありませんか」

主人に害をなすものがいなくなったのを確認し、ユエンはフィンに向き直った。

「うん、大丈夫。僕はどこも怪我してないよ」

エイデンはボコられ、顔が腫《は》れあがっていたが、リルは無傷のようだ。

フィンはユエンの背後にいる彼らを見たが、ユエンはフィンのことしか見ていないようだった。

「よかった」

心底ホッとした顔をしたかと思うと、フィンを抱き締めていた。

「本当によかった。遅くなって申し訳ありません」

ユエンの匂いと温もりに包まれ、フィンの身体の力が抜ける。フィンも思わず、ユエンにしがみついていた。

「ううん。絶対に助けに来てくれるって、信じてた」

腕の力が強くなった。ずっとこうして、抱き合っていたい。うっとりしかけたけれど、ここはまだ敵地だった。

「隊長。屋敷内も制圧が完了しました」

建物の向こう側、恐らくは玄関の方角から、新たな兵士たちが現れた。

フィンを抱き締めていたユエンが、チッと舌打ちしたので驚く。そんなフィンを見て、ユエンは「失礼しました」と、つぶやいた。

渋々、というように抱擁を解き、兵士たちに向き直る。

「キウィストンたちを、こちらに連れて参りました」

兵士がかしこまって言うのに、ユエンは「通せ」と、短く命じる。

隊長というのは、どうやらユエンのことらしい。いつの間に、何隊を結成したのだろう。

フィンの疑問をよそに、間もなく縄に掛けられたキウィストンが連れてこられた。

彼の仲間なのか、同じく縄を掛けられた数名の男たちも一緒だ。

「お前……ユエン」

キウィストンも、その場を制圧した兵士たちの長がユエンだったとは、知らなかったようだ。ユエンを見て驚き、やがて憎々しげに顔を歪ませわめいた。

「貴様……孤児を育ててやったのに、この恩知らずめ！　さっさと縄を解け！」

キウィストンがユエンを育てた事実はないが、今ツッコむところではないだろう。

ユエンも無視し、三つ揃えの背広の内ポケットから何やら書状を取り出し、広げた。

「違法賭博、違法売春、麻薬所持と使用、および貴族令息の誘拐と暴行の罪で、この場にいる全員を逮捕する」

キウィストンは神経質な笑い声を立てた。

「子爵領の、領警察ごときが何をえらそうに。ここにはチェリーゲイトなど足元にも及ばない、高位の貴族の方々がいらっしゃるんだぞ。不敬を働いて、お前のほうこそ逮捕されるがいい」

キウィストンの言葉は、あながち虚勢ではなかった。

本人はともかく、身分の高い客たちがこの場にいるのなら、子爵領の警察に逮捕されても、後でうやむやになるだろう。

逆に名誉棄損だとか不敬罪だとかで、領主やその配下の領警察が罪に問われる可能性もある。しかし、そんなことがわからないユエンでもないはずだ。何か策があるのだろう。フィンは黙って成り行きを見守った。

拘束され、地面に膝をつくキウィストンを見下ろし、ユエンは口元に余裕の笑みを浮かべる。

「キウィストン、逮捕令状の読み上げは最後まで聞くように。この書状は連名だ。一人はスマルベレン領主、マシュー・チェリーゲイト。もう一人は司法省治安維持隊長官、エズラ・ボールドウィン」

「ボ、ボールドウィン……侯爵家のっ？　なぜお前が……」

その名を聞いた途端、キウィストンが色をなくし、エイデンもハッとした様子で顔を上げた。

フィンも驚いている。エズラとは、ボールドウィン家の嫡男の名だ。いつから彼とユエンが繋がっていた？　まったく経緯がわからない。

ユエンだけが一人微笑みをたたえて、懐から真鍮《しんちゅう》製とおぼしき印章のようなものを取り出し、前に掲げた。

「なお、一連の逮捕は私、司法省治安維持隊スマルベレン分隊隊長、ユエン・アーモンドに任されている。これは地方分隊隊長の証《あかし》だ」

いや、アーモンドって誰だ。地方分隊の隊長もそうだが、いつの間にアーモンドになったのだ。混乱することばかりだ。

キウィストンは蒼白になって黙り込み、代わりにエイデンが声を上げた。

「ボールドウィン……。そうだ、思い出したぞ。その髪と瞳の色。お前、ボールドウィンの縁《ゆかり》の者か」

ユエンはそれに、にっこり笑って答える。

「ええ。治安維持隊長官、エズラ・ボールドウィンは私の異母兄です」

エイデンが忌々しげに「クソッ」と悪態をついたが、その意味もわからなかった。

（後でぜんぶ、説明してくれるんだろうな？）

フィンは、そんな思いを込めて相手を睨む。

フィンの心中を察したのか、ユエンも小さくうなずいた。それから表情を引き締め、部下たちへ命じる。

「これにて制圧作戦を完了する。捕縛者を輸送馬車へ」

鋭い声に、兵士たちは速やかに動いてキウィストンたちを連行した。

救出劇と大捕り物は、一人の死者も出さずに完了した。

八

フィンとユエン、それにエイデンとリルの四人は、現場となったキウィストン別宅の隣に移動し、チェリーゲイト家の別荘で身体を休めた後、家の馬車に乗って領主街に戻った。

屋敷では父が、今か今かと息子の帰りを待ちわびていて、「心配したよお」と、泣かれた。あんまりメソメソ泣くので、恋人のシンシアを呼び寄せ、父のメンタルケアを担当してもらった。もうそのまま結婚すればいいのに、と思う。

エイデンはチェリーゲイト家で一泊した後、ホテルの部屋が空いたとかで、そちらに移動していった。

図々しく二か月も居座っていたくせに、なぜ今さらホテルに移動するのかわからない。

「気まずいのではないですか」

ユエンが言っていた。

「ボールドウィン家とハワード家は古い侯爵家同士、いろいろ因縁があるようです。そんなボールドウィン家縁の私に手柄を取られてしまったので、気まずいのでしょう」

そういうものなのか。ボールドウィン家とハワード家が因縁の相手というのも、知らなかった。わからないことだらけだ。

リルもチェリーゲイト家に戻り、従業員棟の自分の部屋で一日ゆっくり養生すると、もう次の日から元気に働き始めた。

誘拐なんて大変な思いをしたのだから、ゆっくりしていていいと言ったのだが、身体を動かしていたほうが落ち着くのだそうだ。

エイデンから身を隠す必要もなくなったので、屋敷で伸び伸び働いていた。

フィンはといえば、帰宅してから三日間、ユエンにベッドに押し込められていた。

成人パーティーの準備からこっち、ゆっくりする間もなかったせいか、ちょっとばかり体調を崩してしまったのだ。

大したことはないと言うのに、ユエンは怖い顔で「駄目です」と取り合ってくれない。

「熱があるじゃないですか。精神的にも身体的にも疲れが出ているんです。せっかく破滅の運命から脱したというのに、身体を壊しては元も子もないでしょう」

父もジョナサンも、そうだ休むべきだ、とやいのやいの言うので、仕方なくベッドでゴロゴロしている。

しかし、そんな小言を言うユエンは、フィンが伏せっている三日の間、忙しく動き回っていたのだった。

キウィストンたちを王都に移送したり、事後処理などに手を取られていたらしい。

ユエンこそ疲れているのではないかと心配したが、「鍛え方が違いますから」と返された。

三日休んですっかり元気になり、四日目、ベッドから出る許可はもらったが、まだ仕事はさせてもらえずにいる。

「今日こそ、ちゃんと話してもらうからな」

四日目の午後、チェリーゲイト家の庭先でお茶を淹れるユエンに、たまりかねてフィンは言った。

もうあれから四日も経つのに、まだ何も教えてもらっていない。

「そのお茶、二人分淹れて。ここに座って。お茶を飲みながら、キリキリ白状しろ」

フィンは自分が座るティーテーブルの向かいの席を指さし、横柄に命じた。

ユエンは苦笑しつつ、近くにいた使用人にもう一つ、カップを持ってこさせる。カップが揃うと人払いをし、お茶を淹れて自分もフィンの向かいに座った。

「あれこれ秘密にしていて、申し訳ありません」

「ほんとだよ。ひどいよ」

ユエンがアーモンド姓を名乗っていたのも、初耳だった。大事なことを打ち明けられていないようで、寂しい。

「釈明させていただくと、あれこれ出揃ったのが、つい最近だったのです。まとめてご報告するつもりでした」

なだめるように言うから、「じゃあして。今すぐ報告して」と返した。

「まず一つ目。エズラ・ボールドウィンのこと。いつから繋がってた？」

お茶を飲んでいたユエンはそこで、言葉を探すように小首を傾げた。

「繋がっている、というのは正しくありません。エズラと交渉したんです」

「いつ？」

「成人パーティーの前、あなたから私の出自を教えていただきました。あの直後、王都にいる部下を通じて、エズラに接触を図りました。すべて書状でのやり取りなので、今もって異母兄の顔も存じませんが」

ユエンはまずエズラに、私はあなたの従弟《いとこ》であり、異母弟ですと名乗ったそうだ。それが真実であることを示す、指輪の存在も提示した。

「四十近いエズラ夫婦には、いまだに子供がいないそうですから、異母弟の存在は脅威でしょうね。後継者問題になりかねない。向こうもそれをまず心配すると思ったので、取引きを申し出たのです」

スマルベレンで起こっている、違法賭博や阿片の問題に一度だけ手を貸してくれるなら、ボールドウィン家にまつわる相続を一切放棄する旨、正式な書状に署名する。

「ボールドウィンは代々、国の司法に関わってきた家です。エズラが治安維持隊の長官であることは聞いていたので、これを利用しようと考えました。私の私兵に、治安維持隊の地方スマルベレン分隊という肩書を与え、私をその隊長に任命してほしいと頼んだのです」

「なるほど。……って、いや待って。私兵って何？　私兵なんて持ってたの？」

「ほんの少数です。私兵というか、スマルベレンにいる、地回りのヤクザをまとめたくらいのものです」

「え、ヤクザ？　君がヤクザの頭領ってこと？」

「違います。それはさておき」

置くなよ、と言いたいが、それも後で説明してくれるのだろう。次から次に新情報が出てくるので、頭が追い付かない。

「王都の阿片問題は、エズラの治安維持隊でも追っていました。ちなみに、治安維持隊とエイデン様が所属する特別捜査局は、競合相手でもあります。代々、ボールドウィン家縁の者が治安維持隊長官に任命されるのに対し、ハワード家の者が特別捜査局を任されるのが習わしなのだそうで」

「それも国家機密なんだろ。何でも探っちゃうんだな、君んところは」

ユエンがハイスペックすぎて、もう呆れ気味にそう言うしかない。

「だからエイデンは、大捕り物のあの時、クソッとか言ってたのか。自分が追いかけていた事件なのに、競合相手のボールドウィン家に出し抜かれたんだものね」

「そのとおりです」

「で、君は事前にそのことも、エズラとの取引きの材料にしていたわけだ。因縁の相手、ハワード家の手柄をかすめ取って、あんたの手柄にしてやんよ、って？」

「そういう物言いはしませんでしたが、内容は合ってます。フィン様は勘がいいですね」

「嫌味か」

ぼやいたが、これでエズラとの繋がりは、大体わかった。

家督の継承を放棄する代わりに、ユエンを地方分隊の隊長に任命する。国家の司法省に所属する治安維持隊は、領主直轄の領警察と同等か、それ以上の権限を持つ。

子爵位のチェリーゲイトが裁けない上級貴族相手にも、権威が通用する。

今回の問題を見越して、ユエンはこの権限を手に入れたわけだ。

他方、エズラ・ボールドウィンにとっても、これは美味《おい》しい取引きだった。

王都でも、チェリーゲイト子爵令息の側近は優秀だと評判だ。その側近が誰あろう、ボールドウィン当主の落胤《らくいん》だった。

子供のいない異母兄としては、脅威に思ったはずだ。

けれど、少しばかり自分の職権を使うだけで、その優秀な異母弟を家督問題から排除できる。おまけにうまくすれば、その異母弟が大きな手柄をもたらしてくれるかもしれない。

果たしてエズラは、ユエンを隊長に任命し、印章を与えた。

「ちょうどあなたが拉致されたあの日に、王都から印章が届いていたんです。もっとも印章がなくとも、地方部隊を組織して、後で辻褄《つじつま》を合わせるつもりでしたが」

あの日、エイデンと共にキウィストンの屋敷へ出かけたフィンを、ユエンもすぐに追いかけた。

だが到着してみれば、エイデンもフィンもすでに帰宅した後だと言う。チェリーゲイト家の馬車もなかった。

すぐさま周りに聞き込みを行い、エイデンとフィンが拉致されたと判断したユエンは、フィンの父にわけを話し、地方分隊隊長の身分も明かして、逮捕状を書かせた。

そうして地方分隊の肩書を得たユエンの私兵と、父が派遣した領警察とを従え、キウィヤード村へ向かったわけだ。

あの日、キウィストンがリルを連れ去ったのは、やはり男娼として利用するためだったそうだ。

身寄りのない一介の使用人だと思っていたのに、エイデンとフィンがいきなり乗り込んできて慌てた。

そうでなくてもこの二か月、エイデンが賭博場のことで嗅ぎ回っていて、キウィストンは焦燥を募らせていたのだ。

フィンたちを薬で眠らせ、キウィヤード村へ拉致したのは、そうした焦りによるものだった。無計画で、拉致した後にどうするのかは考えていなかったと、領警察の聴取で自白した。

その後すぐ、王都へ移送されたので、キウィストンが今どうなっているのかわからない。

彼もその配下も、そして違法賭博場にいた客たちも、みんな王都で裁かれる予定だ。

「あなたを脅《おびや》かす賭博場と阿片の問題も、私の出自の問題も、同時に解決できました」

「君のおかげで、僕は助かったけど。でもその代わりに、君は侯爵家を相続できなくなっちゃったじゃないか」

小説では、ユエンはボールドウィン侯爵になるはずだったのに。地方分隊隊長という肩書を得るために、それを放棄させてしまった。

「王宮の法務局に、家督を放棄する旨、正式な書類を提出しました。エズラがそのことを、父のボールドウィン卿に報告しているかどうかはわかりませんが。まあ、していないでしょうね。相続関係の書類は当事者が問い合わせない限り、法務局が通知することはあり得ませんから、そうなると当分、ボールドウィン卿がこの件を知ることはないはずです」

「だから……」

「だからこそ、ですよ。私はボールドウィン家になんか入りたくありませんでした。どうにかしなくては、と考えていたんです。近い将来、エズラが死去するという話を聞いて、利用させてもらうことにしました」

フィンの言葉を遮って言い、ユエンはにっこり微笑んだ。

「将来エズラが亡くなった時、私の存在が明らかになっても、私はボールドウィン家を継ぐことはできません。家督放棄の書類を出してしまったんですから。すべてを知ったら、ボールドウィン卿は大いに落胆するでしょうね」

　フィンから未来を聞き、先回りをして、家督相続を回避したというのだ。フィンは上目遣いにユエンを窺った。

「それで、いいの？」

「そんな顔をしないでください。あなたのためでなく、私が望んだことですよ。一生あなたのそばにいたいのだと、改めて言いましょうか」

　優しい微笑みに胸を突かれて、フィンはぐっと息を止めた。溢れてくる何かを誤魔化すために、お茶を飲む。

　潤んだ目を乾かそうと、何度も瞬きした。ユエンは小さく笑いを漏らす。

「あなたと出会って、一生あなたのそばにいようと思った。そのためなら何でもすると、心に誓いました。あの時はただの忠誠心からでしたが」

　ユエンはお茶を一口飲んで、カップを置いた。それからフィンを真っすぐ見つめる。

「あなたといるうちに、やがて忠誠に友情、家族愛が加わりました。本当の家族のようにあなたを愛している、そう思っていた。でもあなたが成長するうちに、その気持ちも変わっていきました。友情や家族愛では足りない。あなたのすべてが欲しいと思うようになった。心も、身体も」

　最後の言葉に、どきりとした。短い単語がひどく淫靡《いんび》に聞こえて、涙も引っ込んだ。

フィンもカップを置き、おずおずと相手を見る。ユエンが微笑んでいた。

でもその瞳は、フィンを強く捉えている。怖気《おじけ》づいて目をそらすと、手が伸びてきて手を握られた。

「……あっ、えっ」

「もう、口に出してもいい頃だと思うので告白します。あなたを愛しています。恋愛という意味で」

フィンは慌てた。事務的な話をしていたはずなのに。

「きゅ、急に」

おたおたして、手を引っ込めようとした。大きな手がフィンの手を強く握り込み、それを許してくれない。

「急ではありません。あなただって気づいていたはずだ。あなたと私は同じ気持ちだと思っていますが、違いますか」

「え、いや、あの」

「違いますか」

鋭い瞳で見据えられ、強い語調で迫られた。フィンは弱々しく「違いません」と、答えるしかなかった。

一度口にして認めてしまうと、力が抜けた。焦りに変わって、恨めしい気持ちが込み上げてくる。

「ず、ずるいよ。こんなふうに言わせるの」

フィンは相手を睨んだが、ユエンは嬉しそうに笑うばかりだ。

「こうでもしないと、あなたは口にしないでしょう」

「こっちの気持ちも知らないで」

さらに恨み言を言うと、「知ってましたよ」と、返された。

「知っていました。あなたがいつも、私のことを考えてくれているのを。私のために、自分の感情さえ隠していた。私はそういうあなたが、いじらしくて愛《いと》おしくてたまらないんです」

握られた手が熱い。それと同じくらい、ユエンの声音も熱を帯びていた。

フィンは激しい感情が湧き上がるのを、必死に抑える。少しでも気を緩めると、人目もはばからず泣き出してしまいそうだった。

「僕のこと……ほんとに？」

声が震えた。信じられなかったのだ。

何度かユエンに口説くようなことを言われたけれど、冗談だろうと思っていた。本気にしてはいけないと、常に自分を戒めていた。

自分の気持ちを認めて、相手に同じ気持ちを期待するのが怖かった。

理由はいくつもある。一番の理由は、悪役令息が愛されるわけがないと、心のどこかで思っていたからだ。

「ここが庭先で良かったですね」

ユエンが不意に言った。目を細め、笑いの形に口の端を引き上げるけれど、その笑いはいつもの彼とは違う、どう猛さを孕《はら》んでいた。

「密室だったら、あなたを押し倒して欲望をねじ込んでいるところでした」

「な……」

顔が熱い。ユエンがこんなことを言うなんて。

「私がこんなことを言うなんて、信じられませんか」

フィンの内心をそっくり読んだように、ユエンは言った。

「私はもう何年もずっと、頭の中でこんなことばかり考えていましたよ。表に出さないだけで」

「うっ、裏表、ありすぎ」

そろそろ手を離してほしい。人払いはしているが、いつ使用人に見られないともかぎらないのに。

試しに手を引いてみたけれど、やっぱりユエンは離してくれなかった。それどころか、そんなフィンをからかうように、指の先でフィンの手のひらをくすぐった。

「ちょっと」

「裏表はあるし、腹黒です。あなたに言わずにあれこれ画策していましたし」

「自分で言うなよ。そうだ、アーモンドって誰だよ」

もう一つ、聞いていないことを思い出した。ユエンはアーモンド姓を名乗っていた。フィンが知る限り、ユエンはただのユエンで、苗字《みょうじ》を持っていなかったのに。

「私の姓です。金で買いました」

ユエンは言い、ニコッと胡散臭いくらいさわやかな笑顔を見せた。

「これもつい先日、書類が揃ったのですが。私は先週から、ユエン・アーモンド男爵になりました。あなたと同じ、貴族です」

「男爵……？」

「領地も俸禄もない、名ばかりで成り上がりの爵位ですが」

金で買える爵位を買ったというのだ。名ばかりでも貴族は貴族である。

「い、いつの間に」

「ですから、先週」

しれっと言う。本当に食えない腹黒だ。

「画策をはじめたのは、成人を迎えた辺りでしょうか。貯めた給料で投機を始めて、そこでひと財産できました。自由になるまとまった金がほしかったからですが、思った以上に儲かったので、爵位を買うのも夢ではないなと思ったんです」

ユエンの諜報活動に、どこから金が出ているのかと思ったら、彼自身がいつの間にか資産形成をしていたのだった。

いささか、チートすぎはしないだろうか。元は当て馬なのに。

「同等の身分になれば、あなたが気に病む身分差はなくなるでしょう。貴族と言うなら、ボールドウィン家に入る手もありましたが、あちらは結婚して跡継ぎを作らなくてはいけません。余計なしがらみは、さっさと捨てたほうが都合がいい」

「僕のためってこと?」

「あなたと名実共に恋人になりたい、私のためにしたことです。まあ、身分差があろうとなかろうと、あなたが結婚しようがしまいが、あなたの恋人の座を得るつもりでしたけどね。何が何でも、あなたを手に入れるつもりでした」

すごいことを言う。フィンは答えに窮し、口を開けたり閉じたりしていた。

「おわかりいただけましたか。あなたの私への気持ちより、私の気持ちのほうが何倍も強いんですよ」

「それは、違う。僕だって、僕が君を想う気持ちだって、負けないくらい強いよ」

相手の言葉が引っかかって、即座に言い返してしまった。言ってから、しまった、と口をつぐんだ。

「それでは、私たちは同じくらい強く、想い合っているわけだ」

ユエンはニコニコ嬉しそうにしている。さっきの言葉は、意図的な挑発だったのだ。またもやユエンの罠《わな》にはまってしまった。

「まったく、君ってやつは……」

フィンはため息をついた。もういい。降参だ。うちのチートすぎる側近にはかなわない。

「わかった。認めるよ。僕は君が好きだ。愛してる。君に負けないくらい。そこまで用意周到にお膳立てしてくれて、正直ちょっと引いてるけど、でも嬉しい。君さえよければ、恋人としてお付き合いしたいと思っています」

姿勢を正して一息に言い、最後にぺこっと頭を下げた。ふはっ、と笑う声がする。顔を上げると、ユエンは珍しく肩を揺らして笑っていた。

「いつも予想外の反応をしてくださって、楽しいですね。ぜひお付き合いをさせてください。……と、いうことで、抱きしめてもいいですか」

「え、ここで？」

「抱きしめるだけです。服を脱がしたりはしませんよ」

「当たり前だっ」

思わず叫んでしまったが、こちらがいいと言う前に、ユエンは席を立ってフィンを抱擁していた。

「そのうち、服も脱がしたいですね」

「ぐいぐい来るな、今日の君は」

呆れまじりに言うと、フフッと笑われた。

「浮かれているんですよ。ようやく告白できたから」

言葉のとおり、ユエンの声はどこかはしゃいでいるように聞こえる。

本当の本気で彼は、フィンのことが好きなのだ。

ユエンに抱擁され、その声音を聞いているうちに、フィンもじわじわと実感が湧いてきた。

だから、そっと腕をユエンの腰に回す。ユエンの腕にも力がこもった。

「いつか、あなたを抱かせてください」

密やかに囁かれた声は、熱っぽかった。フィンの身体の奥に、じんと熱が灯《とも》る。

「うん。そのうち」

平和な昼下がり、二人はしばらく、黙って抱き合っていた。


いつか、そのうち。というのは、もうちょっと先の意味だと思っていた。

少なくとも、今夜という意味ではないはずだ。

「本当にぐいぐい来るな。今日の君は」

フィンの部屋の戸口に立つ男に、呆れて言った。

ユエンは微苦笑を浮かべている。寝間着にナイトガウンを羽織るという、珍しくもしどけない姿だった。

お互いに告白しあったその日、二人とも、日中は何事もなかったかのように振る舞っていた。夜は父とシンシアと三人で夕食を摂り、シンシアには、そろそろこちらに引っ越してはどうかと提案した。

フィンの成人パーティーでも、父はシンシアを婚約者だと紹介していた。そのうち正式に結婚するだろう。

早い方がいいんじゃないですか、と父には言っておいた。さっさと父が再婚してくれたら、フィンもユエンとのことを報告しやすい。

父のことだから、息子が本当に愛し合っているとわかれば、同性でも異性でも認めてくれるはずだ。

後継者のことは、おいおい考えようと思う。養子を取ってもいいし……などと、口にはしないが、両想いになってあれこれ思考を巡らせていた。

表向きは平静に一日を過ごし、夜にはこれまたいつものように、フィンの私室の前でユエンと別れた。

キスの一つもするものだと思っていたのに、普段通り「おやすみなさいませ」と一礼して去っていくユエンに、いささか寂しさを覚えたものだ。

ところがそれから一時間も経たないうちに、ユエンが部屋を訪ねてきた。

今度はしっかり湯あみを済ませ、寝間着に着替えて。

いつも緩く横に流した髪が、今は前に下りている。いつもと違う雰囲気のユエンに、フィンはドキドキしてしまった。

「公私は分けるべきだと思いまして、仕事を終えてから参りました」

なのにユエンのほうは、中に入ってもいいですか、なんてことを照れもせずに言う。こちらは昼間の告白を反芻するだけで、ベッドをゴロゴロ転がっていたというのに。

フィンは、まったくもう、と文句を言いながら、それでも恋人を部屋に迎えた。

「抱きしめてもいいですか」

中に入って扉を閉めるなり、ユエンは言った。うなずくと、勢いよく抱きしめられる。

「ああ……やっと触れられる」

ため息と共につぶやかれた独白に、フィンもじんとした。ユエンの身体に腕を回す。

二人とも寝間着姿で、昼間に抱き合った時より互いの体温が感じられた。

「キスをしてもいいですか」

しばらくの抱擁の後、ユエンがまた尋ねた。フィンは彼の胸にうずめていた顔を上げて、わざと睨んでみせる。

「それ、これから毎回聞く？」

ユエンの鋭い双眸《そうぼう》が大きく見開かれ、かと思うと次の瞬間には、噛みつくように唇を奪われていた。

「ん……んぅ」

フィンにとって、初めてのキスだ。でもそうした初々《ういうい》しい感動に浸る間もなく、ユエンは何度も荒々しい口づけを繰り返す。

フィンはどうすることもできなくて、ただユエンにされるがままになっていたが、フィンに抱きしめられた自分の身体が、いつの間にか浮き上がっていることに気がついた。

「あの、ユエン……浮いて……」

ぷらん、と宙に浮いている自分の足が心もとない。指摘してみたが、ユエンはフィンを抱き上げたままだった。

「すみません、ベッドに移動してもいいですか」

展開が早くない？　というツッコミは、股間に擦《こす》りつけられたユエンの昂《たか》ぶりに封殺された。

こちらがいい、ともだめ、とも言わない間に、またユエンは勝手に行動する。

ユエンはフィンを抱え、何度も唇や頬にキスをしながら、部屋の奥へと移動した。居室の奥にある寝室の扉をくぐり、ベッドまで一直線に向かう。

そうしてフィンをベッドに下ろすと、ガウンを脱ぎ捨てて自分もベッドに乗った。

へたり込んだままのフィンを無言で押し倒そうとするから、さすがに「待って」と、肩口を突っぱねて相手を制した。

「もう、しちゃうの？　僕、まだいいって言ってないのに」

焦るあまり、声が上ずった。でも、怖かった。ユエンがユエンでないみたいだし、自分の身体も心もフワフワして、自分のものではないみたいだった。

「あの、ちょっと……ちょっとだけ、あと何秒か、待ってくれない？　前世の記憶でも、そういう経験は覚えてないし。正真正銘初めてで、さ。ちょっと、心の準備をするんで」

ここで行為を中止してくれと言うのは、相手に悪いことをしている気がして言い出せなかった。でも、怖くて不安で、ほんの少しだけ待ってほしいと思う。

相手の顔を見ることもできなくて、下を向いて早口にまくしたてた。

「あ……」

小さな声が聞こえた。そろりと視線を上げる。ユエンが口元を押さえ、うつむくところだった。

「すみません。興奮して、つい」

考えなしでした、と小さくつぶやく。耳たぶが赤かった。

向かい合わせになったユエンの下腹部を見る。勃起したものが寝間着のズボンを押し上げていて、形がはっきりわかるくらいだった。

生々しい欲望を目《ま》の当たりにして、ぞくりと背筋が震える。戸惑いと不安ばかりだったフィンの中で、興奮が頭をもたげた。

「興奮、してるんだ」

ぽつりと言う。ユエンはすぐにフィンの視線に気づいたようで、目元を赤らめてじろりと睨んだ。

「してますよ、それは。というか、ずっとしてました。頭の中であなたを犯していたと、言いましたよね」

「そういうこと、はっきり言うなよ！」

羞恥《しゅうち》が飛び出して、フィンはぎゃあ、と喚いた。ユエンは今日に限っては、澄まして返すことはなくて、フィンと同じように顔を赤くして声を上げた。

「言いますよ。言わないとわからないでしょうが。あなたへの気持ちが恋愛感情だと気づいてから、あなたとすることばかり考えていましたよ。あなたは、一度も考えたことはないですか」

そういう質問を、いきなりしないでほしい。

「君に悪いから、あんまり考えないようにしてた。でも、たまに想像しちゃうけど」

それでもユエンに向き合おうと、そっぽを向きながら精いっぱい答えたのに、

「……誘ってるんですか」

なぜか、怒った口調で言われてしまった。

「なんでだよ。誘ってないよ」

「いえ、今の言い方は誘っていましたね」

真剣な顔で言いながら、距離を詰めてくるのが小ずるい。軽く睨んだら、今度は下ろした前髪の奥から、少し不安そうな視線をこちらに向けてきた。

「すみません。お嫌でしたか」

「そういう聞き方、ずるいよ」

すみません、としょんぼりした声が返ってくる。

「嫌じゃないけど、不安だった。昼に両想いになったばかりでさ。こんなに早く、そういうことになると思わなかったし。こっちの戸惑いなんてお構いなしに襲ってくるし」

「すみません。私はあなたとようやく恋人になれたと思って、理性のタガが外れてしまいました。ずっと……表に出さないように耐えてきたので」

フィンはため息をついた。ユエンはますます意気消沈した表情になる。今夜はやけに顔に出すなと、内心で思った。もう、隠す必要がないと思ったからだろうか。

「すみません。さっきは身勝手でした。あなたに乱暴をしたり、傷つけたりするつもりはないんです。あなたを愛してます。大切にしたい。ただ、その……欲望が滾《たぎ》りすぎて」

そういえば、しょんぼりしているくせに、股間の物はいきり立ったままだった。

フィンが横目でそれを見ると、ユエンも気づいて寝間着のシャツの裾を引っ張って隠そうとした。

「本当に、あなたを怖がらせるつもりはなかったんですよ」

「うん。わかった。じゃあ、さっきの怖いキスじゃなくて、もうちょっと優しいのにしてよ」

こちらは初心者なので、少しずつ進めてほしい。そういうつもりで言ったのに、ユエンはなぜか大きく目を見開いた。ぐっと息を詰める。

「あなた、やっぱり誘ってますね」

真顔で言われた。誘ってない、と言い返そうと思ったのに、また強引に唇を奪われてしまった。でもさっきに比べれば、格段に優しいキスかもしれない。

唇はすぐに離れ、今度は軽くついばまれた。

「これくらいのキスは、どうですか」

真面目に聞いてくるから、フィンはクスッと笑った。

「うん。怖くない」

ユエンもホッとしたように微笑んで、何度かキスを仕掛けてくる。

そのうち、フィンの襟《えり》のボタンに手がかかったが、ユエンはそこで我に返ったのか、慌てた様子で手を引っ込めた。

「いいよ」

フィンは微笑んで言った。ユエンの人間臭い顔を見て、こちらも心構えができた気がする。

「その先も、していいよ。僕はどうやっていいのか、よくわからないからさ。ユエンの好きにしてよ」

勇気を出して告げた直後、ユエンの喉が大きく上下した。彼はどこか呆然とした顔で、フィンを見つめる。

「……好き、に、しても？」

口調がギクシャクしてぎこちない。フィンがためらいがちにうなずくのを、青い瞳の目を見開いて凝視していた。

「うん」

最後の「ん」の音を発した辺りで、ユエンの手が再び襟元に伸びていた。


ぶちん、と糸が切れる音がした。

あるいはそれは、ユエンの理性が焼き切れる音だったのかもしれない。

「すみ、ません。うまく、外れなくて」

ユエンが相変わらず、ぎこちない口調で言った。寝間着のボタンを外そうとして、勢い余って切れたのだと、ようやくフィンも気づく。

「あ、うん」

自分で脱ごうか、と言おうとした。だがこちらが口を開く前に、またぶちん、とボタンが飛んだ。

「すみません」

謝りながらも、ユエンの目はフィンの胸元から離れなかった。かと思うと、ぴたりと手が止まる。機械仕掛けみたいにギシギシした動きで、ユエンが顔を上げた。

「あの……うまく外せないので。このまま脱がして、いいですか」

ユエンの様子がおかしい。彼の中で何が起こっているのかわからない。フィンは困惑しながらも、またこくりとうなずいた。

すると次の瞬間、ユエンは力任せにフィンの寝間着の合わせを開いていた。

ブチブチと音を立て、ボタンがてんでの方向に弾け飛ぶ。露わになったフィンの胸に、ユエンが顔を伏せた。

「ま、待って待って」

「すみません、待てません」

じゅっ、と音を立てて乳首を吸われた。

「ひゃっ」

当たり前だが、そんなところを吸われるのは初めてだ。思わず声を上げると、ユエンは低く唸った。

「可愛い声を出さないでください」

「な……」

愕然としている間に、反対側の乳首も吸われた。思わず甘い声を上げると、そのままベッドに押し倒される。

乳首を吸われて、鎖骨も舐められた。首筋を吸われ、また乳首を吸われる。

「ま……待ってよ、ちょっと！」

「好きにしていいと、言いました」

「言ったよ。言ったけども」

「好きに、します」

ユエンがぶっ壊れてしまった。あちこち舐められたり吸われたりするうちに、フィンもおかしくなってきた。

「や、あ……っ」

乳首をコリコリといじられるたびに、身体の中心が疼《うず》く。

「勃《た》ってる」

やがてユエンが、ぴたりと動きを止めてつぶやいた。フィンの下腹部を凝視する目が、爛《らん》爛《らん》としていて怖い。

「見るな」

「無理です。すみません」

タガが外れたユエンは、ぜんぜんまったくフィンの言うことを聞いてくれなかった。

寝間着のズボンに手をかけたかと思うと、下穿《したば》きごとすぼん、と引き抜かれた。

勃起したフィンの性器が露わになる。ユエンは無言のまま、フィンの股間に顔をうずめた。

「や、こ、こらっ」

抵抗の声を上げるも、虚《むな》しかった。次の瞬間には熱い口腔《こうこう》に性器を含まれ、フィンは背筋を震わせる。

ユエンはフィンの性器をくわえると、じゅぽじゅぽと音を立てて愛撫《あいぶ》した。

「あ、あっ、そんな」

初めての快楽に、あっという間に追い上げられた。強く吸い上げられ、フィンは小さく四肢を震わせて達していた。

顔を上げたユエンが、こちらに見せつけるようにゆっくりとフィンの欲望を嚥下《えんげ》する。フィンは羞恥がこみ上げて、思わず涙目になった。

「ば、ばかやろ……」

ぽかっとユエンの頭を叩いたけど、クスッと笑われただけだった。

「可愛いことをしないでください。気がおかしくなりそうだ」

「もうなってるだろ」

睨むと、楽しそうに笑われてしまった。でも、それで許してくれたわけではなかった。射精の余韻にあえぐフィンを、ユエンは干物でもひっくり返すみたいに、ぱたんと裏返しにする。こちらが身構える暇もなく、尻を持ち上げた。

「え……」

尻に吐息がかかり、ぞくりとして振り返ると、ユエンが尻のあわいに顔をうずめているところだった。

窄《すぼ》まりに、ぬるりと熱くぬめった舌先が割り込んでくる。ぬくぬくと出し入れされ、先ほどの口淫《こういん》とは違った快感が這《は》い上ってきた。

「や、な、何して」

「よく慣らさないと」

それだけ言って、またぬくぬくと舌を使って肉襞《にくひだ》を広げる。同時に陰茎を扱《しご》かれ、達したばかりのそこが再び張り詰めるのをフィンは感じた。

「や、やだ。汚いだろ」

「可愛いですよ」

会話になっていないことに、ユエンは気づいているだろうか。フィンの性器を口淫した時と同様に、夢中になって後ろを愛撫している。

強すぎる刺激に、フィンは二度目の射精を必死にこらえるしかなかった。

ユエンの執拗な愛撫が、どれほど続いただろう。枕に顔をうずめて快楽に震えていたフィンは、頭を撫でられて愛撫が止《や》んだのを知った。

振り返ると、ユエンが黙って寝間着を脱いでいた。

身に着けていたものがすべて取り払われ、ユエンの逞しい裸体が露わになる。均整の取れた肢体に無駄なく筋肉が付き、理想を象《かたど》ったような美しさにフィンは見惚《みと》れた。

しかしすぐさま、彼の足の間にある一物に目を奪われる。

「それ……入れるの？」

薄々気づいていたけれど、ユエンのそれは大きかった。そんなところがあんなところに入るのだろうか。

「お、大きくない？」

つぶやくと、ユエンがいきなりくわっと目を見開いたので、「ごめんなさい」と謝ってしまった。ユエンは見開いていた目を元に戻し、フィンに軽くキスをする。

「今の言葉でちょっと、射精しそうになりました」

「バカ」

もう一度、キスされた。

「本当は、顔を見ながら抱きたいのですが。たぶん、後ろからのほうが負担が少ないです」

「じゃ、じゃあ、後ろからで」

フィンは四つん這いのまま、背を向ける。不安だな、と思っていたら、後ろから抱きしめられた。

「力を抜いて。絶対にあなたを傷つけません」

「……うん」

ユエンが絶対と言うなら、絶対なのだ。フィンは怖がるのをやめた。いや、本音はまだちょっと怖いけれど、ユエンを信じることにする。

「愛してます」

ユエンはすぐには挿入せず、フィンを背後から抱きしめ、囁いた。

「ぼ、僕も」

消え入りそうな小さなつぶやきを、ユエンは聞き逃さなかった。ぎゅっと強く抱かれる。

しばらくそうした後、頬へのキスと同時に抱擁が解かれた。

腰を摑まれ、ユエンに向けて尻を上げる。恥ずかしくてたまらない。

目をつぶっていたら、「力を抜いて。大丈夫です」と、優しい声で言われた。

「あなたを愛しています。これからもっと、愛させてください」

窄まりに、熱い物が押し当てられる。びくりと肩を揺らすと、その肩に何度か口づけをされた。

先端はゆっくりと埋め込まれた。フィンの後孔が雁首《かりくび》を飲み込むと、そこから一息に突き入れられる。フィンは息を詰めた。

「――あっ」

背後から、思わずというような声がした。

「ああ……」

今度はため息が漏れ、フィンは再び背中を抱きしめられる。

「ぜんぶ、入りましたよ」

痛みはありますか、と小さく聞かれた。

「わ、わかんない」

ただ、大きくて熱い塊《かたまり》を飲み込んでいることだけがわかる。緩くかぶりを振ると、ずぐりと中の塊が大きくなった。

「愛してます。ああ、なんて……」

その先の言葉は聞こえなかった。最初にぐっと腰を穿《うが》たれ、続いてゆるゆると律動が始まった。

「すみません、もう……動きます」

「ユ、ユエン」

名前を呼ぶと、背後から手が伸びてきて、フィンの手に重なる。腰の動きが速く大胆になった。

「あ、あ……すごい……」

腰を打ち付けながら、ユエンはうわごとのようにつぶやいていた。フィンは身体の中に嵐が起こったようで、しばらくはただ揺さぶられていた。

「……あっ」

けれどやがて、浅い部分を突かれた時、電流のようなものが身体を駆け抜けた。

フィンの声音の甘やかさに気づいたのだろう、ユエンはすぐさま同じ場所を突き上げてくる。そのたびに、びりびりと電流のような快感が駆け巡った。

「あ、んっ」

「フィン様は、ここがいいんですね」

「ちが、あっ」

「勃ってますよ」

ユエンは笑いを含んだ声で囁き、後ろを穿ちながらフィンの陰茎をしごいた。

「ひ、だめ……あ、あ」

先ほどよりずっと動きは乱暴なのに、たまらない快感を覚える。性器は反り返り、ユエンがしごくたびに先走りを飛ばしていた。

「あ……激しいよぉ」

目がくらむような強い快感に、フィンは身を反らせて震える。ユエンはその身体を背後からがっちりと抱きしめ、獣のように腰を振りたくった。

「フィン様……フィン」

陰嚢《いんのう》の裏が熱くなり、フィンはビクビクと痙攣《けいれん》する。全身が快楽に痺《しび》れ、自分が射精したのかどうかもわからなくなった。

「う……」

背後で呻く声が聞こえ、ユエンはフィンの身体を押し潰すように体重を乗せた。彼の陰嚢が震え、中で射精されたのだと気づく。

「ああ……フィン」

「ん、ぅ」

乱暴に顎を取られ、唇を吸われた。その間も、ユエンの射精はずっと続いているようだった。陰嚢と内腿《うちもも》が震えている。

「フィン」

長い射精の後、またキスをされた。上に伸《の》し掛かられたままで、ちょっと苦しかったけれど、それで行為は終わるのだと思っていた。

「フィン、愛してます。ああ、なんて可愛らしい」

熱に浮かされたように睦言《むつごと》を繰り返していたユエンが、やがて腰を揺すり始めた。

キスが止《や》んで、耳や首筋への愛撫に変わる。後ろから回り込んできた手がフィンの乳首を弄《まさぐ》り、腰の動きはいっそう明確になった。

「え、待って、まだするの？」

「まだぜんぜん足りないです。……すみません」

「もう、謝ればいいいと思って！」

思わず声を荒らげたけれど、ユエンはやめてくれなかった。

二戦目が始まり、その後も空が白むまで行為は続けられた。


翌日の午後、フィンが目を覚ました時、ユエンも側にいて、おかしなポーズを取っていた。

「何それ」

思わず言ったが、その声はかすれていた。昨日、声を出しすぎたせいだ。

もうやだと泣くほど揺さぶられて、終わったのは今朝だった。思い出すと、恨みつらみがこみ上げてくる。

ユエンはベッドの上で這いつくばるような姿勢を取り、額をシーツに擦り付けていた。

「土下座です」

額《ぬか》づいたまま、ユエンが言った。

「それは知ってるけど」

「申し訳ありません。昨日はやりすぎました」

「昨日っていうか、今朝までだよね」

はい、と神妙な声がする。フィンは起き上がろうとしたが、身体が言うことをきかなかった。筋肉痛だ。全身が筋肉痛になっている。

小さく呻くと、ユエンがハッと顔を上げた。

「大丈夫ですか。痛みは」

「ぜんぶ痛いよ。筋肉痛だよ」

「その……後ろは？　今朝、確認した時は、傷ついてはいないようでしたが」

確認したのか。そういえば、汗と体液にまみれていた身体が、今は綺麗になっている。ユエンが後始末をしてくれたのだろう。シーツも新しいものに取り換えられていた。

「わかんないよ。身体が動かないんだもん」

昨日のことを思い出すと恥ずかしくて、フィンはわざと乱暴に言った。ユエンはしゅんとしている。

「申し訳ありません。今さら謝っても仕方がありませんが。自分を抑えられませんでした」

青い瞳が悲しそうに揺れ、縋るようにフィンを見つめる。

「……嫌でしたか」

なんだか、こっちが悪いことをしているような気がしてきた。

「嫌じゃない。嫌だったらしない」

ぶっきらぼうに言うと、たちまちユエンの表情が晴れやかになる。

「申し訳ありませんでした。二度とこのようなことがないよう、再発防止に努めます」

「君ねえ」

本当に反省してるんだろうか。フィンが睨むと、ユエンは微笑みながら「すみません」と言った。

「まだ少し、浮かれています。……あなたと結ばれたから」

「……うん」

ユエンの手が、寝転がったフィンの手を取る。やんわり握られた。

握り返すと、はにかんだような微笑が返ってくる。それからユエンは身を屈め、フィンにキスをした。

「あなたが好きです。愛してる。次からは、あんなふうに欲望のまま抱いたりしません」

わりと本気で反省しているようだ。フィンは許すことにして、ギシギシいう身体をわずかに起こし、ユエンの唇の端にキスを返した。

「まあ、僕も気持ちよかったんだけどさ」

余計な一言だったかもしれない。ユエンが一瞬固まって、何かをこらえるようにぐっと息を呑んだ。

「だめですよ、そんなことを言ったら。また抱きたくなる」

「それは無理だけど、抱きしめてはほしいな」

フィンは言って、両腕を広げた。それだけでも身体が悲鳴を上げた。これは運動不足かもしれない。

「わかりました。今日は我慢します」

ユエンは苦笑して、フィンに覆いかぶさった。ユエンの温もりと匂いがする。

ホッとして、いつまでもこうしていたいと思った。

終章

それからひと月ほどして、エイデンは王都に帰っていった。

「ド田舎だが、まあまあいいところだった。ジャガイモとアフタヌーンティーは美味かったな。また、気が向いたら来てやろう」

などと、偉そうな言葉を残して。

治安維持隊に手柄を取られ、王都の特別捜査局とハワード侯爵の両方から書状が届き、書面上で叱責を受けたらしいが、それ以外は特に、降格だの減俸だのの処分を受けることはなかったようだ。

国内にはまだまだ、特別捜査局が調査をしなければならない事案がある。次の任務を受けるため、王都に帰るエイデンなのだった。

と、いう話を、フィンはリルから聞いた。

リルは誘拐事件の後、たびたびエイデンと会っていた。

最初はエイデンが猛烈にアタックしていて、少ししてリルが、ホテルに滞在するエイデンに会いに行くようになった。

最終的に、リルはチェリーゲイト家を辞し、エイデンに付いて王都へ向かうことになった。

紆余曲折《うよきょくせつ》あったけれど、結局は収まるところに収まったようである。

エイデンに付いていくと聞かされた時は驚いたし、フィンもユエンも心配した。

「大丈夫？　あの人、詰めも甘くて頼りないけど」

フィンが言うと、リルもその辺はわかっているのか、苦笑していた。

「そういうところが、何だかほっとけないなって、思っちゃって」

キウィヤード村での拉致事件の際、エイデンが自分を庇ってボコボコに殴られるのを見た時、今までにない胸のときめきを覚えたそうである。……本当に大丈夫だろうか。

けれど、リルはエイデンと共に行く決意をしたのだ。

「スマルベレンに来て、ほんの少しの間、好きになった人がいるんです。でもその人にはもう、他に好きな人がいたから。わき目を振る余裕もないくらい、大切にされてるんです。ちょっとの可能性もない相手に、いつまでも横恋慕してられないなって思って」

誰のこととは言わなかったけれど、サバサバした主人公の言葉に、フィンもそれ以上は引き留められなかった。

エイデンとリルが王都へ向かってからまたしばらくして、逮捕されたキウィストンたちの裁判が行われた。

客として賭博場に来ていた貴族の多くが、有罪判決を受けた。キウィストンは終身刑を受け、今は収容所で過酷な労働を強いられている。

村長を失ったキウィヤード村は、チェリーゲイト家の直轄地になった。

信用のおける者を村長に任命して、荒れた畑の土壌を改良し、村民は今もジャガイモ栽培を中心とした農業に従事している。

種芋の病原となった土も綺麗になって、品質のいい種芋を共栄会に卸している。

賭博場だったキウィストンの別宅は、領民の保養施設になった。領の税金で維持費の一部をまかなっているので、スマルベレンの住民なら誰でも低価格で泊まれる。

領外の客は領民価格より少しお高いビジター料金になるが、キウィヤード村のジャガイモ掘りツアーが人気で、保養所には領外からの宿泊客も増えている。

父とシンシアは、フィンの成人パーティーの半年後に結婚した。

再婚同士だけれど、フィンが腕を振るって盛大な結婚式と披露宴を企画し、二人は多くの領民たちに祝福された。

その結婚式より少し前、フィンとユエンは自分たちの関係を父に報告した。

父は驚かなかった。やっぱりね、と言って、二人の仲を認めてくれた。父はいつも、フィンの誇りだ。

フィンとユエンの主従は、相変わらず忙しい日々を送っている。

ユエンは男爵位を得たものの、表向きは今までと特に変わらず、フィンの優秀な側仕えに徹していた……表向きは。

一日を終えた夜、あるいは移動の馬車の中で、またある時は周りに誰もいない庭先で、ユエンはフィンの恋人に戻る。

熱っぽい眼差しでフィンを見つめ、キスをし、隙あらばそれ以上のことをしようとした。

フィンは慌てたり照れたりしながら、最後にはそれを受け入れる。自分からユエンに何がしかの甘い行為を仕掛けるには、もう少し時間と経験値が必要だろう。

スマルベレンは押しなべて平和で、フィンはこの先いつまでも、我の周囲と我が身に平穏のあらんことを、と祈っている。


それからまた、しばらく経った。

ある日の朝、寝室から寝ぼけ眼《まなこ》で居室に移動したフィンは、使用人がテーブルの上に置いていった朝刊に、気になる見出しを見つけた。

「あ」

気にはなったものの、喉が渇いていたので、先に水を飲んだ。それから朝刊を持って、寝室に戻る。

今日は休日だった。久々の休日だ。

本来なら週に一度は休みがあるはずが、ここのところ忙しくて、ろくに休みが取れずにいた。一つ仕事が片付いたので、今日は何もしないと決めている。

ベッドでぬくぬくしながら、ゆっくり新聞を読むつもりだった。

「ん……」

ベッドにもぐりこんだら、隣でこちらに背を向けて寝ていたユエンが、小さく呻いて寝返りを打った。

薄目を開けて、ちらりとフィンを見る。ベッドの中の彼は、しどけない裸のままだ。

「もう、起きたんですか」

言いながら手を伸ばし、フィンが身に着けているガウンの帯を解こうとした。

「こら」

フィンは軽く睨んで、ぺしっとその手を叩く。ユエンの色っぽいいたずらをいなせるくらいには、フィンも経験値を積んでいる。

ユエンにそう言ったらたぶん、笑いながらもっといたずらを仕掛けてくるだろう。

「休日の朝に限って、早いですね」

手を叩かれたユエンは、不貞腐れたように言ってフィンの腰に抱き付いた。

フィンと同じだけユエンも恋人経験値を積んでいて、最近ではこうして甘えてくるようになった。

可愛いなあ、と胸をきゅんとさせながら、フィンは恋人の柔らかな髪を撫でた。

「休日だから、ベッドでゴロゴロするの。それよりさ、ほら。新聞にリルのことが書いてある」

フィンはユエンにも見えるように、新聞を近づけて見せた。ユエンは一瞬、めんどくさそうに眉根を寄せ、それでも見出しを読み上げる。

「グッドウィン子爵、親族に奪われた爵位を奪還」

「無事に手続きが済んだみたいだ。良かったね」

王都に行ったリルは、しばらくしてエイデンと暮らすようになった。

いちおう、エイデンの側仕えという身分だったが、たまに送られてくる手紙には毎回、二人のいちゃラブぶりが綴《つづ》られている。

その後、二人の間でどういう話し合いをしたのか、リルの没落した実家、グッドウィン家の爵位を取り戻すことにしたらしい。

エイデンがお金を出してくれて、うまくいけば春頃には事務手続きが完了します、と手紙で報告があった。

春も半ばを過ぎ、あの話はどうなっただろうと、気を揉《も》んでいたところだった。

「こちらも、小説のとおりになりましたね」

ユエンは特に感慨もなさそうに言い、フィンの腰の辺りにキスをする。フィンは「そうだね」とユエンの髪を撫でた。

チェリーゲイト家の破滅を除いて、現実は今のところ、おおむね小説のとおりに進んでいる。

春になる少し前、エズラ・ボールドウィンが亡くなった。

エズラの妻は実家に帰り、母親もその後すぐに亡くなって、後継者問題に困ったボールドウィン卿が、どこから聞いてきたのか、ユエンに手紙を送ってきたのは、春の初め頃だった。

ユエンがチェリーゲイト家で働いており、その優秀さから地元で名前と顔が売れていること、さらに自力で爵位を買い取ってアーモンド男爵となったことも知っていた。

これならボールドウィン侯爵の跡取りとして問題ない、と思ったようである。

フィンもボールドウィン卿からの手紙を見せてもらったが、わりと上から目線な言葉選びで、お前を跡継ぎにしてやるぞ良かったな、みたいなことを言ってきた。

しかし今さら、後の祭りである。

ユエンは国に相続放棄の書類を提出しており、そこにはエズラの署名もあって、何がどうしたってボールドウィン家は継げないようになっていた。

ユエンが丁重だが嫌味を含んだ返事を送り、ボールドウィン卿からはその後、何の音沙汰《おとさた》もない。

ユエンが仕入れた情報によれば、遠縁の中からどうにか、養子にできそうな人物を見つけ出したそうである。ただしまだ、正式に後継者になったとは聞いていない。

ボールドウィン家がどうなるかは、フィンにもユエンにももう、関わりのないことだった。

「リルの問題も片付きました。これでもう、何の憂いもないのでは？」

キウィストンの事件から早一年、春になって、小説の時間軸を超えた。

スマルベレンは平和で、チェリーゲイト家はますます隆盛を極めている。フィンにも父にも破滅の兆しはない。ジャガイモもすくすく育っている。

ユエンとも、今もこうして仲がいい。

「チェリーゲイト家の後継者問題も、解決しそうですし」

ユエンが眠そうにつぶやく。その言葉に呼応するように、遠くで「うわあーん」と、赤ん坊の泣き声がした。

そう、つい先日、チェリーゲイト家には新たな家族が加わった。

父とシンシアの間に、男の子が誕生したのである。フィンの年の離れた弟だ。めちゃくちゃ元気で、家の中を賑《にぎ》わせている。

弟が大きくなって、家を継いでくれるかどうかはまだわからないけれど、これはかなり幸先がいいのではなかろうか。

「それとも、まだ何か心配ですか」

フィンの腰に抱きついたまま、上目遣いにユエンがこちらを見る。髪がぼさぼさで、ちょっと可愛い。

「そうだねえ。今の心配ごとと言えば、君が僕に飽きたりしないか、ってことくらいかな」

まんざら冗談でもない。フィンの声音に本気が混じっているのに気づいたのか、ユエンはぱちっと目を開けて身を起こした。

「それは、あり得ないですね。この世界が滅びても、私があなたに飽きることはないです」

真顔で言い、フィンの唇をついばんだ。

「大きく出たなあ」

「今から、私の気持ちを証明しても？」

眼差しと声音が熱を帯び、フィンの身体の奥にも情動の火が灯る。こんな朝から……と、ためらったのは一瞬だった。何しろ今日は、休日だし。

「うん……いいよ」

照れながら答えたら、勢いよく押し倒された。激しいキスと愛撫に、フィンは朝刊を放り出して応える。二人の睦み合いは、昼頃まで続いた。

チェリーゲイト家は、本日も平和である。

あとがき

こんにちは、初めまして。小中大豆と申します。

今回は、異世界転生、悪役令息、当て馬からのメインキャストと、大好きなものを一つの鍋に入れて書かせていただきました。

書き始めた当初、攻は無表情で受は飄々としたキャラで……と、まあまあ思い通りに動いていたのですが、話が進むにつれ、段々と攻が本性を発揮してきて、最終的にむっつりスケベになってしまった気がします。

いちおう、スパダリという設定でした。変態ではないはず。

そして予想外と言えば、プロットの段階で登場するかどうかすら怪しかった脇キャラエイデンが、勝手に動きまくってページを増やす羽目になってしまいました。

アホっ子やヘタレキャラは、本当に自動で動いてくれるので、その辺はありがたく、おかげで全体的に明るい雰囲気になったかな、と思います。

イラストは、カワイチハル先生にご担当いただきました。

カワイ先生の描く受のフィンがすごく可愛くて、特に気に入っています。眉毛太い子が好きなのかも、と己の性癖に気づかされました。

カワイ先生、今回も素敵なイラストをありがとうございました！

先生にも担当様にも、毎度ご迷惑をおかけして申し訳ありません。

そして最後になりましたが、ここまで読んでくださった読者の皆様、ありがとうございました。異世界転生が好きな方も、特別好きでない方も、少しでも楽しんでいただけたら幸いです。

それではまた、どこかでお会いできますように。

✦初出　当て馬執事は悪役令息に忠愛を捧ぐ……………書き下ろし

小中大豆先生、カワイチハル先生へのお便り、本作品に関するご意見、ご感想などは
〒151-0051 東京都渋谷区千駄ヶ谷 4-9-7
幻冬舎コミックス　ルチル文庫「当て馬執事は悪役令息に忠愛を捧ぐ」係まで。

幻冬舎ルチル文庫

当て馬執事は悪役令息に忠愛を捧ぐ

2023年12月20日　第1刷発行

✦著者　小中大豆　こなか だいず

✦発行人　石原正康

✦発行元　株式会社 幻冬舎コミックス
〒151-0051 東京都渋谷区千駄ヶ谷 4-9-7
電話 03(5411)6431［編集］

✦発売元　株式会社 幻冬舎
〒151-0051 東京都渋谷区千駄ヶ谷 4-9-7
電話 03(5411)6222［営業］
振替 00120-8-767643

✦印刷・製本所　中央精版印刷株式会社

✦検印廃止

ISBN978-4-344-85352-2　C0193　Printed in Japan